光文社文庫

妙《みよう》鱗《りん》

赤神　諒

光　文　社

目次

■主な登場人物

妙《たえ》　林左京亮の娘。後の吉岡妙林尼《みょうりんに》。
臼杵右京亮《うすきうきょうのすけ》　諱《いみな》は統尚《むねひさ》。臼杵家分家の庶子。洗礼名ジャン。宗麟の近習《きんじゅ》で通詞《つうじ》。
吉岡覚之進《よしおかかくのしん》　諱は鎮興《しげおき》。紹忍派の大友家重臣、鶴崎《つるさき》城主。妙の夫で吉岡家当主。
萩《はぎ》　妙の乳母。
林左京亮《はやしさきょうのすけ》　妙の父。高橋鎮種《たかはししげたね》（紹運《じょううん》）の家臣。
菊《きく》　大友家の第二十二代当主義統《よしむね》の正室。鎮種の姉。
吉岡甚吉《じんきち》　諱は統増《むねます》。覚之進の嫡男。
大友宗麟《おおともそうりん》　大友家の第二十一代当主。
モニカ　宗麟の七女。
田原宗亀《たわらそうき》　諱は親宏《ちかひろ》。謹慎中の大友家重臣。
田原紹忍《たわらじょうにん》　諱は親賢《ちかかた》。大友家重臣。
吉弘鎮信《よしひろしげのぶ》　紹忍派の大友家重臣。
カブラル　イエズス会の司祭《パードレ》。
アルメイダ　イエズス会の修道士《イルマン》。
エステバン　キリシタンの侍。

中島玄佐《なかじまげんざ》　吉岡家の老臣。
猪野道察《いのどうさつ》　同右。
法歓院《ほうかんいん》　妙の義母。覚之進の生母。
松葉《まつば》　法歓院の侍女。
臼杵鑑速《あきすみ》　右京亮の伯父。臼杵家当主。

主な登場人物・関係図

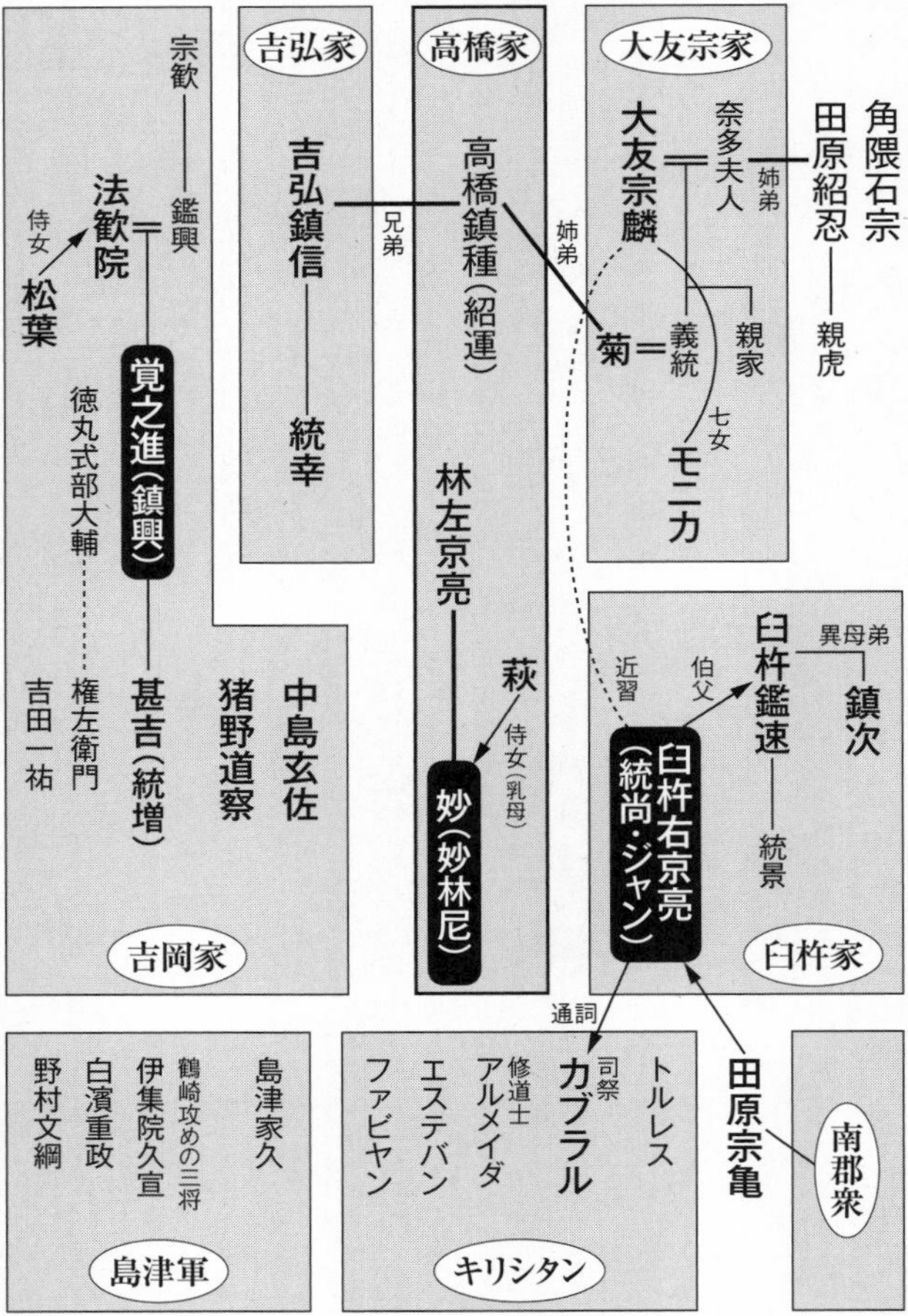
大友宗家
大友宗麟
奈多夫人
姉弟
田原紹忍
角隈石宗
親虎
親家
義統
菊
七女
モニカ
高橋家
高橋鎮種（紹運）
姉弟
林左京亮
萩
侍女（乳母）
妙（妙林尼）
吉弘家
吉弘鎮信
兄弟
統幸
吉岡家
宗歓
鑑興
法歓院
侍女
松葉
覚之進（鎮興）
徳丸式部大輔
権左衛門
甚吉（統増）
吉田一祐
猪野道察
中島玄佐
臼杵家
臼杵鑑速
異母弟
鎮次
統景
伯父
近習
臼杵右京亮（統尚・ジャン）
通詞
田原宗亀
南郡衆
キリシタン
トルレス
司祭
カブラル
修道士
アルメイダ
エステバン
ファビヤン
島津軍
島津家久
鶴崎攻めの三将
伊集院久宣
白濱重政
野村文綱

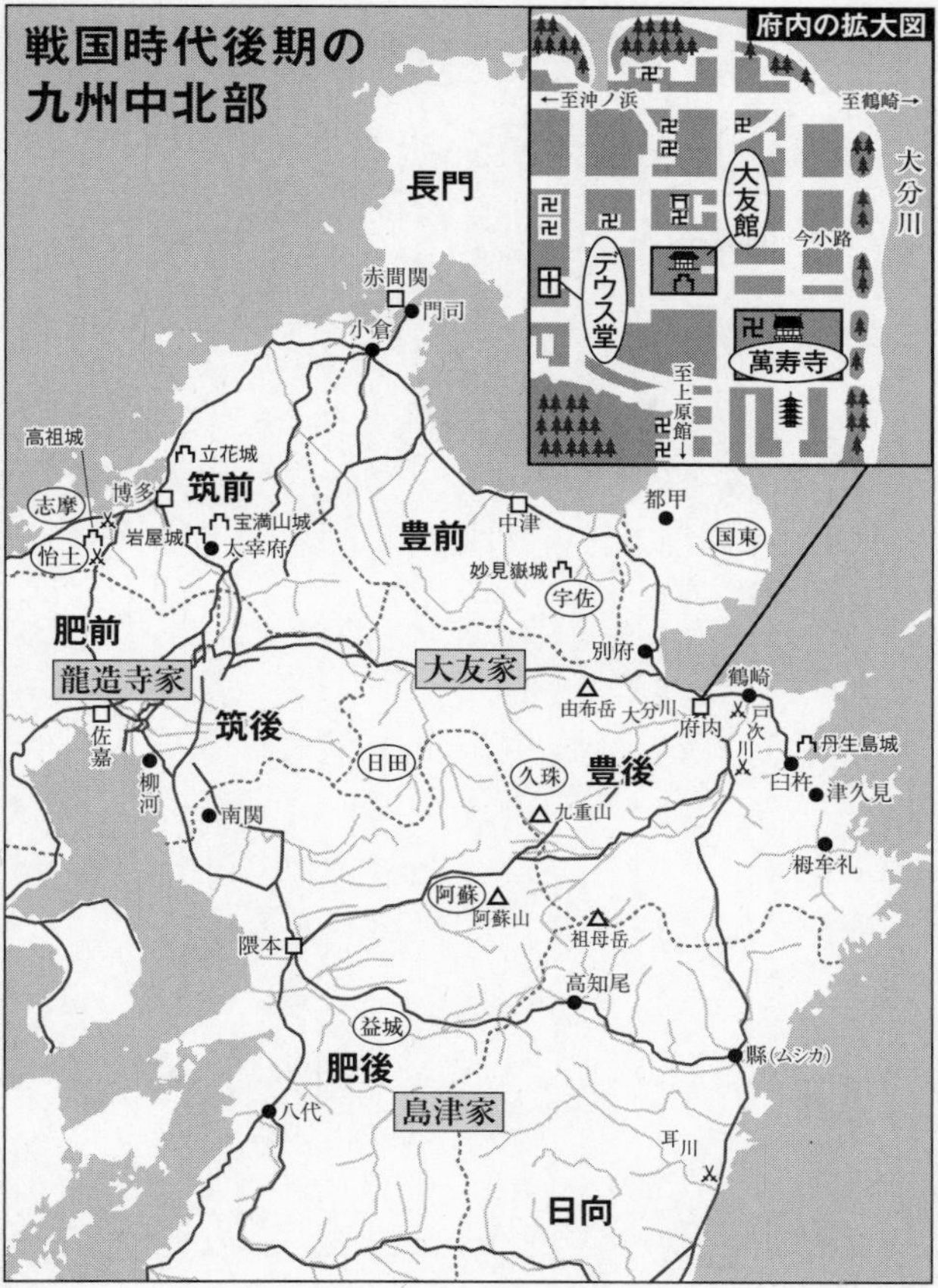
戦国時代後期の
九州中北部
府内の拡大図
←至沖ノ浜
至鶴崎→
大分川
大友館
今小路
デウス堂
萬寿寺
至上原館↓
長門
赤間関
門司
小倉
高祖城
立花城
博多
筑前
志摩
宝満山城
岩屋城
太宰府
怡土
豊前
中津
都甲
国東
妙見嶽城
宇佐
肥前
別府
龍造寺家
大友家
鶴崎
由布岳
大分川
府内
戸次川
佐嘉
筑後
丹生島城
柳河
日田
久珠
豊後
臼杵
津久見
南関
九重山
梅牟礼
阿蘇
阿蘇山
祖母岳
隈本
高知尾
益城
縣(ムシカ)
肥後
八代
島津家
耳川
日向

序章　女子の意地

一　国、滅ぶとき

「妙林尼《みょうりんに》さま！　薩州《さつしゅう》勢が白滝《しらたき》のお山に、陣を敷き始めましたぞ！」

背後の金切り声は、侍女の松葉《まつば》だ。

天守まであわてて駆けあがってきたのだろう、息を切らしている。

「そのようですね」

平和をむさぼり食らっていた九州《きゅうしゅう》最大の大友《おおとも》家は、外敵によりつぎつぎと侵略され、今、滅びを迎えようとしていた。平穏と秩序がついに崩れようとするとき、誰しも平常心でいられるはずがなかった。

御仏に仕える尼僧の身ではあった。

それでも妙《たえ》は、仏陀の教えに背き、鶴崎《つるさき》の地を島津《しまづ》兵の血で染めねばならない。

菡萏《かんたん》湾に眼《め》を移すと、干潟に舞い降りるしぎの冬羽と長いくちばしが見えた。風に遊ぶ潮の匂いがいつしか力を失っている。

夕凪《ゆうなぎ》が近づいていた。

妙はゆっくりと背筋を伸ばし、赤い篠笛の唄口《うたくち》に愛《いと》おしく唇を当てる。使い慣れてなめらかな指孔に吸いつかれるように、細い指が収まった。

天正十四年（一五八六年）十二月――。

夕暮れ近づく豊後国《ぶんごのくに》、鶴崎城の本丸から、どこか懐かしい空笛《そらぶえ》の音《ね》が響いた。

この篠笛を奏でるとき、妙はたいてい眼を閉じて、心のおもむくままに指を運ぶ。

醜い乱世から眼を背けるためではない。瞑目《めいもく》して藤巻の篠笛を吹くと、持ち主であった想い人、臼杵右京亮《うすきうきようのすけ》を感じられる気がした。

今まさに、戦《いくさ》という魔物の荒い鼻息が、間近で聞こえている。

だが妙は、演奏をやめない。

これからいくつもの命が、妙がした決断のために失われるだろう。

――ならばせめて、心安らかにわが笛の音を聞け。

場違いに澄んだ音色が、季節はずれの春風のように、戦火迫る城域《じようういき》を通り過ぎてゆく。

ラウダーテ・ドミヌムという異国の聖歌だ。

キリシタンの右京亮は、洗礼名を「ジャン」と言った。妙は一度きりしか、そう呼びはしなかったのだが。

心ゆくまで奏でると、妙はゆっくりと眼を開き、唄口からそっと唇を離した。世の終わりを思わせる暮天の果てに、ラウダーテの残韻が染み込んでゆく。

松葉をふり返った。焦燥と恐怖で蒼白《そうはく》になった年増《としま》の侍女にむかい、妙はかすかな笑みさえ、浮かべた。

「今夕は、われながら佳《よ》き音色であった」

「妙林尼さま！　今は笛なんぞ――」

「あわてるには及びませぬぞ、松葉。私が敵将なら、白滝山には布陣せぬ」

松葉は、あとわずかの心の揺れだけで泣き出しそうな顔に、あきれた様子を器用につけ加えながら、すがるように妙を見た。

白滝山は鶴崎城の南東、戸次川《へつぎがわ》東岸にある。背には山、前には川。堅守しやすい定石どおりの布陣だ。が、敵の大軍に夜襲をしかける兵力など、吉岡《よしおか》家には最初からなかった。攻め手には無用の懸念だ。

妙が島津の将であったなら、逆に西から鶴崎を攻める。多少の危険を冒しても、鶴崎城の喉《のど》もと、乙津川《おとづがわ》の対岸に陣を敷く。城のすぐ近くに井楼《せいろう》やぐらのひとつでも組めばいい。

「薩州勢は、関白殿下（豊臣秀吉《とよとみひでよし》）の軍勢をも破った屈強の兵。わずかの兵で籠城したとて、万にひとつも勝ち目はございません。妙林尼さま、それでも当家は降参せぬと？」

妙はつゆきりで篠笛を手入れしながら、松葉にふたたび背を向けた。

「一戦も交えずして敵に降《くだ》るなぞ、武門の恥。わが吉岡家は大友の宿老ぞ。さればせめて、丹生島《にゅうじま》へむかう敵の進軍を、数日でも遅らせねばならぬ」

島津軍による侵蝕を受け、主君大友宗麟《そうりん》は臼杵の丹生島城での籠城を選んだ。吉岡家の若き当主甚吉統増《じんきちむねます》は主だった家臣と兵らを率い、最後の籠城戦に参加していた。結果、主《あるじ》不在の鶴崎には女子供、年寄りと城下の民らが残された。六千もの大軍に対し、戦える兵は三百余。それも、半分近くは女子《おなご》である。もっとも、大友家の急速な没落が始まると、妙はいずれこの日が来ると予期して、できるかぎりの訓練を施してきた。

数日前、島津軍は戸次川で、関白秀吉の援軍を得た大友軍を、こっぱみじんに撃破した。吉岡家にとって、降伏はいちばん楽で、無難な選択だった。

現に大友方の多くの城将は、戦わずして降伏しており、わざわざ茨道《いばらみち》を選ぶ者はわずかだった。九州の大半を制した島津相手に抗戦を続ける大友の忠臣は、立花城《たちばなじょう》の立花統虎《むねとら》（後の宗茂《むねしげ》）、岡城《おかじょう》の志賀親次《しがちかよし》、日出生城《ひじゅうじじょう》の鬼御前《おにごぜん》など、数えるほどしかいなかった。

だが妙は昨夕、島津軍の使者、伊集院久宣《いじゅういんひさのぶ》による降伏勧告を笑顔で突っぱねたのである。無謀な抗戦を選んだ妙に、伊集院は驚きあきれた後、鼻で嗤《わら》った。

――おやめなされ。戦とは酷《むご》きもの。尼殿は戦のやり方もご存じあるまい。

伊集院はききわけのない幼子に教え諭すように、留守居でたまたま城代となった三十路《みそじ》前の尼僧に対し、くり返し説得を試みた。が、妙の返答は変わらなかった。

「されど、妙林尼さま。女子供と年寄りが逆ろうても、皆殺しにされるだけではございませぬか」

敵も味方も、もちろん松葉も、吉岡の敗北を確信している。

息を継ぎ、泣き言を続けようとする松葉を、妙は肩ごしににらんだ。

「松葉。お前の夫も、島津に殺されたではないか。一矢も二矢も報いてやらねば、耳川《みみかわ》や筑《ちく》紫《し》野《の》で亡くなったお歴々に対し、面目が立ちますまい」

十年ほど前、大友は日向国《ひゅうがのくに》南部で行われた決戦で、島津相手に予期せざる大敗北を喫した。世にいう「耳川合戦」である。あまりにも多くの将兵を討たれたため、大友家中には多くの後家ができ、「日向後家」の言葉さえ生まれた。

妙も十九歳の若さで、夫の吉岡覚之進鎮興《かくのしんしげおき》を失った。形見の篠笛を妙に託した臼杵右京亮も、耳川の露と消えた。幼少から妙をかわいがってくれた高橋紹運《たかはしじょううん》もこの夏、筑紫野の対島津戦で壮絶な死を遂げた。妙は歯ぎしりして泣いた。大切な人たちを奪った敵を呪った。

島津には深すぎる遺恨があった。初陣《ういじん》の耳川合戦から、かろうじて生還した継子の甚吉によれば、撤退する吉岡勢を追撃した軍勢は、「丸に三つ十字」の軍旗を掲げていた。久宣とはかぎらないが、島津の名門、伊集院家の家紋である。ゆえもあって妙は、徹底抗戦の道を選んだ。

松葉が哀れを誘う声で、責めるように問うてきた。

「あくまでも皆を道連れにして、城を枕に討ち死になさる、と？」

鶴崎城の東には戸次川、西には乙津川が流れ、北の菡萏湾に注ぐ。島津軍は南から攻め上がる。どこにも逃げ場はなかった。

妙はゆっくりとかぶりを振った。

「生死は天が決めるでしょう。されど島津にだけはただで城はやらぬ。絶対にじゃ。吉岡の、大友の最後の意地ぞ」

島津にも焦りが見えた。上方《かみがた》勢による再侵攻の前に、何としても九州全土を制圧しようと、大友方の諸城に猛攻を加えていた。刃むかう者には、すみやかな死が待っている。

松葉はあきらめた様子で、何度も小さく首を横に振った。

「妙林尼さまはやはり口先だけのお方ではありませんでした。吉岡に来られしおりより、長きにわたる非礼の数々、なにとぞおゆるしくださいませ……」

妙は先代覚之進の後室として吉岡家に嫁して以来、松葉と不仲だった。松葉はもともと、妙の姑《しゅうとめ》に当たる法歓院《ほうかんいん》の腹心の侍女だった。法歓院は妙を忌《い》み嫌い、その意地悪な仕打ちは度を越していたが、松葉はその手先となって動いた――。

島津の大軍を前に、今となっては、すべてが懐かしい思い出である。

「過ぎた話です。それより法歓院さまは何とおおせでしたか？」

「すべて、妙林尼さまにおまかせすると。されど、お寺で死にたいとおっしゃって、動かれませぬ」

「人質にでもなるおつもりか。最後まで世話の焼けるお人じゃ」

法歓院のわがままは昔からだが、義母を見殺しにはできなかった。愛すべき夫、覚之進をあの世で悲しませるわけにはいかない。

妙は天守の欄干から身を乗り出して、本丸を守るうら若い衛士に叫んだ。

「権左衛門《ごんざえもん》！　馬、引けい！　輿《こし》も用意させよ。すぐに出る」

本来は丹生島城で籠城するはずが、流行《はや》り病のためにこの城にとどまった若者で、頼りになる。

「されど妙林尼さま！　今にも島津が――」

「大軍なれば、陣を敷き終えるまで、まだ時はあるはず」

白地に赤の鳳凰《ほうおう》が描かれた吉祥文様の錦笛袋を懐《ふところ》から出し、篠笛を戻す。長年の稽古の成果か、妙も篠笛がじょうずになった。それでも昔、散りゆく桜花の下、ひとり篠笛を奏でていた右京亮の腕前には敵わない。それほどに右京亮の篠笛は、妙の魂を揺さぶった。その後の妙の運命をさえ、ことごとく変えた。

妙は笛袋をそっと懐に忍ばせ、天守を駆け下りる。

†

すでに城下の民は城に入るか、避難を済ませていた。

馬上の妙は、廃墟のような無人の町を南へ駆け抜ける。法歓院のいる東巌寺《とうごんじ》は、鶴崎城から眼と鼻の先だった。

門前に着くなり、妙は白馬から飛び降りた。

妙は若いころから馬と薙刀《なぎなた》をよくした。父の仕えた主君高橋紹運はよく、妙が男子《おのこ》であったならと嘆いたものだ。大友が誇った不世出の軍師角隈石宗《つのくませきそう》でさえ、私塾に顔を出す妙の軍才を手放しで認めた。二人とも島津と戦って、すでに亡い。

人影のない寒寺の縁側に、呆《ほう》けたように夕空を見あげる老女の姿があった。愛息の覚之進が耳川で戦死した後、法歓院は見る影もなく、かわいそうなほどに老け《ふ》込んだ。

「すっかり冷えて参りました。義母上《ははうえ》、城へお入りなさいませ」

視線も移さないまま、法歓院はやっと聞き取れるほどの声でつぶやいた。

「大友も、吉岡も滅ぶ。むだに長生きをするものではないようじゃ」

かねて法歓院は大友南郡衆《なんぐんしゅう》の名門、志賀《しが》家の出自を何より誇りとしていた。が、甥にあたる当主志賀親度《ちかのり》は早々と島津に寝返り、大友を滅ぼす尖兵と化した。

耳川合戦以来、大友は滅びの坂を転がり落ちてきた。乱世とはいえ、かつて九州の六カ国を制した大国の衰亡はあまりに急で、はかなかった。

妙はしかたなく法歓院の隣に腰を下ろした。

「生きておれば、美味《おい》しい物も食せましょうに。そうじゃ、義母上。釣り上手の式部大輔《しきぶのたいふ》どのが今朝がた大きな尼鯛《くずな》を獲ったそうです。萩《はぎ》が腕によりをかけて料理いたしますゆえ、召し上がられませ」

法歓院はようやく妙のほうを見て、力なく笑った。

「妙どのは昔からたくましかった。どれだけ私が意地悪な真似《まね》をして、吉岡から追い出そうとしても、妙どのは堪え忍んだ。されどもう、何もかもが終わるのじゃ。なぜ妙どのは、あきらめぬのです？」

色づく細雲が、夕空をゆらりと行き過ぎてゆく。

懐手に巾着袋《きんちやくぶくろ》へ指をやり、刺繍《ししゆう》をなぞる。取り出すと、深緑のラシャに金糸で刺繍された小太りの麒麟《きりん》が、垂れ目で妙を見つめていた。なかには銀の十字架《クルス》が入っている。妙は巾着袋をぎゅっと握りしめてから、懐へ戻した。

――妙を守ってくれた男たちは、もういないのだ。

「女子の意地です。吉岡に嫁いできた私を義母上が認められなかった理由も、同じではございませぬか。覚之進さまが今生きてあれば、みじんの迷いもなく一戦を挑まれたはず」

法歓院はややあって、自答するように短くうなずいた。

「わかりました。吉岡の誇りのため、喜んで妙どのとともに死にましょう。皆で往生するほうが気も楽じゃ」

門前に人夫らのざわめきが聞こえ始めると、妙はほほえみながら立ちあがった。

「ただで死にはいたしませぬ。島津には必ずしかるべき代償を支払わせます。こよいは吉岡の戦ぶりを薩州勢に見せてやりましょう」

城へ戻る途中、戸次川のむこうに大軍勢が見えた。島津の「丸に十字」の旌旗《せいき》が、川風で無数にはためいている。

†

「妙林尼様。お指図どおり目印の杭を打ち、柵を並べ終えましてござる」

しゃがれ声の主は、痩《や》せて小柄な老臣の中島玄佐《なかじまげんざ》だ。

妙がほほえみで返すと、玄佐はしわだらけの顔をなでた。

戦を前にした鶴崎城の天守に、役目を終えた家臣たちが戻ってきた。家臣といっても、ほとんどが女子と年寄りだ。今や九州最強と謳《うた》われる島津軍に対し、まさに青壮年の男児を欠く最弱の家臣団であった。

が、悲嘆や絶望はない。むしろ、こっけいで乾いた空気が城にはあった。

「ひさしぶりの大仕事で、腰がちと痛みましたわい」

玄佐は先年隠退し、鶴崎の西、千歳《せんざい》の庵《いおり》に独居していた。が、主家存亡の危機に当たり、妙の求めに応じて鶴崎城へ馳せ参じた。三代前から仕えてきた老将ながら、なおかくしゃくとしている。飛び道具をよくし、まだ戦力として使えそうだった。糟糠《そうこう》の妻を亡くして、近ごろは書の道に精を出していたらしい。

「玄佐どの、礼を申します。して、琵琶の頸《くび》のほうは？」

「道察《どうさつ》にまかせ申した。されば、とどこおりなく済ませ、ほどなく戻りましょう」

鶴崎の地は、湾に注ぐ二つの川に挟まれた地形が鶴の頭を想わせるために、その名がついた。鶴崎の南、乙津川と戸次川が陸《おか》を狭めるあたりが、ちょうど鶴の頸に当たり、楽器の形状にちなんで「琵琶の頸」と呼ばれた。

猪野《いの》道察はかつて戦場で大暴れした吉岡家随一の猛将だったが、高齢となり仏門に帰依《きえ》していたところを、妙がむりやり鶴崎へ連れ戻した老臣である。

玄佐も道察も、大友と島津の豊薩《ほうさつ》合戦で子や孫を失っていた。弔《とむら》い合戦のつもりで、妙の申し出を請けたに違いない。

「うわさをすれば、何とやらでござる」

あらあらしくも頼もしい足音が近づいてきた。

「妙林尼様、ただいま戻りましたぞ」

老いてなお肉づきのよい巨体を揺らしながら、赤鎧《あかよろい》に身を固めた道察が現れた。玄佐の真むかいに音を立てて着座すると、座が一気ににぎやかになった。

「ははは、わしが迎え撃つ琵琶の頸では、敵も相当難渋しおるぞ。ひさしぶりの戦ゆえ、気が高ぶってならんわい」

「お主は、禅に打ち込んでおったと申すが、どうして、悟りへの道ははるか遠そうじゃの。

お主がこつぜんと大覚を成《じよう》じるとは思えんわい」

玄佐の雑言に、道察が口角泡を飛ばしながらののしり返した。

「やかましいわ。お主こそ書法の真似事なんぞしておったそうじゃが、見ればみみずが空を飛んでおるような書。まだまだ物になっておらんではないか」

「これこれ二人とも、年甲斐もない。戦の前に、仲たがいはやめなされ」

妙の注意に座が放笑すると、むきになった道察のだみ声がした。

「齢《とし》はとっても、気は若《わこ》うござる。この道察、若い者には負けませんぞ」

妙は着物のそでを口に当ててひとしきり朗笑してから、座を見わたした。

「かたがた、大儀でした。これで準備万端、整いました」

吉岡家の主城、鶴崎城は、すでに島津の手に落ちた豊後の国都府内《ふない》から、東に二里（約八キロメートル）も行かない地にある。東と西を流れる二川を外堀とし、その中洲に築かれた小さな平城は、吉岡宗歓《そうかん》（長増《ながます》）の手になる縄張りだった。

大友の政《まつりごと》にあって吉弘鑑理《よしひろあきただ》、臼杵鑑速《あきすみ》と並び「大友三老」とも称せられた宗歓は、本領の千歳と鶴崎で民政に力を入れた。宗歓の時代には、九州の過半を制した大友の本国、豊後が外敵の侵入を許す事態など、およそ想定されなかった。ゆえにか城には、申しわけ程度の二ノ丸、三ノ丸があるだけだ。

つまり、妙らの拠《よ》る鶴崎城はおよそ堅固でなく、守りにくい平城であった。

妙は島津による大友領侵攻が本格化すると、城の外に薬研堀《やげんぼり》を掘らせ、菱《ひし》を植えた。さらに、琵琶の頸にも二重に堀を通じた。侍女たちや城下の民を鍛錬し、種子島《たねがしま》銃の撃ち方を教練した。

「されど妙林尼様。なにゆえ敵がこよい攻めて参ると、おわかりにござる？」

玄佐の問いに、妙は絵地図を広げながら身を乗り出した。

「敵はわれらが籠城すると思うておるはず。敵の三将はなかなかに知恵が回ると聞きます。されば、戦に馴《な》れぬ女子供を震え上がらせるには、夜襲が最上と考えるはず。丹生島攻めの武功欲しさに、ひと揉《も》みで城を落とそうとするは必定」

大友宗麟が籠《こも》る丹生島城への侵攻路の途上に、鶴崎城はあった。

島津方三将、すなわち伊集院久宣、白濱重政《しらはましげまさ》、野村文綱《のむらふみつな》は、丹生島攻めの総大将、島津家《いえ》久《ひさ》本軍への合流を企図していた。鶴崎にたたずむ小城など一刻も早く踏みつぶして、大友の本拠を陥落させたいはずだった。

「緒戦が何より肝要。さればこよい、戦える者はすべて出陣します」

中途半端な数の兵を城に残したところで、いずれ城を守れはしない。ならば、城の守備などいっさい顧みず、攻めに専一《せんいつ》するほうがよい。

妙が絵地図を用い、迎撃の段取りと各隊の分担を説明し終えると、玄佐が問うた。

「鉄砲をまったく使いませぬのか？　たくさんありまするに……」

「敵は大軍ゆえ、戦はこたびだけでは済みませぬ。されば、玄佐どのの指揮で、後に使うつもりです」

大軍相手の戦で弾薬を温存しても、負ければ無意味だ。玄佐はおおいに疑問であったろうが、妙ににっこりほほえむと、物言わずうなずいた。長きにわたった九州の争乱が、ついに終わりを告げようとする今、玄佐は終焉《しゅうえん》の地を、鶴崎に求めたにすぎまい。

「なれど、馬も使いませぬのか？」

今度は道察が口をとがらせて問うてきた。騎馬武者は戦場の華だ。いずれ散るのならと、道察なりの美学があるのかも知れない。が、城中に馬は数えるほどだった。少ない騎馬兵の機動力を用いたところで、攻撃には有効でないうえ、馬のいななきが隠密作戦を台無しにしてしまう。

「いま少し馬を集めてから、ぞんぶんに使います。道察どのには、そのおりの働きを期待しておりまするぞ」

道察がいぶかしげな顔で、妙に問いなおしてきた。

「戦のさなかに、馬を買いなさると？」

「こよい、敵からもらいましょう」

道察にも別段納得した様子はなかった。が、何も言わない。

大友家に殉じてきた家臣たちと同様、ここに集った者は死に場所を故郷の鶴崎と定めているのだ。だから、妙の策に対し、あえて異を唱える者は一人も出なかった。

捨てばちゆえの寛容さが、妙の策を皆に了承させた。

不安は表に出さないが、妙に角隈石宗ゆずりの軍略はあっても、女子ゆえに戦の経験は数えるほどしかなかった。作戦が実際に成功するのか、妙にも確信まではない。が、その昔に一度は捨てたはずの命なら、負けて死んでも、惜しくはなかった。

「かたがた。これは、死ぬための戦ではありませぬぞ。勝って生き抜くための戦じゃ。売られた喧嘩は、買って勝つべし。絶対に生きて、この城に戻りなされ」

老人と女子ばかりの家臣たちが、留守居の女城主にむかい、いっせいにかしずいた。

†

妙はにわかごしらえの柵の陰に身をひそめた。頭には鎖はちまき、鎧のうえに真っ白な羽織を着、細身の薙刀《なぎなた》を片手にしている。

妙は玄佐に命じ、あらかじめ民家に隠しておいた柵を暗がりに並べさせた。そこに、吉岡軍の約半数、百五十人の兵が伏せている。

真新しい藺草《いぐさ》のよい香りがした。柵の裏には板や畳を使っている。民が新調したのだろうが、もうすぐ戦で燃えるなら、柵に用いたほうがよい。

勝利をみじんも疑わない島津軍は、柵はもちろん、伏兵の存在など露知るまい。

「戦装束の妙さまも、お美しゅうございまする」

隣にいる侍女の萩が、緊張をほぐすためか、妙にささやいてきた。

萩は妙の乳母でもあった。十九歳で出家し「妙林尼」と号した妙を、萩はいまだに法名で呼ばない。妙に薙刀を教えた萩は、男と見紛《みまが》うほどかっぷくのよい女丈夫で、吉岡勢最強の将の一人といえた。

「萩。こよいは好き放題に暴れてよいぞ」

「されど、妙さまがおかわいそうじゃ。女子の身で戦をせねばならぬとは……」

死など怖くはない。むしろ妙は、島津に敗れる失策を恐れた。

妙は夜空を見あげる。

血なまぐさい戦闘の夜にはもったいないほど、澄みわたった星空だった。妙にとって大切な男たちが星となり、見守ってくれているはずだ。

星々にむかい、島津を破る力をわれに与えたまえ、と祈った。

「私がよけいな真似さえしなければ、今ごろ妙さまは異国のどこかで、右京亮さまとお幸せに暮らしておられましたでしょうに……。どうかおゆるしくださいませ、妙さま」

妙はしかめ顔で萩をにらみつけた。

天が許さなかった幸せを想うてみたところで、何になろう。戦を前に、妙もつい考えぬではないが、萩との間では二度と口にしないと約束したはずの過去だった。

夫の覚之進が戦死した後、萩はまだ若い妙に再嫁を勧めたが、妙にその気はまったくなかった。ひとりの男と捨て身の恋をし、もうひとりの男に深く愛されただけで、幸せだった。

妙の無言の剣幕に遭い、萩はすなおに頭を下げた。

「申しわけございませぬ、妙さま。されど――」

「よいか、萩。敵を十人斬り、生きて戻れ。されば、ゆるしてつかわす」

妙にもわかっていた。萩はもう生きて会えないと覚悟しているのだ。

遠く馬のいななきがし、ざわめきが近づいてきた。

いよいよ島津軍が渡河を開始した。

（まだだ。ぎりぎりまで引きつける）

弓兵の指揮は中島玄佐に委《ゆだ》ねていた。たとえ寡兵でも、じゅうぶんに引きつけたうえで、ことごとく命中させれば、絶大な威力を持ちうる。

敵騎馬隊の先鋒が川を渡り終えたとき、弦音《つるおと》がいっせいに寒夜をつんざいた。

とつぜんの伏兵の出現に、島津兵は混乱した。

至近距離からの斉射である。敵兵がつぎつぎと落馬してゆく。玄佐らしい老獪《ろうかい》な指揮であった。

それでも多勢に無勢、矢嵐を物ともせず、敵は強行突破してくる。

妙の思うつぼだ。戸次川から妙たちがいる柵までの間には、無数の落とし穴が杭と笹を目印に、ある決まりにしたがって掘られていた。吉岡兵には、落とし穴の位置がわかっているが、敵は知らない。暗がりに松明《たいまつ》では、陥穽《かんせい》を探れもすまい。まして馬が、人のなせる偽計を知りうるはずもなかった。敵は不慮の落とし穴に折り重なって落ちる。そこを討ち取り、馬もいただく。

今ごろ、猪野道察が兵を伏せる狭い琵琶の頸でも、島津方の馬は、昼にはなかったはずの乱杭に、つぎつぎと引っかかっているはずだ。

妙は薙刀の柄を強くにぎりしめた。硬く、冷たい。

「かたがた！　討って出ますぞ！」

第一章　篠笛とクルスと

二　ぶなの梢

春の近づく元亀四年（一五七三年）、筑前国《ちくぜんのくに》は太宰府《だざいふ》。

急坂の男道を経て宝満山《ほうまんざん》の頂近くまで登ると、裸木の樹間から、筑紫野《ちくしの》をすっきり見下ろす視界が得られる。妙の愛馬が清水で喉《のど》を潤す川久保《かわくぼ》の井手《いで》が、朝霧のまにまに見えた。

「妙さま、お待ちくださいまし」

哀れなほどあえぎながら、萩《はぎ》が遅れて坂道を登ってくる。

「ついて来るなと申したではないか」

萩はがくがく震えの止まらない膝頭《ひざがしら》に両手を置いた。そのままの姿勢で、しばらく懸命に息を落ち着けると、汗まみれの顔を上げた。

「いかに妙さまとて、おひとりでお山へやるわけには参りませぬ」

妙は杖がわりの薙刀《なぎなた》の柄で、どんと山道を突いた。

夜露で湿りけを帯びた土に、石突《いしづき》がめり込む。

「ふん。間違って私を襲う賊なんぞがおれば、気の毒でならぬ。この世をはかなむ暇《いとま》もなく、ただちにあの世で悪事を悔いるであろう」

妙の薙刀は、篠笛の腕前よりも数段上だった。逆であればよいのにと妙自身、願わないでもない。萩でさえ、薙刀で妙に教える技はもうないと、太鼓判を押していた。

「妙さまに万一のことあらば、萩は死をもって、旦那《だんな》さまにお詫《わ》びせねばなりませぬ」

やっと息が整ってきた萩の言葉の終わらぬうち、妙はくるりと萩に背を向けた。

「では、先に参るぞ」

背後で萩が悲鳴をあげたが、気にせず歩を進める。

行き先は決まっていた。妙の通うぶなの森は、宝満山の頂から、さらに西北の仏頂山《ぶっちょうざん》へむかう道の辺にあった。

宝満山には太宰府領主、高橋家の詰城があって、中腹から山頂付近までは巨大な軍事要塞と化していた。だが、奥山の仏頂山はまだ手つかずである。幼いころ、父の林左京亮《はやしさきょうのすけ》とともに太宰府へ移り住んだ妙が、最初に魅せられたのはぶなの巨樹群だった。

この森で深い息をすると、体のすみずみまで清気が行きわたる。どの季節のぶなも、妙は例外なく好きだった。眼を洗う新緑も、鮮やかな黄葉《こうよう》も救われるが、葉をつけない冬の枯れ山もよい。

妙は母を知らなかった。物心つく前に、死に別れたと聞かされている。寡夫《やもお》となった左京亮は後添えを娶《めと》ろうとしなかった。母が欲しいと、口に出した覚えはない。が、いつしか妙は、森の奥にそびえるひときわ大きなぶなを、母がわりだと思うようになった。多くの生命を受け容《い》れ、慈しみ、悠然と見守る姿は、母と呼ぶにふさわしい。

ぶなを除けば、乳母の萩と左京亮だけが、妙の家族だった。兄弟もいない。

母なるぶなにむかい手を合わせ、頭《こうべ》を垂れて祈った。

——お殿さま（高橋鎮種《しげたね》）のごとき偉丈夫とめぐり逢えますように……。

妙は平安の昔の書物をあさって読んだ。いつしか、古く大和《やまと》物語に描かれた恋にあこがれるようになった。乱世では鎮種のような猛き武人でなければ、恋の相手は務まるまい。

——篠笛も、父上のお誉《ほ》めにあずかるほど、上達いたしますように……。

左京亮は妙じまんの薙刀の腕前を決して誉めなかった。およそ左京亮は妙に厳しいが、めったに見せない笑顔で、妙の篠笛を称賛した珍事が一度だけあった。幼心に喜んだものだが、以来、叱られこそすれ、何につけ誉められた覚えはない。

早春の山路では、地に舞い落ちる宿命を忘れていた枯れ葉が、山風にあわてて樹を離れる音さえ聞こえてきそうだった。やがて背後で、吐息にも似た萩のあえぎ声が聞こえ始めると、妙は眼《め》を開いた。

妙は懐《ふところ》から白竹の篠笛を取り出す。

眼下の筑紫野まで届けと、唄口《うたくち》に唇をつけた。

左京亮が仕える太宰府領主、高橋鎮種（後の紹運《じょううん》）は、戦場に出れば一騎当千の勇将だが、民とともにあるときは、まったくその風がなかった。鎮種は、長年の内戦で疲弊しきった太宰府を豊穣の地へ戻そうとした。ゆえに、宝満山城の修復にもほとんど手をつけないま、民の先頭に立って地を耕し、あるいは水路を開いた。

同時に鎮種は有事に備え、兵の鍛錬も欠かさなかった。若き名君をいただく太宰府はずっと安泰だった。妙を含めて太宰府の民は今、筑前一の幸せ者に違いない。乱世ではぜいたくにすぎようが、この平和がいつまでも続くように願って、妙は吹くのだ。

ようやく人心地ついたらしい萩が、手ぬぐいでしきりに汗をふき始めると、妙は唄口から唇を離した。

「お殿さまは、いつ太宰府へお戻りであろう？」

「またお殿さまですか。妙さまのようにお暇ではないのですよ」

妙は幼少から主君の高橋鎮種に強くあこがれてきた。

親しい領主である鎮種への思慕が、主筋に対するただの尊敬でないと気づいたのは二年前、仲のいい同い齢《どし》の娘が十二歳で嫁いだときだった。

――私と違って、妙どのは太宰府小町。あれだけおそばに呼ばれているのですもの。じきにお殿さまのもとへ上がるのでしょう？

去りぎわのさりげない念押しが、これから女になろうとする妙に気づきを与えてしまった。

その日以来、妙は萩に言って、化粧を始めた。鎮種に会える日は鏡を何度も見る。

鎮種は昔から、ことのほか妙にやさしくしてくれた。たかだか一家臣の娘にすぎないのに、破格の扱いといえる。妙を憎からず思っているからだとしか、考えられなかった。

「お殿さまは今年も、上原《うえのはる》の桜を愛《め》でに行かれるそうです。そろそろ妙さまも、お支度をなさいまし」

大友家の国都府内《ふない》の上原館には、年に二度ほど通っていた。

太宰府は古都の面影を残す農村だが、府内は違う。南蛮渡来の品まで並ぶ大きな市の賑《にぎ》わいは格別だった。名を聞くだけで心が躍る。いや、府内よりも、鎮種に会えるせいだ。なぜ鎮種は家臣の娘のなかで、妙だけを毎年のように、府内へ連れて行ってくれるのだろう。

答えは、はっきりしているではないか。

「お殿さまは……側室を置かれぬのであろうか」

勇気を出して問うてみたが、萩は額《ひたい》の汗をぬぐいながら、すぐには答えなかった。

「妙さま。ばかなことはお考えになりますな」

萩にしてはめずらしく、小声で吐き捨てるような口調だった。二六時中ともにいる萩にはもう、妙の気持ちを気づかれているらしい。

鎮種と正室の小夜《さよ》は有名なおしどり夫婦で、おまけに子だくさんだった。それでも側室を置く武将はいるが、品行方正な鎮種が側室を置くとは考えにくかった。鎮種は妙より十二歳年長の二十六歳だ。妙がもう少し早く世に生を享《う》けていればと、何度嘆いたことか。

「そうでした、妙さま。旅先ではお気をつけくださりませ。近ごろの府内や丹生島には、恐ろしい辻斬り、デモニオ（悪魔）が出るとか。キリシタンの白装束を返り血で染めて、笑いながら幾人も斬り殺しているそうです。なんでも、異国の唄を口ずさんで、手当たりしだいに人を袈裟《けさ》斬りにする魔物だと聞きまする。妙さまも、邪教の会堂なぞには、決してお近づきになりませぬよう」

太宰府にキリシタンはいないが、府内では急増しているらしい。萩のキリシタン嫌いは昔からだが、新し物好きの妙は、むしろ耶蘇教《やそきょう》に関心があった。

「おもしろい話ではないか。私が不届きな辻斬りを成敗してくれようぞ」

ぶなの森を吹き抜ける乾いた山風に、春の足音がたしかに聞こえた。

†

大友家の当主、宗麟は美しき事物をこよなく愛した。その宗麟がかつて居所とし、手をかけた館だけあって、上原館の桜はみごとであった。山と空ばかりの太宰府と違い、館の建つ丘からの眺めには海の青が映えた。

「お方さま。上原の館から見る春の海は、やさしい蒼《あお》をしておりますね」

妙は思ったままを口にする。父の左京亮を除けば、相手が誰でも、妙の態度はほとんど変わらなかった。鎮種には主君というより、別の意味で身がまえてしまうのだが。

大友家の世子《せいし》義統《よしむね》の正室、菊《きく》はやわらかくあいづちを打った。

「私も、春の海が好きです。されど、人も変わるもの。今ではもの悲しい秋の海も、大好きになりました」

上原館から眺める菡萏《かんたん》湾の色は、季節によってまったく違うようだった。春はどこかやさしい蒼、秋はうらさびしい藍《あい》。夏と冬の記憶がないのは、部屋の主《あるじ》である菊が、妙をその季節に招かなかったからだ。武家の娘らしくないなよやかさを持つ菊は、夏と冬の激しさに堪《た》えられないのかも知れなかった。

菊は、乱世にはついに似合いそうにない、やさしげな笑みを浮かべる。

「妙。弟の話では、笛がずいぶん上達したとか。吹いてみなさい」

あいにくと妙は、自分の篠笛の腕前が一流の域にはほど遠いと自覚していた。へたの横好きもはなはだしいと正しくわきまえている。

菊は鎮種の姉にして、宗麟の姪であり、同紋衆きっての名門、吉弘家の女であった。色を好む宗麟が、菊の美貌をいたく気に入り、わが子に室として与えたと聞く。

「おそれながら、高橋のお殿さまは、笛をまるで解しておられぬご様子」

妙の率直な評に、笑い上戸の菊が声を出して笑い始めた。

「鎮種は、昔から猿楽などには眼もくれず、武技ばかり練っておりましたゆえ」

高橋鎮種は知勇兼備の名将ではあっても、音楽を解しないらしい。妙の笛をむやみに誉めちぎるのがその証《あかし》だった。鎮種はほかには教えられぬからと言い、戦《いくさ》のやり方を教えてくれた。妙の飲み込みのよさに喜んだ鎮種は、妙に会うたび戦の話をした。今にして思えば、妙を鎮種の望む女に養育しようとしていたのではないか。

昨年、妙は鎮種に頼み込んで、男装して初陣《ういじん》を果たした。病の左京亮にかわり、一隊を任されたのである。鎮種も妙を育てる気だったかも知れない。が、妙は大失態をしでかした。鎮種は最前線で槍《やり》を振るう将だが、その日は苦戦していた。初陣の妙は本陣にあったが、身も細る想いで鎮種の危機を見ていた。鎮種が落馬したとき、妙は待機の命令を破り、一隊を率いて戦場へ突入した。

薙刀の腕前には自信があったが、まるで勝手が違った。妙を殺《あや》めようとする敵を前にして、体が勝手に恐怖した。人の命を奪おうとする自分に対し、嘔吐に似た嫌悪まで覚えた。実戦は、日ごろの鍛錬とまったく違っていた。妙は無闇やたらに薙刀を振り回すことしかできなかった。乱戦のなかで、妙は敵兵に十重二十重《とえはたえ》に囲まれ、死を覚悟した。

だが気がつくと、妙は鎮種に救われていた。そのとき、鎮種がとっさの判断で、敵を誘い込めると考え、わざと負け戦を演じて落馬までしたのだと気づいた。戦に勝つためにはそこまでせねばならぬのだと思い知った。大友軍は最後に盛り返したが、苦戦のすえの勝利となった。

鎮種は苦戦について自分の落度だと家臣たちに詫び、妙を責めなかった。が、鎮種は妙に失望しただろう。

「吉弘家は武を重んじる家風ですが、大友宗家はずいぶん勝手が違います。笛の出来くらい、私にもわかります」

菊の若い夫、大友義統は九州六カ国の太守大友宗麟の長子にして、次期国主である。三十路《みそじ》前の菊の容姿には、少女のはかなささえ、かいま見えた。妙の演奏を幼子のようにうれしげに待つ菊の無邪気さが、ほほえましくもあった。裏表のない菊と一緒にいると、妙の心は安らいだ。菊の態度には落ち着いたやさしさと、身分の違いを感じさせない親密さが同居していた。

菊の笑顔にうながされて、妙はしかたなく懐から白竹の篠笛を取り出した。

ゆっくりとかまえ、集中するために眼を閉じると、青い海が消えた。

なじみの旋律を奏でてみる。幼いころを過ごした都甲荘《とごうのしょう》の八面山《はちめんざん》や修正鬼会《しゅじょうおにえ》、新たに故郷となった太宰府の巨城と黄金色《こがねいろ》の稲穂、母なるぶなの森を想った。

なぜ、菊はいつも妙を呼ぶのだろう。

菊はときおり昔語りをしたいと言い、実弟の鎮種を府内に呼んだ。その際、鎮種はしばしば吉弘時代の昔をよく知る家臣、林左京亮とその娘の妙を、菊の住まう上原館へ同行した。鎮種と左京亮は大友館で要人と会うためにしばしば席を外し、妙は菊と二人きりになった。

これは、物心ついたころからの恒例行事だった。菊のやさしさに加え、物怖《ものお》じしない妙の性格も手伝って、菊と過ごす時間は、妙にとって心休まるひとときだった。

かねて吉弘家と高橋家では、君臣の間柄が近い。だから家老の林家も、主君の高橋家、さらに吉弘家とは家族同然の交わりがあった。それにしても、である。長ずるにつれ妙も、菊の自分に対する扱いが、不自然なほど破格だと気づき始めた。

実弟の家臣の娘に情を注ぐ菊の姿は、いつしか奇妙なうわさをさえ生んだ。妙は、菊が年下の義統に嫁ぐ前に産んだ、隠し子なのではないか、と。今の妙にとっては、この陰口が格別に重い意味を持っていた。主君の血筋であるか否かというより、もしもうわさが本当なら、妙は鎮種の姪にあたり、結ばれにくい間柄となる。

あらぬうわさを気にしたせいか、菊は一年ほど妙を呼ばなかった。が、この春、上原館の桜がみごとだと言い、妙たちを呼んだ。

ひさしぶりに会えた歓《よろこ》びが、すなおに菊の顔に出ていた。飾りけのない菊のまごころを感じると、菊が真の母なのではないかと錯覚さえする。だが、そんなはずはあるまい。鎮種が妙を気に入り、菊もたまたま好いてくれただけの話だ。

「妙も十四。そろそろ嫁入りを考えねばなりませんね」

菊は今回、妙の嫁入りを世話したかったわけか。次期国主の正室が世話する縁談なら、本来、ことほぐべき慶事だが、菊の場合はほほえましいおせっかいに思えた。いや、もしや鎮種は幼少から近しい間柄だけに照れくさく思い、正室の気持ちも慮《おもんぱか》って、菊から側室入りの話を持ち出させるつもりなのではないか。

「左京亮に問いましたら、妙に、好きな男子《おのこ》はおらぬ、とか」

「私は、高橋のお殿さまのごとき戦巧者《いくさこうじゃ》で、見目のよい殿方を、夫に欲しゅうございまする。されど、さようなお方には、ついぞお目にかかれませんでした。もしもこのままお会いできずば、独り身を通すだけにございまする」

菊は袖《そで》で口を押さえながら肩を震わせ始めた。実によく笑う女性だ。姉弟仲のいい鎮種の話では、よく泣く女性でもあるらしいが。

「今でこそ鎮種も、勇将よと皆に称《たた》えられていますが、昔は負けて泣いてばかり。戦場でいつ死ぬか知れぬ戦じょうずより、戦がへたでも女子《おなご》にやさしい男子のほうが、存外よいのではありませぬか？」

義統のことなのかも知れない。義統は惰弱よと陰口を叩かれ、国主の器にあらずと評されてひさしかった。が、正室で年長の菊に対してはことのほかやさしく、頭も上がらない様子だった。

妙の心が沈んでゆく。どうやら鎮種の話ではないらしい。

「お殿さまはお強いだけでなく、お方さまを大切にしておられます」

言い張ってから、妙は苦い思いをした。妙は鎮種にあこがれているが、正室をないがしろにして側室にうつつを抜かす鎮種を見たいとは思わなかった。妙の思慕は最初から矛盾していた。

「好きな人がいるのなら、その人と結ばれるのがいちばんよい。でも、いないのなら、鎮種に劣らぬ立派な男子を、妙のために私が探して進ぜましょう」

善意か、愛情か、純粋に妙の幸せを願う菊の気持ちは伝わってきた。


鎮種への思いを、菊に打ち明けたらどうなるだろう。大きな賭けだが、もし鎮種に峻拒《しゅんきょ》されたら、どうすればよいのだ。左京亮に知られたなら、おおごとになる。やはり鎮種のほうから妙を望んでもらうほうがいい。鎮種と二人きりになったときに、勇気を出して思いを打ち明ける以外にあるまい。妙は主君に取り入って栄達を図る気などまったくないが、取りようによっては、要《い》らざる誤解を生みかねなかった。

「今も昔も、女子の幸せの半ば以上は、夫で決まるもの。左京亮とて、ただの男子では承知しますまい。妙、私たちに万事まかせなさい」

うれしくてたまらない様子の菊の笑顔に、妙もつられてほほえみ返した。

†

先を行く左京亮の背は、まるで板をはめ込んだようにまっすぐだった。中背だが引き締まった体は、まさに乱世を生き抜いてきた武士の証だ。馬上の妙も、心もち背筋を伸ばす。二人は、府内東部の今小路《いまこうじ》に北面する吉弘家の屋敷へむかっていた。

上原館は府内の南の丘にあり、町の中心からは少し離れていた。父娘《おやこ》は先刻から、黙然と馬の背に揺られている。

日本《ひのもと》広しといえど、左京亮ほど厳格な父親は五指に余るまい。手こそ決して上げないが、叱るときの剣幕には、妙はもちろん、そばにいる萩まで縮みあがった。怖いもの知らずの妙が、現世で恐れる人間がいるとすれば、ただひとり左京亮であったろう。が、すべては左京亮が、心底から妙を案じてくれるためだと、ようやく最近わかるようになってきた。

左京亮が馬の歩みを遅らせてふり返ると、妙の背筋がさらに伸びた。

「妙。お方様より、いかなるお話があった？」

左京亮は上原館を出て以来、同じ事柄を考えていたに違いない。馬上で交わすべき話でもなかろうが、ちょうどあたりに人影はなかった。

「私の嫁入りの話にございます」

左京亮はうなずいた。妙の意にまったく沿わない相手であっても、左京亮に言われた場合、はたして断れるだろうか。

高橋家は筑前の名門だが、鎮種が継ぐ前、当主の鑑種《あきたね》が宗麟に背いて大叛乱《だいはんらん》を起こした。ゆえにその際、府内の高橋屋敷は接収された。ぜいたくを好まない鎮種は、戦乱で荒れた太宰府の再興を優先させた。結果、府内に屋敷を再建せず、当面の間、使い慣れた実家の屋敷を使わせてもらっていた。だから府内にあるときは、妙たちも吉弘屋敷に滞在する。

吉弘家先代の鑑理《あきただ》は徳が高く人望があったが、すでに病没し、長子鎮信《しげのぶ》が跡を継いでいた。吉弘家の本領は国東《くにさき》半島の都甲荘だが、鎮信は宗麟の腹心として府内にあり、大友館の義統と丹生島の宗麟の間を行き来していた。最近では、元服した鎮信の嫡子統幸《むねゆき》も、しばしば鎮信にしたがい、政《まつりごと》を学んでいるらしかった。

「吉弘の若様が、ひさしぶりにお前に会いたいとおおせであったぞ」

妙は齢の近い統幸とは幼なじみで、気心も知れていた。主筋であり身分は違うが、誠実で気さくな統幸の人柄は、それを感じさせなかった。

菊は、妙を統幸と妻合《めあ》わせるつもりだろうか。統幸なら、左京亮に不満があろうはずもない。思い返せば、統幸が妙を懸想《けそう》している節もあった。

統幸は醜男ではないが、美男でもなかった。吉弘家の男児独特のえらの張った顔には愛嬌があり、妙も嫌いではない。菊に笑顔で勧められ、左京亮に言われれば、嫁ぐほかないのだろう。

家臣の娘が主筋の嫡子に嫁ぐなら、文句なしにことほぐべき縁談である。だが、妙の心の片隅にはたしかな憂いがあった。乱世に生まれた武家の娘に、平安の貴族が心ゆくまで愉《たの》しんだ恋など望むべくもなかろうが、妙は「恋」なる代物を実際に体験してみたいと熱望していた。

「ありがたくも、わが殿はお前を実の娘のごとく思われ、嫁ぐ際には養女になさるとおおせであった。こよい、お目通りがかないしおりは、殿にしかと御礼申しあげよ」

妙はかしこまって返事をしたが、萩に薙刀の石突で胸を思いきり突かれたような衝撃を受けた。

やはり鎮種は、妙を娘のようにかわいがっているだけなのだ。女として妙を見てはいない。

今夜はまた、吉弘屋敷で兄弟、主従で酒盛りをするのだろうが、その際に縁組みの話が出るのかも知れなかった。左京亮がうなずいたとき、妙の恋へのあこがれは終わるのだろう。

妙はすっかり意気消沈した。

大和物語の描く恋の鞘当《さやあ》てとその顚末《てんまつ》にさまざま思いをめぐらすうち、ついに妙はひとつの決心をした。今夕、鎮種が吉弘屋敷に戻ったとき、腕を上げたと申し出て、手合わせを願い出る。立ち合いのさなかに、告白するのだ。おそらくはこれが最後の機会だ。

妙がひとり馬上でうなずいたとき、前に左京亮の姿はなかった。屋敷へむかう道を曲がりそこねたと気づいた。

三　篠笛の若者

吉弘屋敷には、当主の鎮信も統幸も不在だった。

左京亮もすぐに府内の政庁である大友館に伺候《しこう》した。家人もあらかた出払っていて、妙は人気《ひとけ》のない屋敷に取り残された。

左京亮と短い言葉を交わし、ひとつの重大決心をしただけで、妙は小半日《こはんにち》ぶんの緊張を味わった気がした。用人もまばらな広い屋敷である。暇を持てあました妙は、大広間で大の字になって、手足を思いきり伸ばしてみた。左京亮と萩が不在の時だけできる、妙のささやかな横着だった。

眼を閉じ、甲高《かんだか》い声を出しながら、思うがまま伸びをしてみた。

(実に、心地よい)

「これは、失敬」

とつぜん、低音がした。衣《きぬ》ずれの音とともに、足もとを足早に通り過ぎる者がいた。

妙があわてて半身を起こしたときには、白装束の後ろ姿が縁側に消えるところだった。

(いけない。見られてしまった……)

めずらしく妙はうろたえた。不用意だった。仮にも主筋に当たる屋敷の大広間で、家臣の娘が大の字になってくつろいでいたとなれば、如何《いかん》。吉弘や高橋の殿様はよい。笑ってゆるすであろう。が、決して妙をゆるさない男が一人いた。左京亮なら、非礼を詫《わ》びると言い出し、腹でも切りかねない。事態が一大事に発展してゆく危惧《きぐ》をひしと感じた。

妙は真剣に悩んだ。何としても、妙の姿を目撃した何者かに、口止めをしておかねばならない。刺し違える気持ちまではなかったが、いつも護身用に差している腰の脇差へ手をやって確かめた。

妙は意を決してうなずいた。立ちあがり、縁側へ駆け出る。

「お待ちくださいまし！」

吉弘屋敷の庭には、大きな桜の古木が一本あった。

二十年ほど前に府内で起こった小原鑑元《おばらあきもと》の乱でも燃えず、樹齢は百年に近い。樹勢に衰えもあるが、毎年みごとな桜花を見せてくれた。

ちょうど春風に、桜がいさぎよく散っている。聞こえ始めた笛の音に、妙はハッとした。散りゆく花弁の一枚一枚を惜しみ、まるでそれに命の息吹《いぶき》を与えるような凛然《りんぜん》たる音色が、おだやかな風に乗り、躍り始めていた。

篠笛だとすぐにわかった。妙は覚えず立ち止まり、耳を澄ます。

神姫の舞うような節回しが、心地よく胸に染み込んでくる。相当の腕前だった。

音色に誘われるまま、庭へ出た。

舞い降りる桜花の下に、白装束の若者がいた。妙より年長だ。庭石に腰かけ、眼を閉じたまま赤い篠笛をやさしく奏でている。

さきほどの若者に違いないが、見慣れない顔だった。吉弘家の者ではないはずだ。涼しく感じるほどに端整な顔立ちと切れ長の眼に見ほれながら、妙は彫像のごとき若者が眼を開く瞬間を待ち望んだ。

胸もとには銀の十字架《クルス》が見える。キリシタンだ。

若者は自分の世界に入り込んで、妙に気づいていない様子だった。

あくまでなめらかな運指を妙がほれぼれと眺めるうち、雅味《がみ》に富む曲奏が終わった。

心ゆくまで余情を味わいたいのか、若者はしばしそのまま微動だにしなかった。

「おみごとにございます！」

思ったままを口に出す癖が、良いか悪いかは知らない。が、妙はすなおに賞賛した。

独り占めしていたはずの桜の園への闖入者《ちんにゅうしゃ》に気づいた若者が、ゆっくりと眼を開いた。

若者は突如現れたただひとりの聴衆を、けげんそうに見やった。遠くを望むようなやさしい眼をしている。先年死んだ、妙の愛馬の眼を思い出した。

妙はずきりとした。心ノ臓が勝手にばくばくと搏《う》ち始める。

そのまましばらく、黙って見つめ合った。

二人の間を、ささやき声ひとつ立てない桜花が、素知らぬ風で舞い降りてゆく。

さっきの大の字事件といい、妙には何もかもが、たまらなくはずかしく思えてきた。

「用事を忘れておりました……。失礼いたしまする！」

妙は若者のそばから逃げ出した。一度もふり返らず、屋敷から飛び出した。夢中で駆け、あてもなく府内の町を歩いた。大分川《おおいたがわ》のどっぷりとした流れを眺め、ようやく心を鎮めてから、屋敷に戻った。

変わらず散り続ける桜花の下、篠笛の若者の姿はもう、なかった。

†

妙はほおづえを突いている。防御を放棄した廃城のような宝満山城に、雲間から陽光がこぼれ落ちてゆくさまを、ぼんやりと眺めていた。

「薙刀も取らぬ、馬にも乗らぬ、笛も吹かぬ。まったく、妙さまらしくもない。いったい、いかがなされました？　府内で何があったのですか？」

あのまま、府内に心を置き忘れてきたのかも知れない。萩が背後に近づく気配にも気づかなかった。太宰府に戻ってからのひと月ほど、妙はせみのぬけがらのようになっていた。

「妙さま。たとえお方さまに先立たれたとて、お殿さまは決して妙さまを後添えになどなさいませぬぞ」

「ん？　ああ、そうみたいじゃなぁ」

あの夜はとりこし苦労だったらしく、妙の縁組みの話は出なかった。

主君へのあこがれは変わらないが、鎮種はもう大人だった。妹か娘のように妙をかわいがりはしても、女として愛してくれる日が来るとも思えなかった。そんなとき、失恋したばかりの妙の人生にとつぜん現れた若者がいた。妙は明けても暮れても、篠笛の若者のことばかり考えている。

「おかしな妙さまじゃ」

萩は厳《いか》めしい表情を変えて、いぶかしげに妙の顔をのぞき込んでいる。

「もう別によいのじゃ、お殿さまは」

「では、府内で何があったのです？」

「何も、ありは、せぬ」

ろくに考えもせず答えると、萩が、妙の背をぽんと勢いよく叩いた。

「さようなはずはありませぬ。妙さまが麦めしのおかわりを三度しかされぬなど、病のおりとて、とんとなかった面妖《めんよう》な話。ささ、萩に何でもお話しなさいまし」

すこぶる頑健な妙はまず病気をしないが、たしかに近ごろ食欲があまりなかった。

萩は育ての親に等しい乳母で、いつも妙の絶対の味方だった。萩が主の左京亮を慕っている節もあるのだが、しつけがあまりに厳しすぎますと、左京亮と大げんかをした経験さえ何度かあった。

左京亮には無理だが、萩になら打ち明けてもかまわない気がした。

「絶対、誰にも言わぬと約束するか？」

萩がたくましい胸を張った。ひと戦終えて戻ってきた女傑のようである。

「安堵《あんど》召されませ。萩は筑前一、口の堅い女子にございますれば」

そのまましばらく萩と見つめ合った。

がまん強く待っていた萩が、やがて確信したようにうなずいた。

「妙さま、誰ぞに恋をなされましたな」

すぐさま萩に背を向けた。後ろから顔をのぞき込んでくる萩に観念し、妙は向き直った。

「私も女子じゃ。恋をして、何が悪い？」

「やはり。お相手のお名前は？」

妙はうつむいたまま、消え入りそうな声で答えた。

「……知らぬ」

「どこの家の殿方でしょう？」

「……わからぬ」

「ご身分は？」

妙は笛の音に聞きほれ、若者の顔に見とれていた。顔のほかは、白装束に赤い篠笛、銀のクルスくらいしか覚えていない。刀を身につけていたかどうかさえ、記憶が定かでなかった。もしかすると、侍ではないのかも知れない。

「侍か、商人《あきんど》かも、わからぬとおおせですか？」

妙が力なくうなずくと、萩は大声で笑い出した。

「どこの誰とも知れぬ男子に懸想《けそう》されるとは、いやはや、妙さまらしい」

「何が可笑《おか》しい！　真剣に悩んでおるゆえ、萩に打ち明けたのじゃぞ！」

妙は怒ったが、それでも萩の笑いは止まらなかった。

「承知しておりまする。されば何ぞ、手がかりはございませぬか？」

妙は大の字になっていた件も含め、吉弘屋敷で起こった出来事を萩に話した。もっとも、クルスについては黙っていた。萩にかぎらず、異教を毛嫌いする者は少なくない。

「吉弘家ゆかりのお方なら、お会いできる日がきっと参りましょう」

「だめ。すぐにでもお会いしたい。お会いせねば、死んでしまう」

「おやおや、大仰な物言いをなさいますこと」

妙は萩にすがるように身を乗り出した。

「ぜひともお会いせねばならぬ。うかうかしておれば、お殿さまのように、あの方が嫁をもろうてしまわれる。そうなれば、また話がややこしゅうなる」

「されど、すでに夫婦《めおと》であられるやも知れませせぬぞ」

「さようなはずはない」

言いきってはみたが、確信はなかった。仮に妙より三歳年長の十七としても、すでに妻を娶っている可能性はいくらでもあった。が、桜花に誘われたのか、勝手に武家屋敷の庭へ入り込み、気ままに篠笛を奏でる風変わりな若者は、何とはなく独り身である気がした。妻子ある大人は、妙の知るかぎり、さように奇矯な行動をとらない。

「一度会われただけで、かくもいちずに想われるとは、妙さまらしい」

妙も変だと思った。が、このひと月よくよく考えてみても、結論は変わらなかった。この胸のつかえこそが、平安の古より女子たちを悩ませてきた「恋」なのだ。鎮種への片恋が破れたその日に出会ったのも、運命ではないか。

「私はあのお方に嫁ぐと決めた。たとえ父上が反対されたとて、心変わりはせぬ。もちろん萩も、私に味方してくれような？」

つめ寄る妙に、萩は大きくうなずいた。

「こたびの恋につきましては、萩がしかとお力添えいたします。されば、旦那さまと刺し違える覚悟で助太刀《すけだち》を。ですが、いかにしてその殿方を探せばよいのやら」

「策は、考えてある」

妙もこのひと月をむだに過ごしてきたわけではない。篠笛の若者の素性を突きとめる方途《ほうと》を、ずっと思いめぐらしてきた。

「挙措《きょそ》やご様子からして、身分の低からぬ武士じゃと思う。府内におわす若い殿方なれば、石宗《せきそう》先生の塾に出入りされているはず。吉弘の若様（統幸）も通われておると聞いた。されば お殿さまにお願いし、私も塾に通わせてもらう」

大友家の軍師、角隈《つのくま》石宗は不定期に府内の大友館で私塾を開いていた。酒仙の石宗は、酩酊《めいてい》しながら講釈を垂れるときさえあると漏れ聞くが、立身出世にも資するとあって、大友家の子弟がこぞって集まっているらしい。

「石宗先生は何人も拒まれぬ御仁《ごじん》と伺ってはおりますが、さすがに女子は……」

萩は首をかしげた。大友の子弟が集う場に、件《くだん》の若者がいる可能性はあった。が、女子が塾に入った例《ため》しはもちろんない。

「私もいずれ大友の武家に嫁ぐ身なれば、軍略もわきまえておかねばなるまい。お殿さまは今なら、ちょうどお屋敷におられるはず。これより直談判《じかだんぱん》申しあげるゆえ、ついて参れ」

妙がすっくと立ちあがると、萩もあわてて続いた。

†

痩《や》せ枯れた老人は、千鳥足で現れると、塾生たちの前によろけながら座った。すでに酩酊している。石宗の塾は質疑と討議だけで行われた。

「戸次道雪《べっきどうせつ》公は、日向の伊東《いとう》を攻めよと献言されておるとか。されど伊東は、かねて大友の庇護を求めてきた友国でござる。大国が信義に反する真似《まね》をすれば、人心の離反を招くは必定。それがしは反対じゃ」

「薩摩《さつま》の島津が力をつけておる。薩州が強大化する前に日向を先に併呑《へいどん》しておかねば、豊後は南に脅威を抱える仕儀となりかねぬ。戦をせずとも伊東が大友にしたがうと、道雪公は見ておられるのよ」

塾生の疑問に他の塾生が応じ、けんけんごうごう議論が行き詰まったところで、石宗の意見が求められる。

「運気はめぐっておる。今年、大友が南を攻むるは吉。されど星の配置が変わればどうじゃ。来年はどこへも動けぬぞ。では、四年後はどうじゃな？」

めぐる星の配置を瞬時に頭のなかで変えられる塾生は、妙ひとりしかいなかった。

石宗と視線の合った妙が即座に答える。

「南西に五黄《ごおう》、北東に二黒《じこく》の配置です。たとえば薩摩の島津と戦うなら、最大凶となりましょう」

「いかにも。妙の申すとおりじゃ。乱世では、信義よりも勝利ぞ。戦の理由など、勝った後で頭をひねればよい」

石宗は肩すかしのように吉凶を論じてから、政事を談じ始めた。妙は戸口に眼をやる。

結局、石宗の塾に、篠笛の若者は現れなかった。

紅一点の妙は当初、好奇か侮蔑の眼で見られた。が、今ではそれが、感嘆と羨望に変わっている。かんじんの石宗が入門を許しているし、妙を同道する吉弘統幸が塾生たちの信を得ていた事情もある。が、何よりも妙のなみはずれた知力に、塾生は皆、舌を巻いた。妙はもともと頭の回りがよいのであろう、書物を片っぱしから読みあさり、たいていの事柄を一度で解し、覚えた。

石宗の反問に塾生が答えられなくなると、石宗は最後に妙を指名するようになった。少なからぬ塾生が主家の姫に対するように妙に接し、塾の運営についてさえ、意見を求めるようになった。なかには妙の美貌に惹《ひ》かれた様子の者もいたが、妙は笑顔でいなしながら、辛抱強く、若者の情報を得ようと努めた。

吉弘屋敷に紫陽花《あじさい》が咲き、いつしか、せみが鳴き始めた。

戸次道雪、高橋鎮種らの唱える主戦論も一部にあったが、九州最大の大友王国は、長い平和をあてもなくむさぼり続けていた。国都府内も、南蛮船に乗ってやってきた孔雀《くじゃく》や象が跋扈《ばっこ》するくらい、のどかである。

吉弘屋敷で寝起きする妙の日課は、決まっていた。

塾のある日は、同じく塾生の統幸とともに大友館へむかう。それ以外にも日に三度、妙は屋敷を出て、府内の町を歩いた。その際、必ず大友館の西にあるデウス堂の前を通る。キリシタンの若者なら、会堂に姿を現すはずと考えての行動だった。妙は験《げん》をかついで、出会ったときに着ていた萌黄《もえぎ》色の小袖《こそで》をいくつか作ってもらい、それを着もした。

が、若者はいっこうに姿を見せなかった。統幸にもたずねてみたが、吉弘家に出入りするキリシタンなど知らないとの返事だった。

あのとき、篠笛の若者はなぜこの屋敷に身を置いていたのか。吉弘家と何の関わりも持たない者が、ただ咲き誇る桜に誘われて、無断で屋敷へ闖入し、凜然と笛を奏でていたはずはない。

ときどき妙は、若者が座っていた庭石に腰かけてみる。桜はぎっしりと夏葉をつけていた。

あのころと違い、草いきれがする。

折り重なる緑のむこうに、抜けるような蒼空の欠片《かけら》がいくつか見えた。

盛夏、石宗塾の帰り道に統幸から誘われ、妙は大分川のほとりに出た。夏空には雲の峰がそびえ立っている。

†

川べりに二人、並んで座った。主筋だが幼なじみの統幸には、妙も別段気を使ったりしない。大分川の流れのように、時がおだやかに歩いてゆく。

耳を澄ましてみた。どこぞであの澄んだ篠笛の音がしないか、と。近ごろの妙の癖だった。

だが聞こえるのは、大分川の心地よい涼音だけだ。

不安が首をもたげてきた。このまま、もう二度と会えないのではないか。はたしてあの若者は、本当にこの世にいたのだろうか。

「なあ、妙殿」

いつのまにか続いていた沈黙を破って、統幸が口を開いた。

われに返って隣を見ると、統幸が真剣な表情で川面《かわも》の泡を見つめていた。その瞬間、妙はまずいと思った。

「身どもと……夫婦《めおと》になっては、くれまいか？」

あの、名も知らぬ若者と出会う前なら、結局、承諾したに違いない。が、今は違った。

妙は恋の味を知ってしまった。ただのあこがれとは違う。妙は統幸の人柄を好いていたが、恋してはいなかった。仮に夫婦となれば、統幸は必ず妙を大切にするだろう。それでも妙の心はずっと、あの若者に囚《とら》われたままに違いなかった。

「気づいておったやも知れんが、わしはずっと妙殿を好いておった」

統幸が勇気を出して告白しているとわかった。

「若さまのお心、うれしゅう存じまする。されど……」

妙はいったん言葉を切った。一瞬輝いた統幸の顔がにわかに曇った。父の鎮信が持ってくる縁談を、統幸が「未熟者ゆえ……」と断ってきた経緯《いきさつ》を、妙も知っていた。苦い沈黙に、涼やかな川音だけが続く。

「好きな男子でも、おられるのか？」

黙ってうつむく妙をなぐさめるように統幸が問うと、妙は小さくうなずいた。

「さようであったか。実は父上や叔父上からも、話があってな。されど、身どもの口から、妙殿に問うてみたかった。さればすまなんだ。忘れてくだされ」

統幸は相当に真剣であったのだろう、泣き笑いするような表情が気の毒でたまらなかった。

「あいすみませぬ、若さま」

統幸は気を取りなおしたように、立ちあがる。

「さてと、屋敷へ戻るといたそう。こよいは二十六夜だ。叔父上が来られるゆえ、楽しい宴《うたげ》となろう」

統幸はかえって妙を気遣い、つとめて明るく話題を作ってくれた。

屋敷への帰途、いつもはすっきりと屹立《きつりつ》する由布岳《ゆふだけ》が、どこか元気を失って見えた。

その夜、吉弘屋敷で開かれた宴会は、いったんは山の端に引っ込んだ落日が、様子を見に引き返してきそうなほど、にぎやかだった。

妙は縁側に出た。二十六夜の月を見あげる。心のなかで訴えた。

（篠笛の君よ。あなたさまは今、どこで何をしておられるのですか？　いま一度お会いできるなら、妙は何も要りませぬ。どうか、お姿をお見せくださいまし）

あの若者はきっと同じ月を見ながら、やさしい赤の篠笛を奏でていると信じた。もしかしたら、妙を想うていてはくれまいか。

鈍く輝く月の半ばを、一片の薄雲が、思いついたように通り過ぎていった。

第二章　神の王国よ、来れ

四　浮浪の大望

二十六夜の頼りない月明かりは、要人暗殺にふさわしい夜というわけか。

臼杵右京亮統尚《うすきうきょうのすけむねひさ》は形ばかり胸で十字を切ると、全身で前後の気配を読みながら、右手で豊後刀の柄《つか》のざらついた親粒《おやつぶ》をなでた。

真夏の夜でも、海があるせいだろう、丹生島《にゅうじま》の城下町を吹き抜ける風は涼しげだった。

「修道士《イルマン》よ。何者かがわれらの後をつけておる様子。このまま畳屋《たたみや》町を抜け、横浜《よこはま》町から礼拝堂へむかいまする」

右京亮はかたわらを歩く日本人修道士ロケの耳もとでささやいた。

異国の神を奉ずるキリシタンを快く思わない勢力は、豊後にも少なからずあった。宣教師の暗殺未遂事件は、過去に何度か起こっている。右京亮は護衛の役回りでもあった。

安息日の今夕、ロケは丹生島の南、平清水《ひらそうず》で布教をした。キリシタンたちの熱狂的な歓待を受け、聖歌を唱和するうち、夜も深くなった。

「ジャンよ。あたうかぎり、相手の命までは奪わぬよう」

右京亮はうなずいた。が、心中ではロケの偽善を嗤《わら》っている。右京亮が暗殺者を始末してやらなければ、ロケはもう二度ほど斬殺されているはずだ。篤《あつ》い信仰があれば神は見捨てないとロケはくり返すが、右京亮は信じない。敵を葬らねば、己が命を奪われる因果など自明ではないか。

前後には、わかるだけで刺客が四人いた。

ロケが殺されれば、キリスト教をめぐる豊後の緊張が高まる。その結末も悪くないが、右京亮に信を置くロケは、まだ利用しがいがあった。ロケの真摯《しんし》な布教によって、キリシタンは着実に増えてきた。キリシタンの増加は、大友の混迷を呼ぶ。いずれ時来《きた》らば、キリシタンたちは右京亮の手駒となるはずだった。

ならば、まだロケを失うべきではない。

ゆくての三叉路《さんさろ》にたたずむ古い屋敷の陰に、刺客が二人ひそんでいた。前後の敵を一度に相手にするのは不利だが、ロケのそばを離れるわけにはいかない。

「次の辻の手前で私が走り出しましたら、すぐに右へ折れ、礼拝堂まで一目散に駆けられませ。後はおまかせを」

修道士がうなずくと、提灯《ちょうちん》の灯《あか》りを消して投げ捨てる。すぐに、ロケと右京亮の白装束さえ溶け込みそうな暗闇が現れた。

左眼《ひだりめ》を閉じ、さきほどから閉じて闇に馴《な》れさせておいた右眼を開ける。

右京亮は聖なる祈禱《オラシヨ》「ラウダーテ・ドミヌム」を口ずさんだ。暗殺者は地獄《インヘルノ》へ落ちるに違いない。ならばせめて、死にゆく哀れな異教徒《ゼンチヨ》を弔《とむら》うためにと始めた、人を斬るときの右京亮の儀式だった。

鯉口《こいぐち》を切るや、右京亮は疾風のように駆け出す。

あわてて敵影が動いた。遅い。体を右に半分開く。

敵が振りかぶった。すでに、右京亮は踏み込んでいる。

抜く手も見せず、一人目を斬り上げた。生温かい血潮を、全身で浴びる。

もう一人の気配は同時に読んでいた。背後だ。

敵に背を向けたまま、左にかわす。ふりむきざま、袈裟《けさ》がけに葬った。

迫ってくる残りの二人にむかって、左半開きの体を右に直した。

先に襲ってきた一人を斬り伏せる。身をひるがえして逃げ出す最後の一人を、背からまた袈裟斬りにした。歌い終わらぬラウダーテを途中でやめて、問うた。

「田原紹忍《たわらじようにん》の手の者か?」

返事はなかった。急所をわずかに外したはずが、闇で手元が狂ったのか、すでに事切れているらしかった。

軽い違和感があった。刺客は皆、逃げるロケを追おうともせず、右京亮に斬りつけてきた。右京亮は闇夜で片笑みを浮かべた。

ロケではない。俺も命を狙われるほど目障りな男になったわけか。

陰りが見え始めたとはいえ、なお九州最大の勢力を誇る大友は、キリスト教をめぐって、混迷の度を深めようとしていた。

政争の行き着く先で、大友が大きく二つに割れる目算があった。宗麟を担ぐキリシタン勢力は着実に力をつけてきた。これに宗麟の正室、奈多《なだ》夫人と筆頭加判《かばん》衆の田原紹忍を中心とする反キリシタン勢力が対峙《たいじ》している。右京亮は宗麟派の近習《きんじゅ》として動いてきた。いや、逆に宗麟を動かしてきたという自負さえあった。

右京亮は刀身にまとわりついた血糊《ちのり》を振り落として、音もなく鞘《さや》に納めた。

礼拝堂に戻ると、燭台を持つロケがいた。揺らぐ炎に自分の胸もとを見ると、返り血に染まった銀のクルスがいつになく黒ずんで映えていた。

†

颪は死んでいた。

臼杵家の居城、水ケ城《みずがじょう》二ノ丸の前庭を、炎陽《えんよう》が容赦なく照りつけている。

右京亮は、袋竹刀《しない》をゆっくりと青眼《せいがん》にかまえた。

対する従弟《いとこ》の臼杵統景《むねかげ》はみじめなほど肩で息をしている。統景にも人並の素質はあり、精進を重ね、腕も上げてきた。将たる者、最前線で槍《やり》を振るう必要もない。統景は大友の重臣、臼杵家の後継者としては申し分ない腕前であったろう。が、右京亮には遠く及ばなかった。

(たやすく敗れれば、手かげんを悟られる)

最初だけ打ち込むはずが、右京亮はいつのまにか勝負に集中してしまっていた。

(今から負けてみせるには、ひと工夫、要《い》りそうだ)

水ヶ城は大友宗麟のいる丹生島城から、西に一里(約四キロメートル)も行かない至近の地にあった。臼杵湾を挟み、たがいに城を眺められる近さである。一族、重臣の叛乱《はんらん》に彩られてきた大友家の歴史にあって、宗麟の臼杵家に対する絶大な信頼の表れともいえた。

文武を重んじた当主鑑速《あきすみ》の威厳が広く行きわたる臼杵家では、夏と冬に家中で稽古試合が行われる。

――剣はおよそ天賦の才で決まる。右京亮よ。さらに剣の道を極める気はないか?

鑑速が招いた武芸者、丸目蔵人《まるめくらんど》(長恵《ながよし》)が豊後を去るとき、右京亮にかけてくれた誘いを峻拒《しゅんきょ》したのは、大望があったからだ。

丸目の新陰流《しんかげりゅう》を真に会得した者は結局、家中で右京亮ただ一人だった。が、稽古試合で勝ち進んで勝者となっても、右京亮にとって、いい話は何ひとつない。かねて右京亮は適当な相手に負け、丹生島へ戻った。

この夏初めて、腕を上げてきた統景が相手となった。

右京亮は袋竹刀の先を静止させたまま、ゆっくりと半円状に回り、体の向きを変えた。視界に入った一人の中年男が、右京亮をにらみつけている。伯父の臼杵鎮次《しげつぐ》だ。

——承知しておろうな、右京亮。皆に悟られぬよう、うまく若に負けるのじゃぞ。

中休みに呼ばれて、鎮次から固く言いつけられた。

鎮次の隣には、白髪の老将が笑みひとつ見せず、でんと鎮座していた。当主の鑑速である。臼杵家には代々、醜男《ぶおとこ》が多い。鑑速もその例に漏れなかった。小ぶりの顔には不釣り合いな大きすぎる眼、丹生島の唐人町で売られている饅頭《まんじゆう》のような丸鼻の下に、これまた太すぎる下唇が突き出るようにぶら下がっている。

不愛想な鑑速はめったに笑わず、近寄りがたい雰囲気がある。それでも、鑑速の人物を知った者からは、必ず好かれた。

大友には戸次、吉弘、高橋、田北《たきた》ら武に秀でた家がいくつかあるが、鑑速は抜群の戦功はないまでも、戦場において一軍の将を務めながら、外交、内政にも携わった。今は亡き名臣の吉岡宗歓と並び、「豊州《ほうしゆう》二老」とも称せられたように、主君宗麟はもちろん、朋輩、家臣たちから絶大な信を得てきた。が、その後継者たる統景に、鑑速ほどの器量はない。

息を整えた統景は精神を集中し、右京亮の隙《すき》をうかがっている様子だった。

(その調子だ。負けてやるゆえ、心配いたすな)

右京亮は臼杵分家の庶子である。城も家臣も持たず、本家に居候の身の上だった。その右京亮にとって、本家の栄達は縁遠い事柄でしかなかった。それでも右京亮は鑑速を、当主としてでなく、むしろ右京亮の人物を認める臼杵家で唯一の人間として、敬愛してきた。

実際、鑑速は右京亮をかわいがった。父を知らない右京亮にとって、鑑速は父がわりと言えた。その鑑速の前で茶番を演じねばならない自分が、歯痒《はがゆ》かった。

が、眼の黒いうちに、高齢の鑑速を隠居させてやりたいという鎮次の言葉に、右京亮はしたがうつもりだった。

自分より弱い者に敗れる真似《まね》は、さして難しくなかった。隙を作って見せればよいのだ。勝負に集中せず、他の事柄でも考えていればいい。たとえばこの春、桜散る吉弘屋敷で出会った、名も知れぬ少女を想えばいいだけだ。萌黄色の小袖《こそで》姿がまだ眼に焼きついている。

あれほどに可憐な少女を、右京亮は見た覚えがなかった。

（いま少し早《はよ》う、出会《でお》うておれば……）

右京亮の心の隙を見定めたように、統景がすばやく踏み込んできた。

体が勝手に反応し、右京亮は身を引く。首からかけた銀のクルスが、胸のうえで小さく跳ねた。

統景がすかさず竹刀を突き出してくる。

かろうじて統景の突きをかわした。が、壁ぎわまで、追い詰められた。

右京亮は腰を屈《かが》めた。地を蹴り、大きく跳んだ。

が、その拍子に、右京亮の懐《ふところ》から飛び出た笛袋が、宙を舞った。白地に赤の鳳凰《ほうおう》が描かれた錦の吉祥文様《きつしようもんよう》だ。

あわてて竹刀を離した右手で、笛袋をつかむ。

着地するや、身を返す。左手で、統景に竹刀を向けようとした。

が、すでに統景の竹刀は、右京亮の頭上にあった。

「参り申した」

敗れた右京亮が頭を下げると、鎮次の高めの声がした。

「勝負あり！　若、おみごとじゃ！」

右京亮は急いで笛袋を懐へ戻すと、統景と並び、鑑速たちに頭を下げた。

「若は腕を上げられた。が、右京亮は、笛なんぞのために命を落としておるところぞ。どうして、器量も篠笛の穴のごとく小さいわ」

当主とは対照的に饒舌《じようぜつ》な鎮次が嗤うと、鑑速と統景を除く皆が哄笑《こうしよう》した。

そのなかを、鑑速が笑みひとつ見せず、立ちあがった。

「右京亮。汗を流してから、茶室へ参れ」

鑑速の声に含まれるかすかな怒気を感じた。右京亮は黙って主君に頭を下げた。

†

水ヶ城二ノ丸に設《しつら》えられた茶室は、鑑速らしく質素で清潔だった。

井戸水を頭からかぶって身づくろいした右京亮が訪《おとな》うと、鑑速は一瞥《いちべつ》しただけで一言も発しないまま、茶を点《た》て始めた。不器用な鑑速は、およそ茶道にむかないらしく、作法もずいぶんいいかげんだった。が、人柄がそのまま表れる茶には、技はなくとも、まごころが込められている気がした。

茶室には、どこかさびしい隙風《すきかぜ》と三光鳥《さんこうちよう》のさえずりだけが忍び込んでくる。会話らしい会話もないまま、鑑速が点ててくれた茶を飲んだ。一流の風流人である宗麟の茶と違って、洗練はない。が、右京亮は、鑑速の茶のほうが好きだった。

鑑速は不思議な男だった。ともにいるだけで、たとえ会話がなくとも、居心地がよかった。包まれるような安心感があった。本当に血が繋《つな》がっているのだろうか。

「わしも長くはない。あと一年、保《も》てばよいが」

右京亮は瞠目《どうもく》して、風炉に柄杓《ひしやく》をかける鑑速の横顔を見た。苦労と年輪がしわを刻んでいる。

鑑速はむだ口を叩かなかった。発する言葉は常に短く、重い。その鑑速が口にする以上、最期《さいご》の時は近いと見て、さしつかえなかった。

「わしは臼杵の、大友のゆくすえを案じておる。……なにゆえ統景に負けてやった？」

右京亮はびくりと身を震わせ、畳に手を突いた。

「殿には、はずかしい姿をお見せいたしました。気散じに笛など吹いておりましたところ、鎮次様よりお声がかかり、懐に入れたまま――」

鑑速は小さく首を横に振りながら、右京亮を見た。

「悲しいぞ、右京亮。わしに偽りを申すか？」

鑑速は剣の玄人《くろうと》ではないが、その大きすぎる眼で、茶番を見抜いたようだった。

右京亮は思わず眼を伏せ、鑑速に平伏した。

「面目次第もございませぬ。なにとぞおゆるしくださりませ」

「因果を言い含めたは鎮次、じゃな？」

臼杵鎮次は、鑑速の齢《とし》の離れた異母弟だが、幼少より面倒を見てくれた鑑速を父のように慕っていた。戦場で鑑速に命を救われた経験もあるらしい。子らを戦《いくさ》で失った鑑速が老年で得た世子統景と臼杵本家は、鎮次にとって命にかえても守り抜くべき忠誠の対象だった。

返す言葉も見つからないまま、うながされて右京亮は面《おもて》を上げた。

鑑速は怒っても笑っても、ほとんど表情が変わらなかった。が、右京亮は、立腹よりも憐《れん》憫《びん》を、鑑速の大きな眼のなかに感じた。

「あやつも困った男じゃ。忠節も度が過ぎると、不義を生む」

鑑速は一族郎党を等しく愛したが、実弟や実子を戦で多く亡くしていた。

右京亮の父、臼杵統光《むねみつ》は、鑑速の齢の離れた末弟に当たった。妾腹の統光は城もなく、やはり父がわりの鑑速を慕ったらしい。その統光が鑑速とともに幕府工作のため京《きょう》にあったとき、祇園《ぎおん》の白拍子《しらびょうし》に熱を上げた。統光が若くして子も残さず戦死した後、京に統光の遺児がいるらしいと知った鑑速は、幼い右京亮をねばり強く探し出した。

母を野盗に殺され、食うに困って幼い妹と盗みを働いていた浮浪の少年にとって、衣食の満ち足りた生活を拒む理由はなかった。鑑速は右京亮を引き取り、統光の後を継がせた。十年ほど前、右京亮が十歳にもならないころの話である。

対して鎮次は、臼杵家にとつぜん現れたどこの馬の骨とも知れぬ少年を、決して受け容《い》れようとしなかった。血縁関係を否定し、「伯父上」とも呼ばせなかった。たしかに右京亮の母はわかっても、真に統光が父である証《あかし》はなかった。醜男ぞろいの臼杵家の血筋にしては、右京亮の顔立ちはひとり整いすぎてもいた。

だが鑑速だけは、末弟統光の忘れ形見と信じて、右京亮に愛情を注いだ。武骨でぶっきらぼうな愛し方であったにせよ、それは幼い右京亮に通じた。右京亮のひねた性格に救いが残されているとするなら、ひとえに鑑速の愛のおかげであったろう。臼杵鑑速という高潔な人格を通じ、右京亮はかろうじて人を信じる意味を学んだ。

「統景にいま少しの器があればのう。気苦労をかけてすまぬな、右京亮」

思いもかけぬ鑑速の言に、右京亮は恐懼《きょうく》し、平伏した。

「もったいなき、お言葉にございまする」

右京亮も鑑速にだけは心服していた。主君宗麟のためであればごめんだが、鑑速のためなら死ねた。右京亮にそう思わせる、この世でただひとりの人間だった。

媚《こ》びへつらいを嫌う右京亮は、臼杵家中に味方を作る努力をしなかった。孤独を愛し、暇さえあれば篠笛を吹いた。孤高を貫く勝手気ままな性格は、逆に多くの敵を作った。鑑速だけが、右京亮の唯一絶対の保護者だった。

元服の儀でも、鑑速は鎮次の反対を押しきって、次期大友家当主の義統から「統」の一字をたまわり、右京亮に「統尚」を名乗らせた。さらに、府内にある義統ではなく、丹生島城の宗麟の近習に上げた。義統に仕える統景や後見役の鎮次から、右京亮を離す配慮だった。

平伏していると、何やら鑑速の苦しげな息遣いがした。

あわてて顔を上げると、鑑速が左胸を押さえてあえいでいる。

「誰かある！」

右京亮が叫ぶと、盗み聞きでもしていたのか、近侍があわてて茶室に駆け込んできた。

†

「分をわきまえよ、右京亮」

鑑速が急病に倒れた後、鎮次は右京亮に非があるかのように責め立てた。嗜虐《しぎゃく》は鎮次の性向のようだが、出自も定かでない右京亮が鑑速に眼をかけられる厚遇じたいが、腹立たしいに違いない。鑑速を慕うがゆえの嫉妬が形を変えてもいた。

さいわい鑑速は小康を得たが、まだ病床に臥《ふ》している。

鎮次は野盗か下賤でも見るような眼で、右京亮をにらんだ。鎮次は初めて会った昔から、同じ眼つきをしていた。

右京亮は鎮次にむかって平伏した。不愉快な顔を見ずに済むからだ。もともと、露骨な悪意を持つ鎮次には、いかなる反駁《はんばく》も通じなかった。すれば、事をこじらせるだけだ。

「兄上のご厚意をよいことに、つけ上がるでないぞ」

統景の後見役として鎮次が筆頭家老を務める臼杵家に、右京亮の居場所はなかった。それでも、せめて鑑速が軽快するまでは、居心地の悪い水ヶ城に留まりたいと願った。茶室での鑑速の言葉が気がかりだった。

「この、浮浪めが」

鎮次は勝ち誇った口調でつけ足した。顔を上げなくても、見馴れた蔑笑が眼に浮かぶ。

右京亮はかつて一介の浮浪だった。病がちの幼い妹に食べ物と薬を与えるため、人をだまし、盗みを働き、時には人をさえ、殺《あや》めた。

鑑速は荒れ果てた地獄の京から、右京亮を救い出してくれた。恩義がある。鑑速の元気な顔を見てから、丹生島へ戻りたかった。

「影ふぜいが、輝いてはならぬのじゃ」

つねづね鎮次は、右京亮は統景の影だとくり返していた。右京亮が水ヶ城に来て間もないころ、象徴的な出来事があった。

ある日の昼さがり、統景と並んで座る右京亮の眼の前に、それぞれ盆に乗せた饅頭《まんじゆう》が運ばれてきた。朝から何も食べていなかった幼い右京亮は空腹だった。さっそく手をやって饅頭をほおばりたかったが、待った。

統景が手を出すのを見て、饅頭に手を伸ばして口に入れた。

それを見るや、鎮次は激怒した。いきなり右京亮を打擲《ちようちやく》すると、容赦なく足蹴《あしげ》にした。立ちあがれぬほど激しく折檻され、右京亮は血を吐いて動けなくなった。最後に顔を素足で踏まれ、板の間に嫌というほど押しつけられた。

——主《あるじ》の了も得ず食い物に手を伸ばすとは、いかなる料簡ぞ。よいか、浮浪。お前は若殿の影にすぎぬ。影として生き、影として死ね。

二人の立場をわきまえさせるために、鎮次が饅頭を使ったのだとわかった。

鎮次の足の酸い臭《にお》いが、口内の血の匂いに混じった。悔しかった。

が、涙は見せなかった。京で、ようやく病の治った妹が賊どもに殺されたとき、右京亮は泣いた。泣きじゃくる右京亮を賊どもは嗤った。以来、決して泣かぬと誓った。乱世にあって弱き者は、力を持たぬがゆえに傷つけられ、虐《しいた》げられる。殺されても、文句ひとつ言えぬのだと悟った。

饅頭の餡《あん》が残したはずの甘味は、血の味ですっかり消え、体じゅうが痛んだ。

右京亮は年下の統景にむかって土下座をし、何度も詫《わ》びさせられた。

鎮次の嗤いが、母と妹を殺した賊《しい》どもの嗤いと重なって聞こえた。

——いつか必ずこやつらの上に立ち、俺の前にひざまずかせてやる。

素足で何度も顔を踏みつけられながら、右京亮は誓った。

「聞いておるのか、浮浪めが」

右京亮には大望があった。ゆえに剣にも、弓にも、能楽にも打ち込んできた。人より抜きん出た素質があったおかげで、いずれも抜群に腕を上げた。それがまた、鎮次の癪《しゃく》に障ったらしい。

鑑速の手前、和解を望んだ時期もあった。が、むだだった。数年前、鑑速の御前試合で、右京亮はついに、立ち合った鎮次を叩きのめした。倒れた鎮次に差し出した右京亮の手を、鎮次は振り払った。鎮次は、臼杵家における武勇に秀でた若武者の誕生を、鑑速のように喜べなかった。

「ほれ、さっさと丹生島へ戻らぬか。会堂で、天主《デウス》とやらが待ちくたびれておるぞ」

鎮次はキリシタンを心底毛嫌いしていた。逆に言えば、右京亮の入信は、鎮次への当てつけの意味もあったのだが。

「狡猾《こうかつ》な男よ。浮浪あがりの分際で、よも臼杵の家督を狙《ねろ》うてはおるまいな」

「滅相もございませぬ」

弁明のためにしかたなく顔を上げると、鎮次は身を乗り出し、臼杵家の者に多い、大きすぎる眼を右京亮に近づけた。蔑《さげす》む視線と、鎮次が発する酸い口臭から逃れるために、右京亮はふたたび平伏した。

「お前なぞに、名門臼杵の家は決して継がせぬぞ」

右京亮の出自に関する証は、白拍子の母が所持していた形見の赤い篠笛だけだ。

仮に将来、後継者たりうる者がつぎつぎと戦死する事態ともなれば、回りまわって右京亮が臼杵家を継ぐなりゆきも、ありえなくはない。忠義に篤《あつ》い鎮次にしてみれば、右京亮を放《ほう》逐《ちく》しておきたい気持ちであったろう。

「それでは、これにて。殿にお暇《いとま》を頂戴してから、出立しとう存じまする」

「兄上はおかげんが優れぬゆえ、お会いにはならぬ。されば、早々に立ち去れい」

鎮次は先に立ちあがって言い捨てると、荒い足音を立てながら去った。

右京亮には統景を脅かす才があると、鎮次は見ている様子だった。右京亮に将器なくば、鎮次もここまで虐げはしなかったろう。その意味では鎮次もまた、右京亮の人物を評価しているといえた。

右京亮は鑑速の部屋の方角にむかい深々と頭を下げてから、ゆっくりと立ちあがった。丹生島でなすべき大事があった。

†

三方を海に囲まれた礼拝堂では、耳を澄ませば、いつも潮騒《しおさい》が聞こえた。

ポルトガル人の修道士《イルマン》ルイス・デ・アルメイダによって建立《こんりゅう》された教会は、丹生島城の西、祇園洲《ぎおんのす》にある。

「ジャンさま。司祭《パードレ》が天草《あまくさ》から戻られるとのお話、まことにございましょうか」

右京亮は、すぐかたわらに座るモニカにうなずいた。

モニカは右京亮より四つ年下で、主君大友宗麟の七女に当たる。雨の日に生まれたので、宗麟が思いつきで雨姫《あめひめ》と名づけた。もっとも、哀れなことに、宗麟はモニカを娘だとはっきり認めていない。母は宗麟がきまぐれに手をつけた雑仕女だったが、産後の肥立ちが悪かったらしく、すでに亡かった。

およそ宗麟は、数多《あまた》いる子らの扱いを美醜で決めた。雨姫は見られない顔立ちでもないが、さりとて宗麟の求める美の水準には遠く及ばなかった。雨姫は誰からも愛を受けないまま、丹生島城にひっそりと育った。肉親の愛に飢え、愛に恵まれない境遇にあって、雨姫は異教に救いを求めるようになった。

右京亮は口もとにやさしげなほほえみを作りながら、モニカを見た。

「丹生島のキリシタンたちも皆、首を長《なご》うして司祭《パードレ》を待っておりまする」

宗麟は聖者フランシスコ・ザビエルとの謁見以来、二十年以上にわたり、自領内でキリスト教を保護し、布教を許してきた。「大友宗麟」の名はキリスト教の守護者として、欧州にまで聞こえているという。府内はこの当時、日本最大のキリシタンの町であった。

雨姫は放置されているという意味で、自由だった。府内で万に届くキリシタンが生まれてゆくなか、雨姫の受洗に、誰も異を唱えなかった。正しく言えば、関心がなかった。多くの者は、雨姫が司祭コスメ・デ・トルレスにより受洗した事実さえ、すぐには気づかなかった。雨姫は洗礼名を、モニカといった。

右京亮がモニカと初めて会ったのも、この礼拝堂だった。

「ですが、ジャンさま。わたしは司祭《パードレ》カブラルを恐ろしいと思うときがあります。あのお方を、まことに信じてよろしいのでしょうか」

伝道師《カテキスタ》たちは遠く異郷の地で、しかも血で血を洗う乱世に布教する覚悟を持った者たちである。軍人出身のカブラルは気性が荒く、狂熱的だった。前任者トルレスは十八年にわたり日本の言葉を学び、日本の衣服を身につけ、日本に溶け込もうとした。日本人と暮らし、日本の言葉で教えを説き続け、ついには天草の地に客死した。ザビエルの遺志を継いだ聖者トルレスの高き徳のゆえに、キリスト教はまたたく間に広がっていった。

禅の高僧にも似たトルレスと違い、カブラルは苛烈《かれつ》な政治家だった。カブラルの滾《たぎ》る情熱が、いずれ大友王国に波瀾を引き起こすと右京亮は見た。そのなかでこそ、立身出世の糸口をつかめると、確信してもいた。

「イエズス会が万里波濤《はとう》を越えて遣わされ、聖者トルレスが後事を託されたお方。きっとわれらを、神の道へとお導きくださるに相違ありませぬ」

「たしかに、司祭《パードレ》はわたしたちの秘密もお守りくださっています。ジャンさまがさようにおっしゃるのなら、わたしも司祭《パードレ》を信じまする」

モニカは甘えるように、小さな頭を右京亮の肩にのせてきた。

右京亮はモニカの細くやわらかな体をそっと抱き寄せた。だが、心は氷のように凍《い》てついている。

主君の姫であるモニカは、一近習にすぎない浮浪あがりの孤狼の侍が、権力の階《きざはし》を登ってゆくための大事な踏み台だった。右京亮はトルレスから洗礼を授けられて入信し、立身のために修道士を目指していたが、あっさりと方針を変えて、モニカに急接近した。

右京亮の内心など露知らず、モニカはたちまち恋の虜《とりこ》になった。右京亮が妻帯の許されない修道士への道を断念すると聞いたとき、モニカは涙を流して喜びさえした。右京亮が近習として、丹生島城の宗麟のそばにある間は、しばしば逢瀬を重ねた。

が、右京亮はこの日、モニカを腕に抱きながら、別の少女を想っていた。桜咲く府内で出会った少女だ。モニカにせめて、あの少女の半分の美しさでもあれば、と嘆じた。

近ごろなぜか、あの少女を想う。そのたびに、心に甘苦しいさざ波が立った。

(これが恋なる代物か。らちもない。恋なんぞのために、大望を捨てるわけにはいかぬ)

モニカの髪の匂いを嗅《か》ぎながら、右京亮は心のなかで自嘲してみた。

ステンドグラスから漏れる橙《だいだいいろ》色の陽光が、モニカの胸の金の十字架《クルス》を照らしている。

五　生《いき》の松原《まつばら》

——半年後。

黒い松林の続く白浜には、いくぶん荒れた波が打ち寄せていた。

雨もよいの空の下、いまだけがれなき浜辺も、まもなく敵味方のおびただしい血を吸って、装いを変えるだろう。

右京亮は浜砂からゆっくりと視線をそらした。思ったより湿りけの少ない潮風を浴びながら、博多湾《はかたわん》に眼をやる。

春霞《はるがすみ》のむこうに、あの少女の姿を見出《みいだ》そうとする自分に気づいた。

遠く府内の吉弘屋敷の桜花も、ほころび始めているころだ。妙齢の娘だけに、すでに嫁いでいるに違いない。もともと探してみる気もないのだが、思うたび心が鈍くしめつけられた。

馬のいななきで、われに返った。

鎮次の差配で、右京亮は臼杵勢三百の指揮をまかせられる。もっとも、統景の影武者の役回りだった。戦で死ぬ気はない。戦傷を避けるため、右京亮は戦場で必ず頰当《ほおあ》てをつけるから、馬上の将の顔など、配下の兵たちに容易に識別されない。

大友は四年前、肥前佐嘉城《ひぜんさがじょう》の北、今山《いまやま》の地で龍造寺《りゅうぞうじ》に大敗した。以来、大友は龍造寺隆《たか》信《のぶ》の増長を許した。隆信は軍師鍋島直茂《なべしまなおしげ》の知略を用い、領国の肥前はもちろん隣接する筑前《ちくぜん》にまで調略の手を伸ばしてきた。龍造寺の武力を背景に、公然と大友に反する国人衆が出始めたのである。

大友に服属していたはずの筑前怡土《いと》郡の小大名、原田親種《はらだちかたね》も龍造寺になびいた。

天正二年（一五七四年）春、宗麟は軍師の角隈石宗に諮《はか》り、臼杵鑑速に原田討伐を命じた。原田領に隣接する筑前志摩《しま》は、飛び地の臼杵領だった。鑑速は所領の志摩郡を守るために、水ヶ城からの遠征を敢行した。博多湾に沿って西進する臼杵軍のゆくてを、原田勢が阻んだ。付近の国人衆にまだ動きはない。いずれが勝つか、様子見だろう。

古く元寇をしのいだ防塁が残る生《いき》の松原《まつばら》で今、両軍が対峙していた。

使番《つかいばん》に呼ばれて帷幄《いあく》に戻ると、鑑速が黙したまま腕を組む隣に統景があり、そのかたわらに鎮次がいた。右京亮は末席で軍《いくさ》評定に加わった。

「のこのこ出てきおったとはありがたい。一気に押し込み、高祖城《たかすじょう》を落とすぞ」

鎮次は単純に数で押して勝つ肚《はら》らしい。臼杵勢四千余に対し、原田勢は二千に満たなかった。野戦では兵数の差がしばしば勝敗を決する。が、勇名轟《とどろ》く敵将原田親種は、おそらく最前線で豪槍を振るうであろう。親種の猛勇に対抗する力が、臼杵にあるかどうか。

「まずは鉄砲隊で、原田じまんの騎馬を打ち払う。されば、親種も斬り込めまい」

鎮次が評定を進めた。鶴が翼を広げるように陣を敷く。鑑速、鎮次の中央本陣から左右対称に、海側の右翼を統景が、松林側の左翼を右京亮の手勢が担当する。兵数に物を言わせ、敵を包み込んで包囲殲滅《せんめつ》する作戦だ。

鎮次の説明が終わると、鑑速は末座の右京亮をちらりと見てから、最後に短く告げた。

「親種は名立たる猛将ぞ。皆、心して戦え」

家臣たちがいっせいに鑑速にかしずいた。

†

陸側の松林から吹き寄せる風にまで、潮の匂いが混じっている気がした。

海が荒れ始めているらしい。

足軽たちに指図を終えると、馬上の右京亮は眼を閉じて、耳を澄ました。松籟《しょうらい》のほかは、ときおり味方の馬のいななきが聞こえるだけだった。

右京亮が親種なら、鉄砲隊の待ち受ける中央を突破する愚は犯さない。むしろ小勢で松林を抜けて左翼をかわし、真横から本陣を衝《つ》く。自分の武勇に絶対の自信を持つ、歴戦の将にのみ可能な強硬策といえた。仮にそうなれば、右京亮が担当する左翼の松林が最大の激戦地と化す。

右京亮は眼を開き、黒々とした松林の奥を見つめた。

鑑速のために命を賭して戦う覚悟はあるが、戦功に関心はなかった。ひとかどの将は剣を満足に使えれば足る。ゆえに右京亮は剣こそ一流の域にあるが、戦場で多用される槍の稽古にはさして身が入らなかった。一騎当千の武者と聞こえる原田親種と、正面からわたり合う自信はない。

右京亮は、樹間から曇天の春空を見あげた。

(俺の心のようにどんよりと濁っておる。あの少女の笑顔なら、この心の憂さを晴らしてはくれまいか)

戦を前に、いつになく心が湿っていた。死ねば、モニカは悲しんでくれよう。そう思うと、身勝手だが、今さらのようにモニカさえ愛《いと》しく思えた。

初陣《ういじん》ではない。右京亮は幼いころから、生きるために人を殺めてきた。

今日も、醒めた心を血で染めるだけの話だ。心はすでに、母の形見の篠笛のように真っ赤に染め上げてある。これ以上、汚れはしない。痛みさえ感じなかった。

(かような場所で、死ぬわけにはいかぬ)

胸の十字架へ手をやろうとして、やめた。天主《デウス》もいちおうは神なら、右京亮の信仰の空疎を見抜いていよう。祈りを捧げたところで、どれほどのご利益があるか、知れたものではなかった。

肌寒い一陣の風が松林を吹き過ぎたとき、鬨《とき》の声と怒濤《どとう》のような進軍の音が聞こえ始めた。

それでも、右京亮は微動だにしない。

やがて、騎馬の一団が松林のむこうに見えた。

ふつう騎馬隊は高速で林間を抜けられない。右京亮は松の幹の陰を使い、手勢を伏兵のように配置していた。小回りの利く足軽隊で、原田勢を撃退する。

敵はみるみるうちに、接近してくる。馬の扱いが抜群にうまい。

「来るぞ！　馬だけを狙え」

右京亮は手勢をはげまし、松林で騎馬隊を迎え撃った。

鑑速の薫陶行きわたる臼杵兵は、右京亮の指揮のもと、勇敢に戦ってはいた。が、大将と思《おぼ》しき馬上の巨漢に、つぎつぎと討ち取られてゆく。

右京亮は駒を進めて、影武者の名乗りをあげた。

「臼杵鑑速が一子、統景、見参。いざ尋常に勝負せよ」

「原田親種とはわしのことよ。すまぬが、若い命をもらうぞ」

親種の繰り出す槍が、容赦なく右京亮に襲いかかってきた。放たれた矢のようにすばやい槍先が脇腹をかすめる。と思えば、右肩に鋭い痛みが走った。

右京亮の体が確かな死の恐怖を感じていた。

親種の発する狂った殺気に、馬も怯《おび》えている。突くと見せて馬を返し、黒松の大樹まで引いた。そのまま木の幹を回り込む。

親種の背後を取った。すばやく槍を繰り出す。

が、一瞬早く、親種の石突が右京亮の胸を突いた。

たまらず、烈風に吹き飛ばされるように落馬した。槍は手離さず、すばやく起き上がる。樹幹を楯がわりに使いながら、親種に槍を突きつけたまま、後ずさりしてゆく。

勝利を確信したのか、狂喜する親種が奇声をあげた。

槍を持つ右京亮の手が、われ知らず震えていた。心は平静を装っても、体が敏感に死の気配を感じ取っているらしい。

右京亮は槍をしならせ、迫る敵将の馬にむかって投擲《とうてき》した。

赤松の林へ必死で逃げる。背後で、親種が槍を叩き落とす音がした。

蹄《ひづめ》の音が近づいてくる。

全力で駆けた。配下の足軽が前方にいる。

槍を受け取った。すぐさま身をひるがえす。

怒声とともに、親種が馬ごと網にかかる姿が見えた。

手はずどおり、足軽がすぐに親種の馬をしとめる。

が、親種もさるもの、網をかぶったままで、槍をぶんと振り回した。

「こしゃくな真似を」

味方の足軽は親種を囲み、いっせいに長槍を向けた。それでも、親種は怯《ひる》みを見せない。

「貴殿は深入りしすぎた。いさぎよく降《くだ》られよ」

右京亮の指揮で、足軽の包囲が一部解かれた。かわりに数十の弓兵が、親種に対して矢を番《つが》える。

「統景よ、正々堂々と槍で勝負せんか」

「挑発には乗らぬ。放て！」

右京亮は挙げた右手を前へ払う。

親種は一瞬早く、すばやく外した網を弓兵隊へ投げつけた。さらに槍を回してぐるぐる円を描き、放たれた矢を防いだ。それでも幾本かが、親種の鎧兜《よろいかぶと》に刺さった。

「第二射、用意！」

今度こそ討ち取る。勝った。

浜辺でにわかに鬨の声がした。親種を討ち取ろうと、鎮次の軍勢が乱入してきた。戦功を焦る手勢が、われ先にと松林に駆け込んでくる。今、斉射すれば、親種を討ち取れるが、味方にも当たる。臼杵勢に生じた数瞬の隙を、親種は見逃さなかった。

乱軍にまぎれて馬を奪い取るや、間髪入れずに戦場を逃れ出た。

与えたけがも深くはない。親種の驚異の武力は健在だ。また戦場へ舞い戻ってくるだろう。

右京亮はぽつりと落ちてきた雨の滴《しずく》に気づいた。巨樹の林立するなか、天を仰ぐ。

堕《お》ちてきそうな曇天から、いつしか小雨が降り始めていた。

雨は鉄砲の威力を奪う。態勢を立てなおした親種はすぐにも、騎馬隊で中央を強襲するに違いなかった。臼杵の勝敗などいずれでもよいが、鑑速の身だけは守らねばならなかった。

右京亮は松林に展開していた手勢をまとめると、左翼に戻った。

ところが、早くも親種の精強な騎馬隊は、鑑速の本陣深く攻め入っていた。鎮次の鉄砲隊は一蹴されたらしい。

本陣の奥に、泰然として床几《しょうぎ》に腰かける鑑速らしき姿が見えた。表情はわからないが、退却などまったく頭にない様子だった。近習らが親種を迎え撃っているが、まるで歯が立たない。

右京亮は馬の腹を蹴った。まだ、三町（約三百メートル）ほど距離がある。間に合わない。

槍を投げ捨てた。馬を走らせながら、背から弓を取る。

親種は鑑速の近習らを蹴散らして、槍をかまえた。

鑑速は立ちあがり、腰の太刀《たち》を抜いて応戦しようとしている。

はやる心を懸命に抑えた。右京亮はきりりと矢を番え、放つ。

矢は過《あやま》たず親種の背に刺さった。二の矢を番える。

背に受けた矢に驚いた親種は手綱《たづな》を引き、臼杵の援軍を見ると、単騎、堂々と馬を返した。戦場を離脱してゆく。

「全軍、追撃せよ」

鑑速の下知に、兵たちが一斉に動き出した。

いつしか雨は止み、晴れ間に春光がのぞいている。

†

半里（約二キロメートル）ほど引いて布陣しなおした原田親種は、高祖城へ戻らなかった。撤退が伝われば、様子見の国人衆が大友方になびくと計算したのだろう。一度敗れたとはいえ、一騎当千の親種の武勇があれば、戦の帰趨はいぜん見えなかった。

辛勝したとはいえ、親種の戦いぶりは臼杵勢に得体の知れない恐怖を与えていた。再戦を前に、重苦しい沈黙が仮ごしらえの帷幄を覆っている。

軍評定において、鎮次は国人衆を調略すべしと説いたが、鑑速は黙ったままだ。負傷を理由に、親種が手をこまねいて事態の悪化を許すはずがなかった。戦傷が多少とも軽快すれば、明日にもあの騎馬隊を率いて臼杵勢を襲うに違いない。

「明朝、全軍一丸となって突撃をしかける。先鋒は右京亮じゃ」

鑑速の決定に異を唱える者はなく、軍評定が終わった。

影武者ではない。先陣の栄誉を与えられた右京亮は、すなおに喜ぶべきであったろう。が、正面から攻めて、簡単に勝てる相手でないと知ってもいた。

右京亮はひとり帷幄を出ると、博多湾に浮かぶ雲間の月を眺めた。

錦の笛袋から篠笛を取り出すと、唄口《うたくち》に唇をつける。

まぶたを閉じて、あの少女を想った。近ごろ、そんなばからしい癖がついた。

異国の曲をそぞろに奏でた。キリスト教を信じてはいないが、異人はいい曲を持っている。

篠笛の余韻が波間に消えると、かたわらに人の気配がした。

「よき笛の音《ね》だ。悲しげだが、あきらめはない」

鑑速に軽く肩を叩かれると、右京亮は即座にかしこまった。

「右京亮、礼を申すぞ。お前のおかげで命拾いをした」

頭を下げる鑑速にむかって、右京亮は片膝《かたひざ》を突いた。

「もったいなきお言葉。もとよりこの命、殿に捧げておりまする」

「老いぼれなんぞのために、若い命を散らすな。これからはお前たちの世じゃ」

鑑速のために、この戦は勝たねばならない。

「原田親種の武勇は侮りがたく、正面からぶつかれば、わが軍にもかなりの死傷が出ましょう。さきほどの鎮次様のお話では、捕えし者のなかに、親種の寵童《ちょうどう》であった者がおるとか。されば、私に策がございまする」

鑑速が大きな眼を見開いた。眼中に、雲間の月が映っている。

†

その若者は右京亮より少し若く、名を染川十郎《そめかわじゅうろう》といった。松明《たいまつ》の揺らめきに、十郎の澄ました顔が浮かび上がる。

人払いした帷幄の片隅で、右京亮が顔を近づけると、息を呑んだ十郎がはにかんだ。少年の幼さと衆道を好む者特有のなよやかさが同居していた。

「俺は吉野八郎《よしのはちろう》と申す。聞けば、親種殿は新たに見つけた寵童にうつつを抜かしておるとか。実に惜しい話ぞ。俺も、幼きころより宗麟公のご寵愛を賜ってきた身。どうも女子《おなご》は苦手でな。十郎よ、俺はお前が気に入った」

右京亮は鼻がもう少しで触れ合うくらいまで顔を近づけて、十郎の細眼をのぞき込んだ。

昔から心を偽ってきた。偽名も使った。人をだますのは造作もなかった。生きるために、欺《ぎ》罔《もう》する術《すべ》が身についた。最初は心が痛んだが、正義を通せない乱世では、だまされる者が悪いと悟った。

力強く抱き寄せると、十郎は女子のように、右京亮の胸に頰を寄せてきた。

「いかがじゃ、十郎。早う戦なんぞ終え、宗麟公の寵を得て、親種殿を見返してやらぬか」

月は雲に隠れ、打ち寄せる波音だけが聞こえている。

†

どうやら策は的中したらしかった。

その夜、右京亮に籠絡《ろうらく》された染川十郎は、臼杵の陣を脱走したと称して原田の陣へ戻ると、右京亮がまぎれ込ませた大友方の足軽らとともに、陣所に火をつけて回った。

時を置かず、混乱に陥った原田勢へ、手はずどおり臼杵勢が襲いかかる。

潰走する原田勢を、臼杵勢は執拗《しつよう》に追撃した。

さしもの親種も抵抗する気さえ失《う》せたらしく、わずかの手勢を連れて、からくも高祖城へ逃げ戻った。

十郎は乱軍のなかで死んだらしいが、右京亮の心には波風ひとつ立たなかった。宗麟も同じだが、右京亮は衆道に関心がない。約束を守る気など、さらさらなかった。

臼杵勢はそのまま高祖城を包囲した。

高祖城は「上《かみ》ノ城」と「下《しも》ノ城」に分かれる。右京亮は手薄な下ノ城をすぐに陥落させた。大友方の勝利を知った近隣豪族が援兵を寄越したため、勝ち馬に乗ろうと、寄せ手は万を超える大軍にふくれあがった。

鑑速は親種のたぐいまれな武勇を惜しみ、所領安堵《あんど》を約して降伏を勧告した。が、親種はがんとして応じなかった。昇り調子の龍造寺にも、筑前北部まで兵を動かす力はない。

親種に勝機は皆無だった。

静まり返った上ノ城で、かすかなどよめきが広がり始めた。親種が隅やぐらに登り、何やら叫ぶ声が聞こえた。

右京亮は包囲陣から出ると、単騎、城壁のほうへ駒を進めた。

敗将は隅やぐらから下に眼をやり、馬上の右京亮を認めた。

「親種殿、すでに勝敗は決した。かくなる上は、いさぎよく降られよ。信義を重んずる臼杵家当主の言葉に、偽りはない」

親種は旧知の友に出会ったように、白い歯を見せて大笑した。

「統景か。十郎を用いた策も、お主が仕組んだのであろうな。ははは、負けたわ。お主は必ずやよき将となろう」

右京亮は統景の影武者にすぎない。戦功は統景のものだった。偽名の将を称《たた》える敵将にかすかな憐れみを感じながら、右京亮は軽く自嘲した。

「わしはお主に負けたようなもの。さればお主に一番手柄をくれてやろう。敵将の首、持って行くがよい」

親種は腰の太刀を抜くと、欄干から身を乗り出した。太刀を直上にかまえる。気合のひと声とともに一閃《いっせん》、みずからの首を切り落とした。志半ばで斃《たお》れた武将の首が、右京亮の眼前にどさりと落ちた。

覚えず、眼を背ける。

背後で地響きのような音がし始めた。戦功目当ての雑兵だ。

抜刀した。首に群がろうとする味方の足軽どもを、右京亮は鋭く制した。

「やめよ！　親種殿は、この統景に首を託された！」

生の松原で親種が勝っていれば、国人衆の離反が続き、原田の叛乱《はんらん》は筑前一帯に広がっただろう。親種とて大望を抱き、勝算あって龍造寺に鞍《くら》替えしたはずだった。

失敗すれば、死ぬ。乱世では当たり前の理《ことわり》だった。

馬を下りると、右京亮は敗将の首を丁重に拾い上げ、見開いていた眼を閉じてやった。せめて鎮魂のためにと、ラウダーテを口ずさんだ。

（親種殿。俺は一段も過たず、階を登りつめて見せる）

右京亮は鑑速の帷幄へむかう。親種の首はまだ温かかった。

六　傷つけるデモニオ

大友宗麟の居城丹生島城は、臼杵湾に浮かぶ島に築城されている。ゆえに天守からは、三方にみごとな海を見わたせた。そのゆえか、この城の主となれば、まるでこの世のすべてが、わが物となったかのような錯覚に囚《とら》われるらしい。

宗麟の気配がすると、右京亮はしずかに平伏した。

右京亮の挙措《きよそ》を目にして、京の浮浪あがりだと気づく者は一人としていまい。右京亮はかつて従弟の統景とともに、金春八郎《こんぱるはちろう》に能を学んだ。臼杵家から追放されたに等しい身の上だが、実際に金春流をもっともよく学んだ者は、右京亮であったろう。

「原田征伐も、意外に早う終わったな」

右京亮が顔を上げると、銀のクルスが胸のうえで音もなく跳ねた。

「こたびも、天主《デウス》のご加護あっての勝利と心得まする」

宗麟の見開いた眼に、羨望が混じって見えた。

「戦場でも、天主に護られておると感じるか？」

右京亮は口もとにほほえみを作りながら、宗麟を直視した。

「信仰篤き者を、天主が見放されようはずがございませぬ」

宗麟がわずかに身を乗り出してきた。

「天主の軍勢は決して負けぬと申すのじゃな」

「御意。私は洗礼以来、若くして戦に出て参りましたが、敗け戦は一度もございませぬ」

「ジャンよ。そちはかつて司祭《パードレ》トルレスに師事し、修道士《イルマン》をも目指した男。されば知っておろう」

宗麟はキリスト教への信仰に心を躍らせているとき、決まって洗礼名で右京亮を呼んだ。

「この世でもっとも美しきものが、何であるか」

愚問に対するごとく、右京亮は言下に答えた。

「申しあげるまでもなき話。篤き信仰にございまする」

宗麟はわが意を得たりの様子で、大きくうなずいた。

「余は若きころより今まで、美しきものを追い求めてきた。剣も、女も、舞も、蹴鞠《けまり》も、茶も、しょせんは己が外に美を求めるたぐいであった。されどジャン、余はな。わが裡《うち》にこそ、美しきものを持ちたいのだ」

宗麟は遊興のかぎりを尽くしてきた。若年からの放蕩の果てに虚《むな》しさを覚え、信仰の道に魂の救いを求めているらしかった。

多才な宗麟はすべてを器用にこなした。が、いずれも途中で飽きて放り出し、何ひとつ本当の意味で一流にならなかった。若い右京亮でさえ知っている。剣や笛を真に極めるには、己の裡にこそ鍛え抜かれた美を持たねばならぬのだ。宗麟は今また新たな逃げ道を見出したにすぎまい。もちろん宗麟とて気づいていようが、信仰だけは他の道と違うと信じたいのだろう。

「されば御館様。復活祭《パスコア》へのご列席は断念なさいまするか」

神の子ゼズ・キリシトの復活をことほぐキリシタン最大の祭典が、かねて宗麟の心をとらえて離さないことを、右京亮は知っていた。カブラルも狂喜して右京亮の発案に乗った。案の定、宗麟は異常なまでに復活祭にこだわった。宗麟は政《まつりごと》に関心がむかないだけで、愚かな君主ではない。復活祭列席による利害得失を計算するくらいの知恵はあった。

宗麟は苦渋に満ちた表情でこぼした。

「いかにしても紹忍が首を縦に振らぬ。……こたびは見送るほか、あるまい」

もともと義弟に当たる田原紹忍への宗麟の信頼は絶大であり、能吏の紹忍も大いに期待に応えていた。

数年前に失脚した田原宗亀《そうき》の政を「情による治」とすれば、紹忍のそれは「法による治」

であった。宗亀のもとでは大なる不法も金が解決したが、紹忍のもとで不正は一掃され、小なる過誤さえ処断された。白湯《さゆ》のように緩みきった風紀は、結氷のごとく引き締まり、大友王国は浄化された。いや、おそらくはされすぎた。

いずれが善政であるか、右京亮に関心はない。だが宗麟は紹忍の忠烈を信じ、全権を紹忍に委《ゆだ》ねてきた。紹忍は政への賞賛は宗麟に帰せしめ、不満はすべてみずからが背負った。

忠臣に政治をまかせきった宗麟が、国都を離れた丹生島で遊興のかぎりを尽くしてたどり着いた果てに、キリスト教があった。が、女や蹴鞠と違って、異教への信仰は、国を揺るがす政治問題だった。右京亮も、紹忍が宗麟の列席を許すまいと初めから承知していた。国主でありながら意を通せなかった挫折を、宗麟に味わわせる狙いだ。

「無念なれど、司祭もおおせでした。信仰篤き御館様は、いずれの日にか受洗され、必ずや救いへの道を歩まれるであろう、と」

近ごろ宗麟は受洗に大きくかたむいている。何度も出してきた話題だ。

「余が入信すれば、奈多や紹忍はどう出るか……」

宗麟の正室、奈多夫人はキリスト教を邪教として忌《い》み嫌った。家臣の受洗を禁じ、宣教師たちを追放しようとさえ画策した。現政権最大の実力者、田原紹忍は奈多夫人の実弟であり、国内の融和を優先して、既存秩序を変質させるキリシタンの増加を容認しなかった。

が、大友領におけるキリシタン勢力は、すでに無視できない力となっていた。これ以上力を持てば、紹忍を中心とする現政権の土台が大きく揺らぐ。

ついに宗麟が受洗した時、大友はまっ二つに割れるであろう。

知って、右京亮はけしかけている。

いかなる後ろ盾もない浮浪あがりの武士が、先人たちの作りあげた平和な満天下につけ入る隙など、どこにもありはしなかった。ないのなら、混乱と争いを創り出せばよい。大友王国では、その切り札が、キリスト教なる異教だった。

右京亮は眼もとで同情を示してから、平伏した。

「御館様の信仰はまぎれなきもの。ご苦衷《くちゅう》いかばかりかと、お察し申しあげまする」

宗麟は若いころ、請うて面会したフランシスコ・ザビエルなる司祭に、深い憧憬を抱き続けていた。ザビエルはすでに明《みん》の上川島《じょうせんとう》で客死していたが、宗麟の心奥深くに、ザビエルとのただ一度の面会が聖印のように刻まれていることを、右京亮は知っていた。

かつてザビエルは言いきったという。

——日本人は、これまでイエズス会が発見した諸国民のうちで最高であり、日本人より優れた人びとは、異教徒には見つけられないだろう、と。

この、カブラルからの伝聞を宗麟に伝えたとき、宗麟は狂喜のあまり、しばし言葉を失っていた。右京亮は宗麟に、ザビエルが指す「日本人」には必ず自分が含まれている、いや、ザビエルは宗麟をこそ念頭に置いたに違いない、と確信させた。

宗麟の心に住まうザビエルへの思慕を想起させれば、それだけで宗麟はキリスト教を渇望した。喉《のど》の渇きに苦しむ者に、澄んだ清泉について語るような具合だ。

平伏する右京亮に、宗麟の甲高《かんだか》い声がした。

「ジャンよ。余にかわって復活祭に列し、ミサの様子を逐一、余に伝えよ」

「承知仕りました。御館様の耳目となって、天主の御教《みおし》えをお伝えいたしましょう」

紹忍と奈多夫人の手前、宗麟自身の復活祭列席ははばかられた。宗麟の意を受けて、右京亮がかわりに出席する。宗麟のかたわらにあって、その意と信仰を満足に知るキリシタンの近習と言えば、若い右京亮しかいなかった。キリスト教に傾倒するにしたがい、宗麟はますます右京亮を重用した。

「ジャンよ。復活祭の前に、洗足式《せんぞくしき》なる儀式があると聞く。今日は安息日なれば、諸聖人《サントス》の成し遂げし秘蹟について、そちと語り合いたいものよ」

かつて修道士《イルマン》を志し、伝道師《カテキスタ》らの通詞を務める右京亮は、宗麟よりもキリスト教を知っていた。

聖話を紡ぎ続けるうち日はかたむき、海の色も濃くなってゆく。

†

司祭による福音書の朗読が終わると、オルガンの低音がした。ヴィオラが入り、少年合唱隊の聖歌があたりを包む。異国の曲奏が心に染みわたる。

豊後のキリシタンの数はこのころ、優に万を超えると言われた。キリシタンたちは、毎日のように府内教会に集い、神への祈りを捧げた。右京亮も、無数の祈りのなかに身を置く間は、けがれた自分までが許されるような錯覚に陥る。

司祭が応誦を唱えると、キリシタンたちはいっせいに頭《こうべ》を垂れ、祈りを捧げた。

神の子再臨の奇跡をことほぐ復活祭も熱狂のうちに終わり、すでに子《ね》の刻（午前〇時）はすぎていた。

府内、中町《なかまち》の裏に建てられたデウス堂には、まだ聖歌の余韻が残っている。会堂に収まらず修院《カーザ》、診療所《オスピタル》や厩舎、慈悲院、さらには墓地にまであふれ返っていた信者たちも、ようやく日常へと戻り始めていた。

右京亮は醒めた眼でキリシタンたちの群れを見やった。死んだ人間の復活など、誰が信じるものか。幼いころに殺された母と妹は、いくら呼びかけても答えてくれなかった。腰に帯びた刀は、己が身を守ってくれるが、心を込めた祈りで人を救えようか。否だ。現に幼い右京亮は、母と妹を救えなかった。

会堂にミサの熱気冷めやらぬなか、右京亮はデウス堂の奥にある司祭室を訪《おとな》った。

カブラルは右京亮に対し、不機嫌を隠さず、片手で着席を勧めた。

前任者トルレスと違い、カブラルは日本の言葉をいっさい学ぼうとしなかった。

右京亮は主に日本人修道士ロケから南蛮の言葉を学んだ。ロケは右京亮の真摯な姿勢を、深い信仰のあらわれだと誤解しているようだが、右京亮にとって語学は立身の武器だった。生まれつき語才に優れているせいか、今では右京亮も異国語を自在に操り、しばしば通詞を務めた。特に宗麟は、情熱をあえて抑制した右京亮の落ち着いた訳を好んだ。宗麟とキリスト教の間の橋渡しは、すっかり右京亮の役目となっていた。

カブラルは腫れぼったい眼で憮然《ぶぜん》とした表情を作り、着席した右京亮をにらんだ。巨体が背をもたせかけたとき、小ぶりの肘《ひじ》かけ椅子が軋《きし》み声をあげた。

「王はなぜ、復活祭に列席できなかった？」

カブラルは昨晩も発した問いを、あらためてくり返した。よほど不満であったに違いない。右京亮は神妙な面持《おもも》ちを作りながら詫びを入れた。狂熱的なキリシタンが悲憤慷慨《こうがい》するさまに見えるはずだが、内心はほくそ笑んでいる。

先に右京亮は、わざと宗麟が列席するとカブラルに伝え、狂喜させておいた。合わせて、式の段取りまで詳細にわたり変更させた。そのうえで、紹忍から横槍が入り、土壇場で翻意したとの筋書きを作った。カブラルがすこぶる不機嫌なのも、無理はない。

宗麟は迷ったあげく、紹忍ら反キリシタン重臣の反対を慮《おもんぱか》って断念するだろうと、右京亮は見越していた。宗麟とカブラルの不満は高まり、紹忍、奈多夫人との間の溝も広がったはずだ。復活祭列席問題は成否を問わず、キリスト教をめぐる大友内の対立を深める絶好の妙手だった。

右京亮が流暢《りゅうちょう》な異国語で苦渋を込めた弁明を続けると、カブラルは制するように軽く手を上げた。承服はしないが、説明はわかったと早口で吐き捨てた。この激情家の司祭は、反キリシタン勢力への憎悪をますます増幅させたはずだ。

すべてが計算どおりに進んでゆく。密謀を明かす前に、右京亮は一度深呼吸した。

右京亮が繰り出す次の一手で、大友はついに分裂への道を踏み出す。

「かくなる上は、日本にキリシタンの国を創るほか、ありますまい」

右京亮は一触即発の大友王国に、新たな火種を蒔《ま》く。あのトルレスが存命であったなら、容易に乗せられはしなかったろう。右京亮の信仰の虚構を見抜いたはずだった。だが、カブラルはたちまち眼を輝かせた。

「神の王国とな？　ジャンよ、それは何か？」

身を乗り出すカブラルの興奮がじかに伝わってくる。

「今の大友領では、キリシタンは安心して信仰を深められませぬ。されば、大大《だい》友の武をもって外征を行い、新たなる所領を得れば如何《いかん》。三非斎《さんぴさい》の件を進め、しかる後に、手を打ちまする」

狂喜したカブラルは顔を紅潮させながら、何度もうなずいた。

「ジャンよ。神の王国はいつ、創れるのだ？」

「ただちには成りますまい。されど、豊後王の信仰は揺るぎなきもの。私が必ずや説いてみせましょう」

口角泡を飛ばすカブラルの興奮に、右京亮は自信を深めた。

ごく小さな火種を新たに作り、乾いた藁束《わらたば》に燃え移らせる。野火はやがて、燎原《りょうげん》の炎となって九州全土に燃え広がってゆく。

いずれ宗麟も、紹忍も、右京亮の策に屈し、受け容れざるを得まい。

――神の王国の建設――。

現在の大友領とは別に、独立したキリシタンの国を創るのだ。

天主に仕える国王はもちろん宗麟である。が、その後を継ぐ者は、宗麟の姫モニカを室とするキリシタン大名、ジャンこと大友右京亮統尚だ。右京亮の才覚をもってすれば、キリシタン勢力を利用、拡大し、一国の保守は成るはずだ。その後は……。

胸の前で十字を切って辞する若者が胸に秘める暗い野望など、カブラルはみじんも知りはすまい。この狂信的なポルトガル人と右京亮の利害は当面、みごとなまでに一致していた。

司祭室を出ると、自然に笑みがこぼれた。

デウス堂の高い天井を見あげる。ステンドグラスごしの月明かりに照らされた堂内にはもう誰もいない。それでも、復活祭の残韻がまだ漂っている気がした。

†

静まり返る丹生島の礼拝堂は密談に適していた。

開け放たれた窓から窓へ吹き抜けてゆく、心地よい初夏の爽風くらいしか、聞き耳を立てる者はいない。待つほどもなく、待ち人が現れた。

大友家の重臣、吉弘鎮信は、右京亮のいる祭壇にむかい、ゆっくりと歩を進めてきた。えらの張ったあごに大きな眼は、名門吉弘家の血を引く証である。

「ここはどうも、落ち着かぬな」

会堂内をほどよく照らすステンドグラスごしの色づいた陽光が、異郷の雰囲気を否応なく醸し出していた。鎮信は隣の長椅子に腰かけると、所在なげに腕を組んで右京亮を見た。

鎮信は先年、他の重臣とともに出家して「宗仭《そうじん》」と号した。もちろんキリスト教に傾斜してゆく宗麟への抗議の意が込められている。

「ここは今、天主のみが聞こし召す場所。国事を談ずるには、好都合にございまする」

朝のミサもとうに終わり、あたりに人の気配はない。それでも鎮信はえらの張った顔を、心もち右京亮に近づけた。

「御館様が三非斎なんぞと号される話、まことか？」

声をひそめた鎮信の問いに、右京亮は苦々しい表情を作ってみせながら、小さくうなずいた。

三非斎とは、棄教しない、神命にしたがって司祭《パードレ》の忠告に背かない、貞節を失わない、の三ヶ条を指す。宗麟はカブラルに対し、右京亮の通詞で、三非斎を死守すると誓約した。受洗以外に、信仰を誓う方法はないかとの宗麟の問いを引き出し、カブラルとの間を取り持った張本人は、ほかならぬ右京亮だった。

公の文書には、今後「三非斎」の号が用いられる。宗麟は着実に受洗への道を歩み始めていた。

「棄教せぬというても、御館様はまだキリシタンではあるまいが」

鎮信の前で、右京亮はかねて、宗麟とカブラルの狂信を食い止める側近の役回りを演じてきた。まだ気づかれてはいないはずだ。

「洗礼こそ受けておわしませぬが、固い信仰をお持ちにござれば、御館様の受洗は遠からずおりを見て、必ず行われましょう」

確信を込めた右京亮の物言いに、鎮信は疲れきった表情で額《ひたい》を押さえた。

無理もあるまい。近年、キリスト教をめぐり、宗麟と田原紹忍の間には、浅くない溝が生じていた。宗麟と紹忍両者の腹心であった鎮信は、二人の板挟みになって懊悩《おうのう》してきた。

鎮信は臼杵鑑速の娘婿にあたる。臼杵家にも出入りがあり、右京亮とも面識があった。右京亮は日ごろ宗麟のそばにあるだけでなく、キリシタンの近習としてカブラルとの連絡や通詞を務めていたから、鎮信が右京亮に接近してきたなりゆきは、ごく自然であった。右京亮もまた、鎮信により府内の情勢を知った。二人の齢は親子ほども離れているが、少なくとも表面上は、ある種の盟友関係にある。鎮信は哀願するように問うた。

「その受洗とやらを、何とかお止めできぬものか」

右京亮は居住まいを正すと、口もとに笑みを作った。

「御館様とて、大友のゆくすえを案じておられまする。されど、司祭カブラルは苛烈《かれつ》なる伴天連《バテレン》。ひと筋縄では参りますまい」

右京亮のごとき若輩が通詞の立場を利用して、対立をあおる策謀を弄してきたとは思うまい。鎮信は能吏だが、信仰を知らぬがゆえに、宗麟とカブラルの狂奔をついに理解できないだろう。

「紹忍殿の忠烈は疑うべくもない。されば、耶蘇教《やそきょう》の件で行き違いがあろうと、御館様との絆にひび一つ入りはせぬ。が、要らざる諍《いさか》いは無用じゃ。頼りにしておるぞ、右京亮」

「実は、やっかいな話を耳に入れましてございまする」

声をひそめる必要もないのだが、右京亮は鎮信に顔を近づけて耳打ちした。

「神の、王国とな……」

鎮信のえら顔が苦悩に歪《ゆが》んだ。気の毒にも思うが、とっくに右京亮はキリシタンたちの忌むデモニオ（悪魔）に魂を売りわたしていた。

（平安をむさぼる大国を、俺が戦乱の渦に陥れてやる）

右京亮の策謀はまだ動き出したばかりだ。

†

晩秋、晴天なら紅葉がまぶしいはずだが、今日は細かい冷雨が降りしきっていた。

右京亮は、臼杵川《うすきがわ》に沿って馬を疾駆させる。羽織っている南蛮渡来のラシャのマントがじっとりと濡れ、体にまとわりつくが、かまわず馬を駆る。めずらしく焦っていた。

とつぜん宗麟が失踪したのである。

昨夕、供も連れずに出奔し、ゆくえをくらましたまま一夜が明けた。夜を徹して丹生島じゅうを探し回ったが、宗麟の姿はどこにもなかった。

宗麟は立身のための最重要の駒だった。宗麟が没すれば、キリシタンが一転、迫害されるなりゆきは自明だった。司祭や修道士は追放され、右京亮の大望も虚しく潰《つい》える。

ふだんなら感じるはずの潮の香りが、今日は雨の匂いにかき消されていた。

人は風雨をしのぐために屋根を求める。誇り高く、面倒を嫌う宗麟ならば、人知れず身を隠すと考えた。

右京亮はさらに一刻《いっとき》（約二時間）あまり、城東の海沿いをしらみつぶしに探索した。地元の漁師たちが「こみ浦」と呼ぶあたりである。

浜辺にそまつな浜小屋が見えた。あたりに人影はない。

下馬して、開き戸をからからと開けると、なかには寒さに震える宗麟がいた。真っ赤な南蛮更紗に身を包んでいる。右京亮は片膝を突いた。

「お探しいたしましたぞ、御館様」

手のかかる面倒な男だが、宗麟の生存を確かめて、右京亮は安堵した。

「ジャンか。みごとな紅葉を求めて馬を走らせるうち、何もかもが厭《いや》になった。この世に美しきものなぞないのやも知れぬ。余はもう、丹生島へは戻らぬぞ」

幼子のように口をとがらせる宗麟にむかい、右京亮は深々と頭を下げた。

「お察し申しあげまする。世は救いがたいほどに醜きもの。私も世を捨て、信仰にのみ生きたいと切に願うときもございまする」

「そちだけは余の心を解してくれると思うておった。余はもう俗世へは戻らぬ」

「おおせのごとく、今は豊後にさえ、われらキリシタンが安堵して暮らせる場所はございませぬ。されば御館様のお力で、この日本《ひのもと》に、新しく神の王国をお創りくださいませぬか」

宗麟は瞠目した。右京亮が語るうち、しだいに顔を輝かせてゆく。

カブラルと同じだ。狂信が理性を奪い、損得勘定を狂わせている。

「……ジャンよ。キリシタンの王国を創る、と申すのか？」

右京亮は神妙な面持ちを作ってうなずいた。

「御意。われらキリシタンのみが住まう国にございまする。教会には聖歌が満ち、民は兄弟のごとく相愛いたしましょう。神の王国建設こそが、天主《デウス》より与えられし御館様の使命ではございませぬか。実は司祭カブラルがさように漏らしておられました」

宗麟は感極まった様子で、わずかに身を震わせた。

われを忘れたように身を乗り出してくる。

「神の王国は、愛に満ちておらねばなるまい。されば、愛の王国でもある。ジャンよ、その王国の名をはたして、何とする？」

右京亮は国名まで考えていなかった。が、宗麟にとっては重要なのであろう、いかにも形式と美を重んずる宗麟らしい。右京亮はとっさに思案した。

「フィデス（信仰）は、いかがでございましょうか」

宗麟は小さくかぶりを振った。

「ならば、ガラサ（恩寵）では？」

「ジャンよ。余は、われらキリシタンが集う愛の国の名を今、決めたぞ」

右京亮はかしこまって平伏した。心中、ほくそ笑んでいる。

宗麟はひとたび女子に惚れ込めば、家臣を殺しその室を奪ってでも、わが物にしてきた。宗麟は今、異教にすっかり心を奪われている。行き先さえ示してやれば、放っておいても暴走する。

うながされて顔を上げると、感情を表に出さない宗麟にはめずらしく、満面の笑みだった。

「笛に秀でたそちなら、余の心を解してくれよう。王国の名はムシカじゃ」

南蛮の言葉で「音楽」を意味する愛の国を、宗麟は創ろうとしていた。戦を好まない宗麟らしく、拍子ぬけするほどに麗しい、平和な命名だった。

「愛の王国を創るのは余とそちと、司祭じゃ。われらはキリシタンのみから成る神の軍勢。王国には朝廷の支配さえ及ばぬぞ。ジャンよ、王国建設の暁《あかつき》には、そちを王国の守護に任ずる。わが代官として、神の国を治めよ」

右京亮は宗麟に続いて浜小屋を出た。小雨は降りやまず、あたりは白霧に包まれたままだった。

†

半年後、天正三年（一五七五年）春。この年の復活祭も終わった。

デウス堂を出た右京亮は、鎮信に同道して府内の吉弘屋敷を訪った。二年前と同じく、庭では桜花が散っている。

「天主の教えは真理ゆえ、背く者に救いは得られませぬ。御館様の信仰は堅固なれば、受洗を前提に、大友と豊後のゆくすえを考えねばなりませぬ」

鎮信はやつれた顔で、愚痴をこぼした。

「大国の主が、女子の次は、異教に心を奪われるとはのう……」

「御館様は、キリシタンの王国を創らんと思し召されてございまする」

鎮信は打ちのめされた様子で、言葉を絞り出した。

「その話よ。いったいいかなる王国なのじゃ、それは」

「天主のもと、新たな法によって治められる国。家臣も民も等しくキリシタンとなり、兄弟のごとく相愛する理想の王国にございまする」

鎮信は顔をしかめて、うめいた。

「カブラルとやらは、ちと心得違いをしておらぬか。大友はキリシタンを虐げはせぬ。されど、伴天連に国をやるとまで言うてはおらんぞ」

「こたび、司祭カブラルとじかにお会いくださり、おわかりになったはず。司祭とて、いたずらに紹忍様に敵対する意はございませぬ。常に事態打開の策を模索しておられまする」

「されど、さきほどの伴天連の言葉は、お方様（奈多夫人）と紹忍殿にとても伝えられぬな。カブラルは欲深な異人よ。御館様も異教に取り憑《つ》かれておられる」

半刻（約一時間《こう》）ほど前、右京亮はデウス堂で、鎮信とカブラルの会話を通詞した。

双方の対立を昂《たか》じさせるべく、会話に誇張、誤導を加味できるのは、通詞の特権だ。宗麟を焚きつけ、司祭《パードレ》を暴走させ、紹忍派との溝を掘ってきたのは、ほかならぬ右京亮だった。

先日、しばしの平穏を破り、キリシタンの侍が斬られる事件が発生した。下手人は不明とされたが、その処置をめぐり、宗麟と紹忍ら家臣の対立が表面化してきた。

「豊後を切り分けてキリシタンの国を創れば、多くの軋轢《あつれき》を生みましょう。ならば、ムシカの建設こそが、大友内の和を保ちうる妙策」

鎮信はけげんそうに、ゆっくりと右京亮に顔を向けた。

「されば、外に新たな所領を得て、かの地に王国を築き、すべてのキリシタンを移り住まわせれば、豊後は永遠に安泰でござる」

鎮信は気の乗らぬ様子で腕を組み、ややあって問うた。

「伊東を見捨てると申すか」

「御意。放っておけば、島津に喰われるだけの話」

「されど、日向に手を出せば、島津との会盟はいかがあいなる？」

今山の敗戦以来、政局の拮抗《きっこう》する西の龍造寺を攻め滅ぼすには、時を要した。東の大毛利《もうり》を攻める策を論外とすれば、大友は勢力拡大のために、南下するしかなかった。

永正年間（一五〇四～一五二一）以来、大友は薩摩の島津と盟友の関係にあった。大友は日明《にちみん》貿易の寄港地油津《あぶらつ》を領する島津を通じて、明国、琉球《りゅうきゅう》との貿易経路を確保していた。大友と対する島津は、日向の伊東に大友が肩入れしない約定で、利を得ていた。日向は、大友と島津の緩衝地帯だった。

「先年、木崎原《きざきばる》で敗れて以来、伊東はすっかり力を失うてござる。一方、島津はすでに大隅《おおすみ》をも制しておりまする。大友が九州に覇を唱えるなら、いずれ島津とは袂《たもと》を分かたねばなりますまい。島津をして全日向を取らしめるは危《あぶの》うございまする。島津への盾として、南蛮の力を持つキリシタンの王国を置きまする」

しばしの沈黙の後、鎮信は右京亮をいぶかしげににらんだ。

「先般、斬られしキリシタンの侍は、争った様子もなく、みごとな太刀筋で絶命しておった。

辻斬りデモニオのしわざと申す者もおる。……よもや、お主が下手人ではあるまいな？」

鎮信も切れ者だ。推測は正しい。煮えきらない両陣営に一歩を踏み出させるために、右京亮がキリシタンの生贄《いけにえ》を差し出したのだった。が、口もとの笑みは絶やさない。

「おおせの意味がわかりかねまするが」

「右京亮よ。……お主、その若さで、いったい何を望んでおる？」

いくぶん身を乗り出してきた鎮信に、右京亮が首をかしげると、胸のクルスが揺れた。

「望むはただ、篤き信仰のみにて。無策は早晩、大友を二つに割りましょう。私は鎮信様と同じく、大友の内戦を避けたい一心にございまする。天主に仕える身として、神命にしたがうのみ」

キリスト教は格好の隠れ蓑《みの》だった。鎮信は世故に長《た》けた能臣だが、信仰という不可解な帳《とばり》に阻まれて、右京亮の大望を正確には知り得まい。

「日向の始末はたしかに懸案じゃ。次善の策として思案しておこう。ムシカとやらを創るなら、ふびんなれど、土持《つちもち》の縣《あがた》(日向北部の一郡)あたりが、得策やも知れぬな」

しばしの沈黙の後、鎮信は庭で咲き乱れる桜へ眼をやった。用事は済んでいた。

「みごとな桜にございまするな。庭に出て、しばし桜花を楽しんでもかまいませぬか」

鎮信が力なくうなずくと、右京亮は庭に降り、散りゆく桜花を見あげた。

この場所であの少女に出会ってから、二年になる。

今でもその姿が脳裏に浮かぶ。麗しい女子だった。想うと、心がまた鈍く痛んだ。

きっとこれが恋なのだろう。

だが右京亮は、恋などのために、計画を狂わせるわけにはいかなかった。

あのとき、少女がいたあたりに立ってみる。自分が腰かけていた庭石へ目をやった。

(俺はあれから、何人の命を奪ったろう、これから奪うのだろう)

右京亮は数日前、騒擾《そうじょう》を起こすために、キリシタンの若者を斬った。右京亮の思惑どおり、紹忍派の侍のしわざとされた。が、若者は事切れる前に、驚愕と絶望に満ちた表情で、葬送のラウダーテを口ずさむ右京亮を、「デモニオ」と蔑んで呼んだ。

右京亮の心はいつも陰鬱《いんうつ》な謀《はかりごと》でけがれ、荒《すさ》みきっている。だが、名も知れぬ少女を想うときだけは、罪業を忘れられる気がした。

あの少女はすでに誰かに嫁ぎ、今どこかの桜の木の下で、散りゆく花弁を眺めているだろうか。臼杵右京亮に恋など似合わない。無用だ。

†

妙は手ぬぐいで額の汗をふくと、澄んだ山の冷気を胸の奥深くまで吸い込む。

宝満山頂近くのぶなの林には雪が残っていた。

まだ春はまじめに訪れる気がないらしい。

もともと蒲柳《ほりゅう》の質《しつ》の菊は、昨秋から体調が優れないらしく、今春は上原館に招かれなかった。昨春はもしやとの思いで、吉弘屋敷で桜を眺めながら、ひねもす篠笛の若者を待っていたものだ。高齢を理由に師の角隈石宗がついに別府で隠居したため、府内に滞在する理由も失われた。

妙は母なるぶなにむかってしずかに手を合わせると、若者との再会を祈った。

萩の苦しげな息遣いが背後で聞こえ始める。つき合わされる萩には気の毒だが、太宰府にあるときの妙の日課だった。二年近く続けた計算になる。

しばしの沈黙を、萩が荒い息でとぎれとぎれに破った。

「妙さま。いかにしても、篠笛の君をお忘れにはなれませぬか」

愚問に対し、妙は無言をもって答えた。

妙を見初《みそ》めた武家の若者は少なくなかった。妙と萩は、ときおり降りかかる縁談をうまく立ち回ってはつぶしてきた。この春、妙も十六になった。

「吉弘の若さまなら、必ずや妙さまをお幸せになさいましょうに」

妙をあきらめた吉弘統幸は重臣斎藤《さいとう》家の娘を娶《めと》っていたが、昨夏に流行《はや》り病で亡くしていた。左京亮も、統幸の人物を高く買っている。喪が明ければ、縁組みの話があるに違いなかった。

「恋とは、苦しきものじゃな、萩」

あの日の出来事がすべて夢幻だったのではないか、と思うときさえある。

妙が赤い篠笛のキリシタンの若者に会ったという証は、妙の記憶以外に何もなかった。幼なじみで温厚篤実な統幸でなく、言葉らしい言葉を交わしたこともなく、誰とも知れず、二度と会えそうにない男子を慕い続ける愚かさを、自身でわかってもいた。

だが、夏の終わりまでに篠笛の若者に再会できなければ、妙の恋は潰えるだろう。

妙の吐いた白い息が、ときおり吹き迷う山籟《さんらい》に消えた。

第三章　この笛の音が届くなら

七　麗しきアンジョ

天正三年（一五七五年）、夏の終わりの府内は、せみの声がなお、にぎやかである。

妙は逃げ出すように、吉弘屋敷を駆け出た。

父の言いつけに背いたのは初めてだった。妙は統幸との縁談を峻拒《しゅんきょ》した。左京亮の剣幕に怯《おび》えながら、妙は正面から否と応じた。

左京亮ならずとも、主筋に当たる吉弘家への輿《こし》入れは家臣の誉《ほま》れであり、ありがたく請けるのが常識だった。左京亮は否の返事を想定していなかったろう。今回、府内の吉弘屋敷に逗留《とうりゅう》した理由も、統幸との縁談ゆえだった。

左京亮は無言で腕を組んだまま、妙の眼《め》をじっと見つめた。妙も恐れず見返したが、やがて眼をそらし、かたわらの萩に、救いを求める視線を送った。

が、味方であるはずの萩も、妙に加勢しなかった。いつまでも会えない幻の君よりも、統幸と夫婦《めおと》になる道こそが、妙にとって幸せだと考えているのだろう。
長く苦すぎる沈黙に堪えきれなくなった妙は、縁談を進めるなら髪を下ろすと言い捨てて、左京亮の前を辞した。

大分川のほとりで、昔から変わらない流れをぼんやりと眺めた。
妙は林左京亮の娘であり、高橋家に属している。娘ひとりが乱世を生きてゆけはしない。ひとときのわがままを貫き通せるわけもなかった。結局、妙の恋はもうすぐ終わるのだ。以前、妙を嫁に欲しいと告白したときの統幸の真っ赤な顔を思い浮かべた。統幸は、昔から妙を想ってくれていた。大友の同紋衆で城持ちの宿将の家柄だ。ありがたく請け、すなおに喜ぶべき話だろう。

妙は立ちあがった。晩夏の陽は西にかたむき始めたが、日暮れまでは時がある。妙は最後にデウス堂へむかった。

暇さえあれば、妙は何かと理由をこしらえて吉弘屋敷の世話になり、デウス堂のあたりを徘徊《はいかい》していた。ひんぱんに会う異人の修道士は、妙が入信を望んでいると勘違いして声をかけてきたくらいである。顔見知りのキリシタンたちもずいぶん増えたが、なかでも老門番のトマスとは親しくなり、敷地内にも出入りできた。

トマスは貧困のなかで死んだ孫娘に妙を重ね合わせているらしく、故郷である津久見《つくみ》の漁村の話をよくしてくれた。妙が篠笛を吹くと、長年の労苦でしわの刻まれた顔をしわくちゃにして喜ぶのだが、今日はいないらしい。

門からむかって左手に墓地と慈悲院が、右手に診療所と育児所がある。その間を抜けると、教会と修院が向かい合っていた。

キリシタンなら、デウス堂に出入りするはずだった。これまで百度以上は通ったが、篠笛の君にはついに会えなかった。

妙はすっかり見馴《みな》れた会堂の石段に腰を下ろした。礼拝は終わったらしく、会堂は静かだった。あたりに人影はない。

恋を終えるのにふさわしい場所だと思った。

†

臼杵右京亮は聖母マリア像にむかって膝《ひざ》を突いた。頭《こうべ》を垂れ、手を合わせる。心からの祈りを捧げたのは初めてだった。

デウス堂を吹き抜けてゆく、どこか涼しげな風には、すでに秋の気配が混じっている。

梅雨のころ、恩人の臼杵鑑速《あきすみ》が水ヶ城で没した。

急な病状悪化は丹生島城の右京亮に知らされず、死に目にも会えなかった。

水ヶ城での葬儀は宗麟も参列して、厳粛にとり行われたらしい。が、キリシタンの右京亮は、臼杵鎮次によって列席を拒まれた。

鑑速は死に臨み、一瞬でも右京亮に思いを致してくれたろうか。

今は異教の神でも誰でもいい、天にある鑑速のために祈りたかった。昔、母や妹を失ったときと同じ喪失感が、郷愁とともに右京亮を襲った。だが、涸《か》れた涙はもう出なかった。いざ鑑速の死に顔に接したなら涙したかも知れないが、志を遂げる日まで、不泣の誓いを破りはすまい。

右京亮はゆっくりと眼を開き、立ちあがった。

これで、過去のしがらみは何もない。

鑑速という後ろ盾を失った右京亮は、臼杵家から放逐されたも同然だ。それでも、いっこうにかまわない。これまで右京亮は独りで生き抜いてきた。一介の浮浪が今や宗麟の腹心となり、今後の政変次第では、権勢の中枢にさえ身を置けるのだ。

鑑速のいなくなった臼杵家に対して、気兼ねは要《い》らない。

(これから俺は、己が野望にしたがい、己がためにのみ、生きてゆけばよい。太平をむさぼり、どこもかしこも隙《すき》だらけの豊後を、混迷と戦乱の渦に陥《おとしい》れてやる。そこにこそ、俺の活路が開けるのだ)

カブラルに会う前に、自然にこぼれてくる含み笑いを消し去ろうと、デウス堂の高い天井を見あげた。ステンドグラスごしの夕光は、異国の宝玉をちりばめたように映えている。

右京亮はふだんの笑みに戻すと、奥の司祭室へ通じる戸を二度、軽く叩いた。

「司祭《パードレ》、ジャンにございまする」

会堂奥にあるこの小部屋では、府内を、いや、九州全土を揺るがす謀議が開かれてきた。野太い返事がすると、右京亮はゆっくりと深呼吸した。

重い戸のむこうでは、カブラルが右京亮を待っていた。

はやる心を抑えながら、右京亮は冷静にカブラルをくどいた。かねて仕組んできた策謀がようやく花開こうとしている。豊後を転覆させる異教の毒花だ。

話の途中から右京亮にむかって身を乗り出していたカブラルは、満足そうにうなずいてから、椅子に巨体を戻した。

「それでは教名を、ドン・セバスチャンと」

「承知仕りました。新九郎《しんくろう》（大友親家《ちかいえ》）様も喜ばれまする。これにて、御館様の受洗への道も、しかと開かれましょう」

右京亮は片膝を突くと、十字を切り、カブラルのもとを辞した。

司祭室を出て、会堂の瀟洒《しょうしゃ》な玄関へむかう途中、また笑みがこぼれてきた。

宗麟の次子、十五歳の新九郎親家は当初、キリスト教に関心などまるでなかった。

だが、気位ばかり高く思慮に乏しい親家は、右京亮の誘いに乗った。幼少から家督継承の望みを絶たれていた親家は、丹生島にある寿林寺《じゅりんじ》で出家させられ、不遇をかこっていた。還俗して家督を狙う方途として、キリシタンの道こそ好都合と説く右京亮に、親家は眼を輝かせた。

親家はカブラルと密会し、受洗の決意を固めた。宗麟を説くのは容易だった。親家の受洗によって、いよいよ宗麟受洗の舞台が整うとの説明に同意した。ゆえに右京亮はこの数か月、宗麟の意を受け、親家受洗のための工作を隠密裏に行ってきたわけである。

親家受洗の意味は、小さくなかった。

寿林寺の開山は、かつて禅に傾倒した宗麟が京の大徳寺《だいとくじ》から招いた高僧、怡雲宗悦《いうんそうえつ》である。親家がその寿林寺から出て還俗し入信すれば、反キリシタン勢力に衝撃を与え、大いなる反発を招くに違いなかった。宗悦も愛想を尽かし、宗麟を見限って京へ戻るであろう。国主の次子がキリシタンになれば、これまで躊躇《ちゆうちよ》していた家臣たちも、つぎつぎと洗礼を受ける。右京亮が発案し、カブラルが強く望む受洗だった。

紹忍ら反キリシタン勢力に動きを気取《けど》られた様子だが、時すでに遅し、流れは変わるまい。この後、紹忍や鎮信が恐れ、右京亮の望む事態が、大友を襲い始める。やがて大友は真っ二つに割れるだろう。一方には宗麟と腹心の右京亮やカブラルがおり、他方には紹忍と奈多夫人がいた。キリシタンの近習《きんじゆ》で異国の言葉を操り、司祭《パードレ》の信任も篤《あつ》い右京亮が、宗麟派で一定の地位を得るのは、当然のなりゆきだった。

一介の浮浪が一国の太守となる姿を、臼杵家の者たちに見せつけてやるのだ。

玄関の戸を開け、デウス堂を出た。力を失った陽光が秋めいている。

いずれかの時点で、宗麟に正室奈多夫人を離縁させ、キリシタンの正室を迎えさせる。奈多夫人の侍女でジュリアという子持ちの年増女《としま》に、右京亮はすでに眼をつけていた。

次なる一手を思いめぐらしながら、右京亮は階段を一段一段、踏みしめながら降りてゆく。

途中、階段の下にたたずむ、ひとりの少女に気づいた。

少女は放心したように、薄笑いを浮かべた右京亮を見つめている。

——時がとつぜん、止まった。

あの少女だ。二年以上を経て女らしさをまとい、ますます美しくなっていた。

少女が階段を駆け上がってくる。右京亮につめ寄り、だしぬけに問うた。

「お名前は？　どこのどなたでいらっしゃいまするか？　まずは御名を、お聞かせくださりませ！」

どこか必死の形相《ぎょうそう》だった。みずからは名乗りもせず、夢中で問いをくり返す少女の姿はこっけいで、ほほえましかった。剣術を習い始めたばかりの少年のように、なで肩を怒らせている。

「臼杵家臣、臼杵右京亮でござる」

名を聞くと、少女はやっと肩を下ろした。

「右京亮さま……。わが父と、お名前が少し似ておられまする」

「して、其許《そこもと》は？」

右京亮が問うと、少女はあわてて頭を下げた。

「大変失礼いたしました。高橋家臣、林左京亮が娘、妙と申しまする。この二年あまり、ずっと、ずっと、右京亮さまをお探ししておりました」

少女は感極まった様子で、眼に涙さえ浮かべている。

「なにゆえ、それがしを？」

当然返される問いのはずだが、少女は答えを用意していなかったらしく、明らかにうろたえていた。恥ずかしげでしどろもどろに答える少女が愛らしかった。

「笛を、篠笛を、教えていただきとうて……」

妙の端整な顔立ちに、右京亮は覚えず息を呑んだ。心が打ち震えた。野心とはまったく異質の強烈な感情が、心のなかで怒濤《どとう》のように渦巻き始める。

「さしたる笛でも、ありませぬが」胸が高鳴ったせいで、不覚にも声が震えた。

「去りゆく夏を惜しんでの笛も一興。吹いて、進ぜましょう」

妙は飛び上がって喜んだ。

右京亮が石の階段に腰を下ろすと、妙はすぐ隣に腰かけた。

夕風に乗って、妙の髪からよい香りがする。水ヶ城から丹生島城へむかう道の辺に実る野《の》苺《いちご》を思わせた。

右京亮は懐《ふところ》から出した赤い篠笛をかまえると、唄口《うたくち》に唇をつけた。体を開き、斜めにして妙を盗み見た。夕照が妙の瞳に宿っている。

(何と、麗しき女性《にょしょう》か……)

むせ返るほどに胸が躍った。

右京亮は持ち前の冷静さを失っているのに気づいた。

われあらず篠笛から唇を離した。師匠の金春八郎や主君宗麟の前で、何度もみごとな腕前を披露してきたが、心をかき乱されて吹けなかった経験は初めてだ。

右京亮は己の心の乱れようにとまどった。

「あいすみませぬ。ちと、笛の手入れを怠っておった様子。今日はよき音色が出せそうにありませぬ。されば、またのおりにお聞かせしましょう」

妙は落胆するでもなく、うれしそうに何度もうなずいた。

「臼杵家のお方なら、右京亮さまは、長池町《ながいけ》の臼杵屋敷におられましょうか」

右京亮は小さくかぶりを振った。

「それがしは丹生島城の御館様に近習としてお仕えする身。ゆえあって、臼杵の家では肩身狭き思いをしておりまする。されば面倒を避け、この近く、『日向屋《ひゅうが》』という名の旅籠《はたご》に宿をとってござる。妙殿はいずこに?」

「今小路の吉弘屋敷に、逗留しておりまする」

高橋家当主の鎮種は吉弘家の出だから、高橋の家臣たちが実家の屋敷を利用している話は聞いていた。

秋の陽が落ち始めている。右京亮はゆっくりと立ちあがった。

「物騒にござれば、日が沈む前に屋敷までお送りいたそう」

妙は夕陽に輝く笑みを浮かべながら、うなずいた。

「ありがとう存じます。府内にはデモニオとか申す不届き者が出るとか。女子《おなご》のひとり歩きは危《あぶの》うございますれば」

ビードロの鈴を転がしたように明るく澄んだ声だった。デモニオの正体が右京亮だと知れば、無垢《むく》でひたむきなこの少女は、どのような顔をするのだろう。

心がふたたび浮わついてかき乱された。この奔馬のごとく勝手に暴れる心を制御せねばなるまい。さもなくば、志も遂げず、酔生夢死の一生となるであろう。

右京亮は妙から眼をそらそうとした。が、訴えかけるような妙の視線に、思わずほほえみ返すと、妙は満面の笑みを返してきた。

†

妙は吉弘屋敷の一室で、月照の入り込む寝床に横臥《おうが》している。

また、寝返りを打った。すでに眼は暗さに慣れ、天井の板目までわかった。

が、見てはいない。右京亮ばかりを想っていた。

デウス堂から吉弘屋敷へむかう道すがら、質問攻めにした。

初めて出会ったとき、宗麟の近習を務める右京亮は、統幸でなく、当主の鎮信に用があったらしい。宗麟とその直臣は丹生島にあるから、府内を探しても見つけられないはずだった。

妙は道中が太宰府と府内くらい離れていればよいのにと思った。が、まもなく屋敷の築地《ついじ》塀《べい》が見え、冠木門《かぶきもん》に着いてしまうと、名残《なごり》を惜しむ様子もなく、右京亮は去って行った。名ケ小路《みようがこうじ》を行く白い後ろ姿が消えるまで、妙は見送っていた。

ついに念願の再会ができた。これまでの妙の苦労には、並々ならぬものがあった。

近ごろ萩は、あきらめるよう妙にしつこく説いていたが、妙は会えると信じた。萩の話では、府再会まで二年半を要したが、今や若者の名前も居場所もわかった。

屋敷に戻ったとき、左京亮たちは大友館にあって屋敷を不在にしていた。萩の話では、府内で何やらキリシタンの不穏な動きがあると知れたためらしい。

右京亮の一件を話すと、萩は浮かない顔になったが、協力を約してくれた。が、すぐその後、府内に辻斬りデモニオが出て、吉弘家の家人が斬殺されたとの知らせが届いた。斬られたのは妙もよく知る腕の立つ若者で、妙に心を寄せていた節もあった。心は痛んだが、右京亮の身を案じてしまう自分が薄情に思えた。

妙はもう一度、右京亮の姿を思い浮かべてみた。

宝満山頂で、新緑のぶなの森を吹き抜ける初夏の風のように、爽やかな男子だった。篠笛の似合う右京亮には刀槍《とうそう》がふさわしくない気がした。戦《いくさ》が恐ろしく不得手で、刀も弓もぜんぜん使えなくてもかまわない、と思った。

何度も寝返りを打つ。眼が冴えて、眠れなかった。

ただ、臼杵家は大友の重臣だ。陪臣の娘が見合うだろうか。でも、右京亮は府内で臼杵屋敷を使っていない。何か事情があるに違いなかった。

上原館に行き、世話好きの菊に、好きな男子ができたと話してみたら、どうだろうか。菊なら喜び、力になってくれるはずだ。

とにかく再会できた喜びだけで、今はじゅうぶんだった。いつまでも眠気は訪れないが、妙にとって愉《たの》しくてたまらない夜だった。

†

夜半、日向屋の一室で、右京亮はあらあらしく半身を起こした。どうにも寝つけない理由は、明るすぎる月照のせいではないとわかっていた。

ふたたび横臥した。自分を嗤《わら》う。

(たかだか女子ひとりに、かくも心が乱れるとは、俺もつくづく小人よな。いま少し待てば、いよいよ俺の望んだ世が来るのだ。しっかりいたせ、臼杵右京亮!)

頭の中で自分を叱咤《しった》した。鉄腸《てっちょう》を持たねば、志は遂げえないと知ってはいた。

人を斬っても、だましても、陥れても、右京亮の心は痛まなかった。返り血で赤く染めあげた心は、いかなる者によってもかき乱されないはずだった。

だが、右京亮が培ってきたはずの心の鉄壁は、たったひとりの小柄な少女によって、いともたやすく壊されようとしている。

右京亮は天主《デウス》でなく、あの少女の前にひざまずきたかった。妙と結ばれたいと願った。

恩人である鑑速のためなら命を捧げうるとしても、他の誰のためにも死ぬつもりはなかった。宗麟や司祭《パードレ》のためなど考えさえしなかった。右京亮にとって、忠義や信仰はただ、野望の隠れ蓑《みの》にすぎなかった。

鑑速はもういない。一度きりの生を、己がために悔いなく生きるはずだった。

にもかかわらず、妙のためなら死んでもよいと思える自分が不思議でたまらなかった。

――次はどこで、お会いできまするか?

昨晩、吉弘屋敷の白壁が見え始めると、妙はかわいそうなくらい熱心に、右京亮にたずねてきた。

しばらく日向屋に逗留すると答えた。実際には親家の一件の仕上げがあり、明昼には出立する予定だったが、とっさに出た返答だった。妙は飛び跳ねるように歩きながら、明朝きっとお訪ねしますと、うれしそうに話した。

日向屋への道すがら、右京亮は刺客に襲われた。が、一刀のもとに斬り捨てた。別段めずらしい出来事でもなかったが、妙との再会をけがす気がして、太刀筋《たちすじ》に迷いを感じた。

親家受洗の策謀を紹忍派に気づかれたに違いない。府内に長居は無用だ。が、右京亮の心は、妙に会いたいと願っている。

右京亮はまた、がばと半身を起こした。

妙への思いが尽きぬ泉のように湧き出てくる。初めて抱く強烈な感情にとまどった。

(俺は阿呆《あほう》になったのか。いかがした、右京亮!)

次から次へと女を代えてはうつつを抜かす宗麟を、右京亮は内心、軽蔑してきた。モニカを始め、女子はただの道具だと信じてきた。が、どうやら今は逆だ。右京亮が女子の虜《とりこ》になりかねないありさまだった。

明日は丹生島への道すがら、大分川のほとりで、無心に笛でも吹くとしよう。白拍子の母から手ほどきを受けた篠笛は、右京亮が心を落ち着けるための道具だった。母と妹が殺されたときも、鎮次に虐《しいた》げられていたときも、笛の力を借りた。

右京亮は身を横たえて、天井を見あげた。

あの少女は、これまで着実に築きあげてきた、すべての計画を狂わせかねない。

会ってはならぬ。一度でも会えば、ついに右京亮は恋に縛られ、逃れられまい。

朝を告げる一番鶏が、どこかで物憂げに啼《な》いた。

†

翌朝、妙は府内の町を足早に歩いた。体はそのまま天まで浮かび上がってしまいそうなほど、軽やかである。行き先はもちろん日向屋だ。

ところが旅籠の番頭にたずねると、右京亮らしき客は、はや四半刻《しはんとき》(約三十分)ほど前に宿を引き払ったらしい。徒歩《かち》だったという。

話が違う。妙はあわてた。今、右京亮に会わねば、またずっと会えなくなる気がした。

日向屋を駆け出ると、妙は着物の袖《そで》をまくり、裾《すそ》をたくし上げた。府内の町を一散《いっさん》に駆けた。走っていなければ、落ち着かなかった。

丹生島の宗麟に仕える右京亮なら、東へむかうはずだ。

屋敷に戻った妙は、赤い鞍《くら》の目立つ黒馬を借りて飛び乗ると、日向街道を駆け始めた。

道ゆく者は、ものすごい形相で馬を疾駆させる少女の姿に、「いかなる変事出来せしや」とあわてるかも知れない。が、妙にとって、右京亮の急な出立は一大事だった。

妙は大分川を過ぎ、重臣吉岡家の領する鶴崎の町まで来たが、道中、右京亮らしき姿は見あたらなかった。

街道沿いの茶屋で柱に馬を繋《つな》ぎ、ひと休みしながら思案した。

茶屋の主人によると、鶴崎から先、戸次川《へつぎがわ》をわたった後、丹生島へいたる道は二つに分かれる。佐賀関《さがのせき》半島を海沿いにぐるりと回るか、戸次川を遡上《そじょう》して戸塚山《とづかやま》のあたりから山道を越えるか、である。つまり海か、山か。徒歩なら、海路を選ぶだろうか。

いや、徒歩の右京亮はまだ戸次川をわたっておらず、鶴崎への道中にあるはずだ。どこかで追い越してしまったのか。

妙は鶴崎で待つと決めた。

鶴崎には以前に一度、父の左京亮にしたがって訪れた覚えがあった。亡き名君吉岡宗歓《そうかん》が治めた鶴崎の町と民は、いきいきとしていて、実に気持ちがいい。

空腹を覚え、小さな天守を持つ鶴崎城を見ながら、だんごをほおばった。

何としても、右京亮に会わねばならない。

街道を見張りながら、必死で思案を続けた。

妙の眼前で、巨体がのっそり立ちあがると、視界が完全に塞《ふさ》がれて、妙の思索が破られた。

「参るのか、道察《どうさつ》。今年も結局、隠居を見送るほかあるまいな」

続いて立ちあがった小柄な侍が、大きな侍を見あげて問うていた。小侍の髪は白く、大侍の頭はすっかり禿げ上がっている。二人とも、父の左京亮よりひと回りは年長だろう。

大侍は巨体を震わせながら笑い、野太いだみ声を出した。

「お方様がお許しにはなるまいて。近ごろの若い衆は、臆病風にあおられ続けておるからの。吉岡も、大友も、ゆくすえどうなるか心配で、めしもろくに喉《のど》を通らんわい」

「湯漬けは三杯、だんごは二十個ほど無事に通ったようじゃがのう」

まだ昼どきにもならないのに、二人の老侍は酒を酌み交わしていたらしい。大男にいたっては、禿げ頭のてっぺんまで赤くなっている。妙は小侍に「白狐」、大侍に「赤鬼」というあだ名を勝手につけた。

妙の視界をほとんどさえぎる赤鬼が、のさりのさりと通りすぎてゆく。

「玄佐《げんざ》よ。わしが出家すると申したら、何とする？」

「たまげるじゃろうな。何しろお主ほど、坊主の似合わぬ男もおるまいて。成仏なんぞされた日には、お主に殺された者たちが浮かばれまい。されば、亡者たちになりかわって、わしが止めてつかわそう」

「ふん。わしの心をおわかりくださるのは、亡き宗歓公のみか」

赤鬼は店先に繋いである馬にむかい、手綱《たづな》をほどき始めた。

馬がいななく。妙の眼に赤い鞍が映った。吉弘屋敷で借りた黒馬ではないか。

妙は飛び上がった。

主家の馬を奪われたとあっては、林家として面目が立たない。

妙はあわてて外へ飛び出した。

馬に乗ろうとする赤鬼の背にむかい、威勢よく啖呵《たんか》を切る。

「お待ちなされ！　馬泥棒！」

上機嫌で鼻歌混じりだった微醺《びくん》の赤鬼は、ぴたりと動作を止め、がばりとふり返った。巨顔は憤怒で湯気が出そうなほど真っ赤になっている。たしか「道察」と呼ばれていた。

「小娘よ。今、わしに、何ぞ、申したか？」

怒りで声が震えるせいか、言葉が短く、区切られている。

「わしも近ごろ、耳が遠うなって参ったゆえ、聞き間違いじゃろうと思うてな」

「お耳はまだまだ達者なご様子なれば、どうぞご安心召されませ。しかと申しましたぞ。それは、私が主筋よりお借りしておる馬。されば、馬を盗まんとする不届き者を、そのとおり馬泥棒と呼んだまで」

道察はあまりの怒りに全身を震わせ、しばらく声も出せない様子だった。

茶店の前には、人だかりができ始めている。

玄佐と呼ばれた小柄な男が涼しい顔で、二人の間にすっと入ってきた。白狐は諭すように、妙にしゃがれ声で話しかけた。

「鶴崎は大友家の宿老にして、たぐいまれなる名君、吉岡宗歓公によって治められてきた。ゆえに諍《いさか》いは似合わぬ。わしは吉岡三代に仕えてきた爺でな、中島玄佐と申す者。して、ほれ、この」

と、玄佐は後ろに立つ赤鬼を親指でさした。

「お前が怒らせてすっかり茹《ゆ》だっておる男は、猪野《いの》道察と申す。近ごろは戦もなく、馬齢ばかり重ねておる年寄りじゃが、家中きっての猛将よ。われらは怪しい者ではない。齢《とし》は食っても、吉岡家を支えておる二家老じゃ。お前は何者か？」

負けじと妙は、小さな胸を張った。

「高橋家臣、林左京亮が娘、妙と申しまする。父からは不義を見過ごしてはならぬ、見つければ即座に正せと教えられて育ちました。今は賢宰相と名高い田原紹忍さまの治世。たとえ相手が歴戦の勇者であろうと、名門吉岡家のご家老であろうと、泥棒は泥棒。関わりありませぬ」

　怒りにわなわなと震え続ける道察を背に、玄佐がいくぶんあきれ顔で妙に対した。

「風変わりな女子よな。人は誰でも過《あやま》つもの。されば、過ったときは非を認め、詫《わ》びを入れる。さように、お父上から教わらなんだかな？」

「ふん、脅しには屈せぬ。他の者はいざ知らず、白を黒と言いくるめるなぞ、私相手には通用せぬ。その赤い鞍の馬は、私の乗ってきた馬じゃ。渡しはせぬぞ」

「道察は洟《はな》たれ小僧の時分から、験《げん》を担ぐ男でのう。初陣《ういじん》のときに赤《あこ》う塗った具足で勝利して以来、赤を好んで身につける。わしの首をかけてもよい、あれは道察の馬じゃ。重い道察を乗せておるゆえ、足腰が弱っておるのがその証拠よ」

　首を横に振る妙の背後を、玄佐が指さした。

「されば、妙とやら、お前の後ろに繋いである馬は、何じゃな？」

　妙があわててふり返ると、もう一頭、よく似た赤い鞍を背に乗せた黒馬がいる。馬は眠そうな眼で、のんびりとあくびをしながら、ゆばりをしていた。

　乗り馴れない馬だったせいで、妙も、馬の顔や特徴をしっかり覚えていなかった。鞍だけを目印にしていたが、考えてみれば、赤い鞍の黒馬などいくらでもいた。

　妙は玄佐と道察の顔を代わる代わるに見てから、深々と頭を下げた。

「申しわけございませぬ。私のとんだ勘違いにございました。鞍の形と色がそっくりでしたゆえ――」

「小娘よ。小悪をひとつたりとて見逃さぬこの道察が、泥棒呼ばわりされたは、長き人生で初めてじゃ。武士の名を公然とけがした罪、万死に値するぞ」

道察のどすの利いただみ声に、妙は顔を上げた。

頭三つぶんほどは、高い。

「おゆるしくださりませ。このとおりにございまする」

妙が悪いに決まっていた。

「男なら、この場で腹を掻《か》っ切って詫びるであろうな。わしなら、そうする。さて、女子なら、何とする？」

妙は懸命に思案した。

はたと思いついた。われながら、妙案かも知れない。

「篠笛を吹いて進ぜましょう。私よりじょうずな方はおられまするが、私も日々稽古しておりますれば。よき笛の音で、お怒りをお鎮めくださりませ」

道察はまだ怒りに打ち震えている様子だが、玄佐は拍子ぬけした様子で妙を見、天を仰いで放笑した。飛び出した前歯が一本欠けている。

「道察よ。なかなかに見どころのある小娘ではないか」

刀の柄《つか》に手をやったままの赤鬼の広い背を、白狐がなだめるように叩いた。

「かように肝の据わった女子こそ、覚之進《かくのしん》様にふさわしいやも知れんぞ」

赤鬼は少しずつ頬《ほお》を緩めると、ややあってから呵々《かか》大笑した。

「このわしに喧嘩を売る命知らずなんぞ、長年会えなんだ。もう一生、喧嘩などできんと思うておったに、気に入ったぞ、妙とやら。わしには笛なんぞわからん。されば、わしとともに酒を飲め。それでゆるしてつかわそう」

「喧嘩の仲裁で小腹が空《す》いたわ。湯漬けでも馳走いたそう」

いずれ右京亮が鶴崎を通るだろう。妙は二人につき合うことにした。

†

玄佐は、街道のむこうにこぢんまりと立つ天守を指さしながら、妙を顧みた。

「鶴崎城は立地こそよいが、堅固な城ではない。先代宗歓公は、今の大友の礎を築かれたお方。城を堅固にするより先に、民を豊かにする道を選ばれたのじゃ」

乱世で武将は城の堅固や兵の精強などを誇りがちだが、吉岡家臣は少し違っているようだ。

「されど、もし城を攻められた日には、何となさいまする？」

妙の問いに、道察が酒をあおりながら、真顔で問い返した。

「誰がどこから、鶴崎まで攻めて参ると申すのじゃ」

内乱は別として、府内が外敵に攻められた歴史を妙は知らない。答えに詰まると、玄佐が引き継いだ。

「大友領の奥深く入ってくる前に、敵を追い払えば済む話ではないか」

親しく話してみると、玄佐と道察は気のよい老将だった。

孫娘に接するように、妙に接した。

「じゃが、吉岡家は宗歓公亡き後、ちと元気がのうてな。されば、わしらのような年寄りが隠居もさせてもらえぬ始末よ」

先代宗歓の死後、嫡子鑑興《あきおき》が後を継いだが、病身で先が長くないらしい。鑑興の子、覚之進がその跡を襲うはずだが、評判は芳しくない。

「覚之進さまは表六玉《ひょうろくだま》と陰口を叩かれておるがな、わしと道察は覚之進様こそ、宗歓公に匹敵する器をお持ちじゃと見ておる。たしかに武勇や軍略は心もとない。されど、心根やさしきまっすぐなお人柄は、むしろ大将たるにふさわしい」

その覚之進は先年、睦《むつ》まじい仲であった正室を亡くして以来、すっかり気落ちしていて、実際には、父鑑興の室が鶴崎を治めているらしい。玄佐は愚痴混じりに話を続けるが、妙は吉岡家の事情に関心が湧かなかった。

「宗歓公とは、さほどに偉大なお方だったのですか？」

妙の問いに、道察が憤然として答える。

「国は武力のみでは保ちえぬ。宗歓公は大友の外事と内政を担われ、臼杵鑑速《あきすみ》公とともに、豊州《ほうしゅう》二老と謳《うた》われたお方ぞ」

右京亮に繋がる「臼杵」の名に、妙は敏感に反応した。

「臼杵と申さば、右京亮さまをご存じにございまするか？」

「はて……」と玄佐は考え込み、道察と顔を見合わせたが、やがて顔をしかめた。

「あのキリシタンの若造か。評判はすこぶる悪いな。剣の腕前こそ抜群だが、臼杵家中の者からは、人を人とも思わぬ、とんだ食わせ者よと聞いておる。なぜさような者についてたずねる？」

妙は自分の顔が引きつる様子がわかった。

「お探ししているのです。篠笛の名手と伺い、教えを乞いたいと……」

玄佐は物めずらしそうに妙を見て、つけ足した。

「わしも話をした覚えはないゆえ、人物までは知らぬ。表六玉とばかにされる覚之進様とて、ひとかどの人物。されば己が眼で、右京亮の人となりを見極めればよかろう。さてと、殿の薬師《くすし》に会わねばならぬ時分じゃわい。参るぞ、道察」

玄佐は湯漬けの残りをすすると、立ちあがった。

†

上機嫌で玄佐たちが帰った後も、妙は茶店で街道を見張っていた。

が、ついに気の早い晩夏の陽がかたむき始めた。

変だ。徒歩で、妙よりも早く鶴崎を越えられるはずはない。

どこかで、気づかずに右京亮を追い越したとしか考えられないが、もしや妙の顔が見たくなって府内に戻ったのか。想像をたくましくするうち、居ても立ってもいられず、妙は立ちあがった。

馬に飛び乗ると、妙はすぐさま日向街道を府内へ取って返した。

道すがら、街道をゆく人々を見るが、右京亮らしき人物は見あたらない。

はやる心に、遠く大分川に架かる大橋が見えた。

物憂げな篠笛の音《ね》が聞こえた気がした。妙なら、ここで篠笛を吹きたい。右京亮はここにいるはずだ。勝手に確信した。

東岸、西岸のうち、右京亮はいずれを選んだろうか。

妙なら、由布岳がすっきりと見える東岸を選ぶ。

河口か、中流のいずれか。

妙なら、広大な海も見える河口を選ぶ。

自分が好いてやまぬ男子《おのこ》なら、同じ選択をすると信じた。

橋のたもとに着くや、妙は鞭《むち》をしならせ、迷わず大分川の東岸を駆け下った。

大分川のほとりで、馬を疾駆させる。

が、まもなく手綱を引いた。馬がいななく。

川べりに独り寝そべっていた若者が、眠りから覚めたように半身を起こした。

妙は狂喜して、馬から飛び降りた。急いで松の木に手綱を繋ぐ。

右京亮は妙の姿を認め、あっけに取られた様子だった。赤い篠笛を手にしている。

やがて、吹き出した。

「いや、失礼」

右京亮は笑顔で、妙に会釈《えしゃく》した。

妙は袖や裾をたくし上げていた。あわてて着物の乱れを直す。

顔から火が出そうだった。いつかの大の字といい、妙は恋する相手に、みっともない姿ばかり見せている気がした。

妙は手ぬぐいで額《ひたい》の汗をふくと、勇気を出して歩み寄った。

「右京亮さまをようやく見つけました。いったい、ここで何をしておられたのですか？」

「由布岳を見ながら、笛を吹いており申した」

「……朝から、ずっと？」

「ときどき、考え事もしておりましたな」

もしや妙を想うてくれていたのかと右京亮を見たが、心までは読み取れなかった。

「右京亮さま。おりいってのお話がございまする」

心が詰まって、言葉が続かなかった。思いをどう伝えたらよいか、考えていなかった。

助け舟を出すように、右京亮が爽やかな声で沈黙を破った。

「またお会いできるとは思いませなんだ。どうやら妙殿とは、ご縁があるようでござる」

伏し目がちにちらりと見ると、ゆっくり立ちあがった右京亮は、うれしさよりもどこか憂いを含んだほほえみを口もとに浮かべていた。

告げねばならない。さもなくば、きっとまた、この若者は消えてしまう。

恐れる必要はない。左京亮なら怖いが、目の前にいる若者は、やさしい右京亮だ。

吉弘屋敷への戻りが遅くなれば、後で左京亮に伝わり、叱りつけられるだろう。統幸との縁談の件もある。残された時間は少なかった。

夫婦《めおと》になると決めた以上、攻めの一手だ。

(えい、当たって砕けよ)

妙は意を決し、すっきりと顔を上げた。

†

落日を浴びて、妙の長い黒髪が薄墨色に映えている。右京亮は言葉を失っていた。

デウス堂のステンドグラスに描かれたアンジョ(天使)のようだ。

妙は長い髪をかき上げて、右京亮に正対した。まなじりを決した表情には、決意がみなぎっている。さながら戦に臨む女丈夫といったところか。

右京亮は内心、妙に会いたいと強く願っていた。会う機会を避けた自分の行動を悔いてもいた。だからこそ大分川の川べりにずっと寝転がっていたのだ。空腹も気にならず、食欲がないのは、恋わずらいのせいだと認めざるを得なかった。

夕映えにきらめく妙の瞳が、右京亮を直視した。

「単刀直入に申しあげまする。私は、右京亮さまをお慕いしております。桜の花の下で、初めてお会いしたときから、ずっと」

右京亮の心が甘美にもだえた。歓《よろこ》びで高鳴る胸はもう、御しえなかった。

直截で何も飾らない言葉が、いかにも妙らしかった。この少女とは、まだ少ししか接していない。それでも、妙のひたむきな人柄がわかった。常に裏表の顔を使い分けながら生きてきた右京亮とは、正反対だ。

容姿だけではない、俺と違って、きれいな心を持っている、と思った。

朝、府内を発《た》ち、途中、大分川のほとりに腰を下ろした。驚天動地の陰謀をめぐらすはずが、妙ばかりを想っていた。すっかり恋に取り憑《つ》かれておる、と恐れた。

それでも、会わないでいれば、そのうちに忘れ、恋の病も癒えると思った。堕《お》ちてゆく夕陽に、はかない恋の終わりを見ているつもりだった。

だが、そこへとつぜん少女は現れた。一日じゅうあられもない姿で、右京亮を探し回ったらしい。

妙のぶれない真っ正直さが、右京亮の心を覆っていた鎧《よろい》を少しずつ引き剝《は》がしてゆくようだった。が、妙はその先に、いかにおぞましき魂を見るだろうか。

右京亮は自嘲めいて小さく嗤った。

神に反逆したデモニオに、アンジョとの恋は似合うまい。

「妙殿はそれがしについて、何もご存じありますまい。臼杵右京亮は、豊後一の大悪党でござるぞ」

右京亮は己が野望を、これからわが手で引き起こそうとする政変を思った。妙の主筋に当たる吉弘鎮信たちが必死で食い止めようとしている災厄だった。

妙は一瞬驚いて、右京亮を見た。

が、やがて笑い出した。

「ほほほ、おもしろきお方。ぶなの森を吹き抜ける風のように澄んだ音色を作られるお方が、悪党であろうはずがありませぬ」

右京亮は妙の偽りのない視線に堪えきれず、眼をそらした。大分川のほとりに腰を下ろすと、手にした篠笛をかまえた。ほかになすべきことが思い浮かばなかった。

一尺（約三十センチメートル）にも満たない距離を置いて、妙が左隣に座った。

妙の形のよい横顔を見ていると、心の叛乱《はんらん》がますます増長してゆく。

右京亮は自分の心を完全に支配しようとしてきた。が、妙はまるで逆のようだった。己が心のおもむくまま、なりふりかまわず行動する、奔放不羈《ふき》の少女といってよかった。

視線を前に移すと、夕さりの由布岳がすっきりと見えたが、あえて眼を閉じる。

無心になろうとした。それでもまぶたの裏には、妙の姿が浮かぶ。心の自由にまかせた。かすかに震える唇を唄口につけた。

真柄竹《まがらたけ》の筒に魂を吹き込む。

哀調を帯びた異教の旋律が、晩夏の川風に乗り始めた。

いつしか右京亮は、篠笛と合一した。眼をゆっくりと開く。

涼音は宙に舞い、夕空に屹立《きつりつ》する由布岳にまで翔《と》んだ。

右京亮は、黄昏《たそがれ》をゆるりと流れる茜雲《あかねぐも》とたわむれ、遊ぶ。

心ゆくまで奏《かな》で続ける。妙のためだけに、吹いた。

いや、恋とともに死にゆく哀れな自分を悼《いた》むためにも、吹いた。

残韻が消えると、ゆっくりと視線を移し、かたわらの少女を見た。

妙は瞳に涙を浮かべながら、無言で右京亮を見つめていた。

右京亮の口もとに自然なほほえみが浮かんできた。装いで作る笑みとは勝手が違う。長い間ずっと笑い方を忘れていたのだと気づいた。これが本当のほほえみなのだと、心で感じた。

しばし見つめ合った。

少女を抱き寄せた。妙が右京亮の胸にすがりついてくる。妙の体のやわらかさに、体の芯が煮えたぎった。

右京亮の思考は、必死で抵抗しようとした。明らかに迷惑な恋だ。

寄り道の恋遊びをしている余裕など、右京亮にはなかった。一歩でも踏み誤れば転落し、命を落とす野望の階《きざはし》を、登り詰めてゆかねばならぬのだ。

が、頭とは裏腹に、右京亮の心は妙を強く求めていた。

ひとりの少女が、若者の冷徹な計算と凍《い》てつく野望を、大きく狂わせようとしている。

腕のなかにいる妙の髪から、野苺のような甘酸っぱい香りがした。

†

その夜、妙の体は明らかに変だった。

どこを探しても、まるで海をさまよういかのように骨が見あたらない気がした。どうせなら吸盤のあるいかの十本の長い手で右京亮を捕まえて、ずっと離さないでいたかった。

燭台の火が揺らめく吉弘屋敷の一室で、妙は今日の逢瀬をくり返し反芻《はんすう》している。

あの後、真っ暗になる前に、ふたりで府内へ戻った。右京亮は丹生島へ戻らず、日向屋に宿を取った。明日もう一度、デウス堂の門前で会うと約束した。抱きしめられたのだ、右京亮も妙を憎からず思っている。もし求められれば、キリシタンになってもよいとさえ思った。

心配して帰りを待っていた萩にひどく叱られたが、妙は始終うわの空だった。

すっかり右京亮の虜になっているとわかった。他の物事には、何も関心が持てなかった。

今なら、たとえ左京亮に叱り飛ばされても、平気でいられる気がした。

小さな柄鏡《えかがみ》で、自分の顔を見た。恋のせいで格段に増した輝きに自信を抱いた。

これまで妙が会ったなかでもっとも美しい女性は、義統の正室、菊だと思う。以前に菊からもらった紅を小指で唇に塗ってみた。決して今の妙も見劣りはしない。

「妙さま、大変にございます！　旦那《だんな》さまが、ひどいおけがを召されて……」

萩の報告に、妙は飛び上がって部屋を走り出た。

†

ふらつきながら日向屋にたどり着いた右京亮は、左腕にできた傷口を井戸水で洗い始めた。

冷水が痛みをごまかしてくれる気がした。さいわい深傷《ふかで》ではない。

部屋に案内してくれたなじみの番頭に礼を言うと、南蛮渡来の椰子《やし》油を傷口に塗った。

キリシタン派の策謀の出所に、紹忍派も気づき始めたらしい。右京亮の暗殺を指示した張本人は、田原紹忍か、近ごろ接触を断っている吉弘鎮信か。

刺客を一人も殺さずに生かして還《かえ》したのは初めてだった。一人は相当に腕の立つ侍で、ひと太刀浴びせたものの容易に斬れなかっただけだが、いま一人は右京亮の意思で命を奪わなかった。妙との恋を育み始めた夜に、さっそく人を殺《あや》めたくはなかった。験担ぎのような気持ちだった。

傷口に木綿《もめん》を当て、さらしを丁寧に巻いてゆく。

たとえ右京亮が恋の道を選び、改心したとしても、無情な時代は無関係に動いてゆく。計算どおり、豊後が激しく燃え上がろうとしていた。右京亮はこれから、燃えさかる火炎のなかを生きるしかない。

デモニオがアンジョに恋をして、いったい何とするのだ……。

右京亮が自嘲めいて小さく嗤ったとき、燭台の炎が音を立てて揺らめいた。

八　分かれ道

妙は翌朝、萩に後をまかせて吉弘屋敷を出た。

刃傷沙汰《にんじょうざた》になった経緯《いきさつ》は知らされなかったが、左京亮より腕の立つ侍は多くない。父を傷つけた相手に怒りを感じたが、命に別状ないと安堵《あんど》した妙は、この負傷が府内滞在の理由になると思った。罪深き女子だと自分を恥じたが、妙の偽らざる気持ちだった。

引きずっていた後ろめたい思いも、デウス堂に近づくにつれ、いつしか心の弾みへと変わってゆく。妙は一刻も早く右京亮の顔を見て、安心したかった。

日向屋の前には、背の赤子をあやす母親がいた。その娘らしい幼子と戯れている若者は、白装束をまとい、胸には銀のクルスをかけている。

想い人と眼が合うと、妙は笑顔で駆け出す。右京亮も笑みを浮かべて応えた。

†

沖《おき》ノ浜《はま》を行き交う南蛮船も、右京亮の眼には入っていなかった。

(やはり、会うべきではなかった)

後悔の念が申しわけ程度に去来はしても、もう手遅れだった。じまんの冷徹な思考さえ、妙との恋を正当化するために、活発に動き始めている。

「ぜひにも右京亮さまを、太宰府へお連れしとうございます。私の好きなぶなの森で篠笛を吹かれたなら、萩も引っくり返るに違いありませぬ」

聞けば、萩という名の乳母は、鎮西《ちんぜい》八郎《はちろう》為朝《ためとも》をそのまま女にしたような女傑らしい。言われたとおり、その萩が眼を回して卒倒するさまを思い浮かべてみる。

妙のおおげさでおかしな物言いに、右京亮も笑った。

腹の底から笑ったのは何年ぶりだろう。幼いころ母や妹と笑ったはずだが、はっきりした記憶はなかった。

「私はたくさん麦めしのおかわりをしますが、萩はその私よりもたくさん食べるのです。ですから、牛のような体をしておりまする」

妙は実によくしゃべる少女だった。薙刀《なぎなた》の師匠でもある萩という大食いの乳母の話、四季折々の姿を見せるぶなの森の話、鬼や妖怪よりもずっと怖い父、林左京亮の話……。

ともに府内を歩いて沖ノ浜まで出る間も、妙はのべつ幕なしにしゃべり続けていた。たわいもない話ばかりだが、右京亮は妙の語りに、高い教養と知性を感じていた。

「私は軍学も、石宗先生のお墨つきを頂いておりまする。この妙に、一手の将をおまかせあれば、必ずや敵を蹴散らしてご覧に入れましょう」

高い声をわざと低くしておどける妙に、醒めきったはずの右京亮の心が、たしかな温《ぬく》もりを帯び始めている。妙は右京亮がひさしく忘れていた感情をつぎつぎと呼び覚ましていた。

「ときに、右京亮さまの笛は、なにゆえあれほど心に響くのでしょう？」

妙は聞きじょうずでもあった。

話の間にも、適時に問いを挟んで、右京亮を知ろうとしていた。まごころから出る問いに、すべてを隠したりはしなかった。むしろ妙になら、誰にも打ち明けていない苦悩を聞いてもらいたかった。

「師の金春八郎先生には、まだまだかないませぬ」

同じく篠笛をたしなむ妙は、右京亮の話をすぐに解した。金春八郎は能の師であり、能には本来、篠笛でなく、能管を用いる。だが、鎮次は右京亮に能管を学ぶことを許さなかった。それでも八郎にもっともよく学んだのは、楽才にもすぐれた右京亮だった。

右京亮は臼杵家での仕打ちを自嘲まじりに語った。

「おかわいそうな、右京亮さま……」

妙の明るさと温もりが、孤狼の凍てついた心を少しずつ溶かしてゆく。

宗麟はキリスト教に救いを求めたが、右京亮は妙にならば、救いを求められる気がした。

「右京亮さま。過日、大分川のほとりで奏されし曲をご教授くださりませ」

「はて、いかなる曲を披露し申したか」

妙が口ずさむと、右京亮はすぐに解した。

「南蛮の聖歌にて、ラウダーテ・ドミヌムという曲にござる」

妙は一瞬眼を泳がせたが、ほほえみを浮かべなおすと、白竹の笛を差し出してきた。

「今日は、私の笛でお手本を見せてくださいまし」

右京亮は細い篠笛を受け取った。妙が唇をつけた笛で吹いてみたかった。

異教の音曲を奏で始める。

農村でミサをとり行う際、右京亮はたいてい笛で聖歌に合わせた。

次から次へと妙に演奏を所望されるうち、左腕に強い痛みを感じて、笛を下ろした。昨夜刺客に負わされた傷口はまだ閉じていない。不審に思った様子の妙が腕にそっと触ると、右京亮は鈍いうめき声をあげた。

「御気色《みけしき》が優れぬご様子。いかがなさいましたか？」

驚いた妙は右京亮の着物の袖をまくり上げて、血に染まったさらしを見た。

「まあ、ひどいおけが！　私が手当てをいたしまする」

すぐさま浜辺まで行き、手ぬぐいを濡らして駆け戻ると、妙は覚悟を求めるように、右京亮の顔をのぞき込んできた。

「痛みが沁《し》みますが、海の水は傷口によいとか。何度かくり返すうち、きっと血も止まりましょう」

妙らしく一心不乱に手当てを終えると、妙が顔を上げた。

瞳が、丹生島の会堂にある聖母像のように澄んでいる。

「妙殿は、アンジョのようだ」

異国の言葉に、妙は小首をかしげている。

神の言ノ葉を伝えるキリシタンの麗しき観音だと説明すると、妙は顔を輝かせて「うれしゅうございます」とすなおに喜んだ。

妙を守りたいと強く思った。

昔、右京亮の眼前で死んだ母や妹に抱いた気持ちに似ている。右京亮がもう二度と抱けまいとあきらめ、忘れていた感情だった。

臼杵家に来て以来、右京亮はただひとつと思い定めた道を、脇目もふらずに駆け抜けてきた。だが妙と出会い、ゆくてには今、大きな分かれ道が現れようとしていた。

右京亮の蒔《ま》いた争乱の種がつぎつぎと芽を出し始めている。丹生島へ戻り、諏訪《すわ》の丘にある寿林寺の大友親家に会う。策謀の中心にある右京亮が動きを止めるわけにはいかなかった。

「妙殿、それがしは今日のうちに、丹生島へ戻らねばなりませぬ」

たちまち妙は、しおれたスミレのように、しょげきった顔をした。

「右京亮さま。いつまた、お会いできましょう？」

次に府内を訪れるのは降誕祭《ナタル》のころ、豊後を大きく揺るがす親家受洗のときだ。

「秋が深まり、高崎山《たかさきやま》がすっかり色づくころ、府内に参りまする」

妙はさまざま思いめぐらしている様子だった。府内滞在の理由でも探しているのか。

「わかりました。そのころに妙もきっと府内におります。右京亮さま、必ずお会いくださいまし」

妙は懸命にほほえもうとした。が、とつぜん泣き出して、右京亮の胸に顔を埋めた。

笑うと思えば、泣く。妙のすべてを愛《いと》おしいと思った。

震える肩を抱きしめると、野苺のような妙の香りがした。

†

妙の話を聞き終えた菊は、いくぶん胸を張ってうなずいた。

「わかりました。好きな殿御と結ばれるのがいちばんの幸せ。ご安心なさい、妙。私から鎮種と左京亮に、しかと言っておきましょう」

「お方さま、ありがとう存じます！」

妙は満面の笑みを浮かべて、菊に頭を下げた。

やっかいにもつれ始めた事態を一挙に打開すべく、妙は奥の手を使った。大友宗家の正室である菊から横槍《よこやり》が入れば、いかに左京亮とて沈黙せざるを得まい。はなはだ不快なやり口ではあろうが、背に腹は代えられなかった。

妙は吉弘屋敷へ戻ると、さっそく、萩に菊との面談の成果を報告した。

「右京亮さまは独り身らしゅうございますが、キリシタンでおわしますね」

萩は素性の知れた右京亮に関する情報収集に余念がない様子だった。

「それが、いかがいたした？」

鏡台を前に、妙はそっけない口調で、妙の髪をすく萩に問い返す。

「率直に申しあげて、萩はにわかに賛成いたしかねまする」

「そなたが嫁に参るわけではない」

「近ごろ、キリシタンのなかには、謀反《むほん》を企む輩《やから》がおるとか」

「右京亮さまは、さようなお方ではない」

「旦那さまのおけがも、キリシタンの悪だくみと、何やら関わりがあるやも知れません」

右京亮の左腕のけがを想い起こした。父と想い人の負傷は関係があるのか……。

妙はあわてて首を横に振り、妄念を打ち消した。

「萩、止めてもむだぞ。私はあのお方に嫁ぐ。そう、決めたのじゃ」

妙はうるさい萩を振りきって庭へ出ると、南東の夕空を見あげた。その先、山のむこうには、丹生島があるはずだった。

愛しい右京亮は今、赤い篠笛で異国の聖歌を奏でながら、妙を想ってくれているだろうか。

†

夕暮れの丹生島の礼拝堂で、右京亮はモニカを腕に抱いていた。

再会以来、妙を想わぬときは片時もなかった。会わないでいれば忘れられると期待したが、逆だった。思慕の念はかえって募るばかりだ。妙のほがらかな声を聴き、妙の髪の甘酸っぱい匂いを嗅《か》いでいたかった。

固く閉ざしていたはずの右京亮の心の扉を、ひとりの少女がじまんの薙刀でむりやり抉《こ》じ開けたかのようだった。

「ジャンさま。私たちはいつ、真の夫婦《めおと》になれるのでしょう？」

モニカの問いに、右京亮はわれに返った。邪気のないモニカの甘え顔をふびんに思った。手駒に同情するとは、恋のせいか、惰弱になったものだ。

「御館様がいずれキリシタンの王国を創られまする。されば、今しばしのご辛抱にござる」

「政《まつりごと》は、わたしにはわかりませぬ。すべて、ジャンさまにおまかせいたします」

モニカをふたたび抱き寄せ、長い髪をなでてやる。

宗麟やモニカの前にいる右京亮は、常に作り物だった。対して、妙の前なら、右京亮は偽りない姿をさらけ出せる気がした。だが、右京亮の野望と所業を知ったとき、アンジョはデモニオをゆるすだろうか。

すでに陽は、山の端に落ちた。

今、淑《しと》やかなアンジョは右京亮を想いながら、白竹の篠笛でも吹いているのか。

†

「やかましい！　たとえ鬼道雪《おにどうせつ》に大喝されようと、私の気持ちは変えられぬぞ！」

妙は萩をどなりつけた。さもなくば、負ける。

「鬼道雪」とは大友最強の将、戸次道雪のあだ名である。鎮種と懇意であるため、妙は何度も会っていた。

萩との喧嘩はめずらしくないが、これほど激しい喧嘩はひさしぶりだった。たがいに譲らず、つかみかかる寸前で何とか踏みとどまっている。

「妙さまの御身を思わばこそ、ご忠告申しあげておりまする！」

萩も、左京亮と互角に言い合うほどの女丈夫だけに、堂々とした態度だ。

「私は人のうわさなど信じぬ。わが眼と心を信ずるのみじゃ」

「妙さまは、見てくれに惑わされておるのではありませぬか」

一歩も引かない萩の大きな顔に、負けじと顔を近づけた。

「たくさんお話をして、お人柄にほれたのじゃ。見てくれだけではないぞえ」

「火のない所に、煙は決して立ちませぬ」

妙は萩から眼をそらすと、気散じに一度大きく伸びをしてみた。

菊の援軍があっても、萩を味方につけねば、左京亮に対抗するのは難しい。左京亮と萩の連合に勝てた例《ため》しはなかった。その意味で、妙にとってはまず、萩の説得が重要だった。

「そなたも一度お会いしてみよ。されば、すぐにわかる」

萩は府内で手を尽くし、右京亮に関する情報をあさった。が、誰ひとりとして、右京亮を誉《ほ》めた者はいなかったらしい。真っ青になって、戻ってきた。

「妙さま。あの殿方はとかく、評判が悪うございまする。かほど悪《あ》しざまに言われる殿方だけは、まかりなりませぬ」

萩が仕入れてきた右京亮の悪評は多岐にわたるが、大別して三つあった。

第一に、右京亮は孤独な男で、友が一人もいないという。次期国主の義統から偏諱《へんき》を受けながら、義統の近習にされなかったのは、次代を担う若侍たちから歯牙にもかけられず、除《の》け者にされたため、らしい。人望厚い吉弘統幸と比べるまでもなく、さような男に嫁げば、妙が苦労するに決まっていると、萩は力説した。

第二に、右京亮は女たらしだという。主君の宗麟と同じく、女を人とも思わず、今までに何人もの女を、遊んでは捨てた。今では、宗麟の七女に取り入り、虜にしている、らしい。浮気性の男に嫁ぐなどもってのほかだと、萩は主張した。

第三に、怪しげな異教徒の手先になって働いているという。デウス堂にすむカブラルなる狂信的な伴天連《バテレン》と昵懇《じっこん》の間柄であり、何やら大友を滅ぼす密談をくり返している、らしい。

主筋と敵対する輩などに嫁げば、先々後悔するは必定と、萩は嘆息した。

「変だとは思わぬか、萩。右京亮さまが除け者にされておるのなら、誰もその人物を知らぬはず。だいたい、あれほどの笛じょうずなのに、笛の腕前について誰も言わぬのは、右京亮さまについて何も知らぬからじゃ。人はとかく自分より優れた者を妬《ねた》み、悪しざまに申すもの。今度、ともに右京亮さまにお会いし、直接おたずねしてみよ。それで文句はないであろう?」

しぶしぶ萩がうなずくと、妙はさっと立ちあがって自室に引きこもった。

妙は寝床で篠笛を胸に抱きしめた。いつか右京亮が持ち、唇をつけて吹いた笛だった。想い人がしたように、唄口に唇をつけた。

腕の負傷が気にかかった。真新しい刀傷だった。

もしも右京亮が、あの辻斬りデモニオだったとしたら……。

いや、そうだとしても、気持ちは変わらない。

妙は白竹の篠笛をにぎりしめた。

第四章　覇王樹の花の色は

九　燃える降誕祭《ナタル》

沖ノ浜の海も、遠くたどれば、異国の海と繋《つな》がっている。

キリシタンでも辻斬りでも、恋したものはしかたがないと、妙は夕風に吹かれながら自分に言い聞かせている。右京亮には何もたずねていない。真実を知っても妙の心は変わらないから、知る意味もなかった。

「妙殿。小堀がござれば、足もとに気をつけられよ」

右京亮が妙の体を支えてくれると、酔っていても、妙の胸は高鳴った。

妙は初めて千鳥足の意味を知った。酒に強いほうではないらしい。父の左京亮は黙ってしずかに独りで飲むが、妙はにぎやかになる質《たち》らしかった。

「右京亮さま。明日はいつお会いできますか？」

「明日はいよいよ降誕祭にござるが、夕暮れ前には少しお会いでき申そう」

耶蘇教《やそきょう》でいう神の子が生まれた日らしく、キリシタンたちがデウス堂に集い、お祭り騒ぎをするらしい。ミステリヨ劇（聖劇）という儀式には出席するが、右京亮は皆で騒ぐのが好きでなく、途中で少しの間、抜け出す手はずだった。今のふたりは、たとえわずかの時間でも会いたいと望んだ。

「きっとでございますよ、右京亮さま」

「アンジョに嘘はつき申さぬ」

右京亮にアンジョと呼ばれると、くすぐられるような心地がする。妙は幸せだった。右京亮の腕にすがりつく。

†

降誕祭の夕暮れどき、右京亮は妙とともに、炎上する府内の町を見ていた。

受洗した大友親家が、寺社の焼き討ちを始めたのである。

覚えず舌打ちをした。誤算だった。

入信の手みやげに、信者の増加で手狭となったデウス堂を拡張する肚《はら》なのか、親家と狂信者たちが会堂の周りを念入りに焼いていた。親家の暗愚は周知だが、損得勘定もできないらしい。非は明らかに親家にあった。一方的な焼き討ちなど、非難と反動しか生みはしない。キリシタン弾圧の口実さえ与えかねなかった。

寺社から出た火は、周囲の民家にまで広がっている。

日向屋から焼け出された年寄りの番頭が、金切り声で救いを求めてきた。泊り客を外へ逃がしたものの、みずからは逃げ遅れた宿屋の母子が、なかに取り残されているらしい。

顔見知りだけに、右京亮はふびんに思った。宗教戦をしかけてきた張本人としての罪悪感もあった。が、この炎では助かるまい。乱世で弱き者が命を落とすのは、詮《せん》なき話だ。

右京亮は妙をうながしてきびすを返そうとした。野次馬でいるより、せめて眼《め》を背けたかった。

「井戸は、どこです？」

右京亮の隣で凜《りん》とした声がした。

妙は燃えさかる日向屋の前へ走り出ると、脇にある井戸から水を汲《く》み、頭から冷水をかぶった。

「まさか、妙殿。もう火が回ってござるぞ！」

妙は水のしたたる長髪を軽くかき上げると、右京亮にむかってにっこりとほほえんだ。

「しばし、お待ちくださいまし」

右京亮が止める間もなく、妙は炎のなかへ飛び込んだ。

燃えさかる火炎に溶け込んだ妙の後ろ姿に、右京亮は魂を揺さぶられた。

右京亮は野望のために人を踏み台にしてきた。保身のために、人を平気で殺《あや》めてきた。だが、右京亮が恋したアンジョは、まったく異なる思考で動いている。

「あるだけの桶を用意せよ！」

右京亮は番頭に叫ぶと、狂ったように井戸の水を汲み始めた。

心が痛いほどうずいた。もしも妙の笑顔を二度と見られないなら、生きる意味がないとさえ思った。

焼け落ちた柱が、右京亮の眼前へ倒れてくる。みじめなほど心が千々に乱れた。

やがて、炎と煙のなかから妙の小柄な姿が現れた。母と娘を伴っている。

火が燃え移った妙の着物に、右京亮は並べておいた桶で水をかける。必死だった。

「あともう一人、二階のいちばん奥の部屋に、赤子がおります」

あきらめを含んだ母親の沈んだ声がした。右京亮も知っている男児だった。あどけない顔が昔の自分と重なった。

火の回りが早い。この勢いなら、四半刻《しはんとき》（約三十分）もしないうちに、日向屋はすっかり焼け落ちるだろう。

右京亮は母親に太刀を預けると、頭から桶の水をかぶった。以前なら、考えもしなかった行動だ。が、アンジョと出会って、デモニオは変わり始めた。せめて罪滅ぼしくらい、してみたくなった。妙に救われた母と娘の姿に、かつての母と妹を重ね合わせてもいた。

妙も手にした桶で、みずから水をかぶった。

「右京亮さま、参りましょう！」

妙は右京亮の手をつかむと、日向屋へ飛び込んだ。

着物の袖《そで》で煙を吸わないようにしながら、階段を上がる。炎をいくつも飛び越えて、奥を目指した。炎のなかを駆け抜ける。

炎に包まれようとする室の片隅に、産着《うぶぎ》にくるまれた赤子がいた。右京亮は燃え始めていた産着の火を、抱いて消した。赤子は腕を火傷《やけど》したらしく、声をかぎりに泣いている。

右京亮は出口を探した。来た道はすでに炎に覆われ、戻れそうにない。

開け放たれた戸のむこうに、燃えさかる民家が見えた。

庭へ飛び降りるほかなさそうだった。座して死を待つよりは、よい。

ちょうどすぐ下の庭には、ごつごつした岩が並んでいた。この高さから飛べば、足を挫《くじ》く。

少し離れて小さな池があった。水面下の様子はわからないが、まだましではないか。

建物の別の場所が崩れ落ちる音がした。考えている暇はない。

「妙殿、どうやらほかに道はない様子。飛びまするぞ」

赤子を妙に手渡すと、右京亮は妙ごと抱き上げて、欄干に立った。

妙は赤子をしっかりと抱きしめながら、右京亮を見つめている。

かがみ込み、夜空にむかって勢いよく跳んだ。

うまく池へ飛び込む。

だが、直後、右京亮の両足を激痛が襲った。水面《みなも》の下に隠れた大岩で強打したらしい。それでも、妙と赤子はうまく着水させた。

「右京亮さま。ここは危《あぶの》うございます。裏の民家から出ましょう」

日向屋の母屋《おもや》は、今にも庭側へ崩れ落ちてきそうだ。

右京亮は立ちあがろうとした。が、右膝《みぎひざ》の激痛にうめいた。

「ひどいおけがを！　右京亮さまは、妙が絶対にお守りいたしますから」

赤子を抱いた妙に肩を借り、痛む左足で何とか立ちあがる。

かろうじて逃れ出た小さな池のうえに、火柱が音を立てながら倒れた。

†

妙は夢中で進んだ。

右京亮は中背だが、小柄な妙には重い。

遅々とした歩みでも、必死で逃げ場を探した。だが炎に追われるうち、高く頑丈な土塀に、ゆくてをさえぎられた。右京亮はうめきながら座り込み、土塀に背を預けた。

「妙殿は先へ行って、助けを呼んでくだされ」

「なりませぬ。その間に、右京亮さまが煙に巻かれてしまいます」

火はつぎつぎと周りの民家に燃え移っていた。が、一棟はまだ焼けていない。民家のなかで、男たちの声がした。

「もし！　助けてくださいまし！」

夢中で叫んだ妙の言葉が聞こえたのか、斧が土塀を壊し始めた。やがて、土塀が蹴破られた。妙は礼を言おうとして、覚えず後ずさりした。

風体から一見して賊とわかる男たちが三人、好色そうな眼で妙を見ていた。

「これは上玉じゃな。高く売れるぞ」

キリシタンによる寺社焼き討ちを聞きつけた賊どもが、火事場泥棒よろしく現れたのだ。

「連れは、赤子と手負いの侍か。捨ておけば、勝手に死におるわ」

男たちは舌なめずりしながら、妙を眺めた。戦うしか、ない。

妙は右京亮のいる場所まで下がって赤子を渡すと、腰の脇差を抜いて構えた。

が、慣れた薙刀《なぎなた》とは勝手が違う。刃の短い得物は不利だ。

「私は高橋家臣、林左京亮が娘。腕には覚えがある。命がけでかかって参れ」

多勢に無勢のときは、攻めねば負ける。

せせら笑う左前の男が鯉口を切るや、踏み込んだ。両手で、心ノ臓を貫く。

脇差を突き刺したまま、男の手から刀をもぎ取る。

絶命した男の体を盾にしながら、刀を下段に構えた。

男が倒れるや、真んなかの男が飛び出してきた。

さっと体を沈める。男の刀が空を切った。

すかさず前に出て、斬り上げる。

妙の視界が一瞬、返り血で赤く染まった。生臭い。たじろいだ瞬間、右の大男に刀を叩き落とされた。すぐに、右足を何かで強打されて、転んだ。

あわてて半身を起こすと、男の太い腕が妙の右肩をつかんだ。身動きが取れない。

男の拳《こぶし》が妙のみぞおちを突き上げた。気を失いそうな痛みだった。右手の指で眼を突こうとした。が、男の毛深い手のほうが一瞬早かった。細い右手首を捻り上げられる。

「世話の焼ける小娘じゃが、これで独り占めできるわけか」

大男が下卑た笑いを浮かべて、妙に顔を近づけてきた。男の荒い息が鼻にかかると、妙は顔を背けた。男の強力に抱きすくめられた。

足蹴《あしげ》を喰らわそうとしたが、足が震えて、使い物にならない。

男は妙の体を広い肩に乗せて、立ちあがった。男の背を必死に拳で叩くが、まるでむだだ。

が、とつぜん男の力が緩み、妙は投げ出された。

妙の視界に、脇差の鞘《さや》を手にした右京亮の姿が見えた。

†

右京亮は妙のもとへ這《は》った。

妙は呆《ほう》けたように座り込んでいる。

男の首筋に刺さったままの脇差を抜く。噴き出た鮮血が右京亮の着物を赤く染めた。負傷で立てない右京亮には、脇差を投げるしか手立てがなかった。妙が奮闘する間、隙《すき》を狙い、うまく最後の敵を倒したのだった。

「けがはござらぬか、妙殿」

われに返った妙は、促されてよろりと立ちあがった。が、右のくるぶしが腫れ始め、満足に歩けない様子だった。右京亮は片手に抱いていた赤子を差し出した。一人なら逃れられても、妙は右京亮に肩を貸して歩けそうにない。

「あの民家からであれば、まだ逃げられるはず。先に行かれよ。それがしもすぐに参りますゆえ」

妙は小さくうなずき、赤子を受け取ると、右京亮にくるりと背を向けた。

「右京亮さま、必ず戻って参ります。お待ちくださいまし」

やがて、足を重そうに引きずって歩く妙の小さな姿が、民家の奥へと消えていった。

右京亮は生きたいと願った。這って民家を目指したが、ゆくてはまもなく炎に包まれた。

あたりを見回した。すっかり炎に覆われているが、楠《くすのき》の陰にはまだ火が回っていなかった。時間の問題だろうが、あるいは火消しが来て、火を消し止めてはくれまいか。

脇差を地に刺しながら、這って楠の下までたどり着いた。半身を起こし、幹に背をもたせかける。

一面の火の海だ。たとえ足が動いても、どこにも逃げ場はない。

(しょせん俺は、大悪事など企《たくら》む器ではなかったのであろうな)

右京亮は自嘲して、いよいよ燃えあがる炎を眺めた。太古の昔から、人は炎により生かされてきた。自分の命を奪う業火でさえなければ、ずっと眺めていても飽きそうにない。

揺らめく炎を背にして浮かび上がる、小さな姿があった。

少女は右足を引きずりながら、現れた。

「赤子は無事です。でも、私たちは逃げられそうにありませんね」

妙はすぐ隣に座ると、甘えるように右京亮の肩に頭を乗せてきた。

少女の細い肩を強く抱き寄せる。

「愚かな真似《まね》を。なにゆえ戻られた?」

妙は右京亮にすがりつき、顔を近づけてきた。

煤《すす》と返り血で汚れた顔に、さびしげなほほえみが浮かんでいる。

「右京亮さまとともに、死にたかったからです」

以前なら、妙の気持ちをわからなかったろう。だが、立場が逆なら、右京亮も妙と同じ真似をしたのではないか。

「右京亮さまがおられぬ世を生きてみたとて、幸せではありませんから」

妙の頰《ほお》に手をやった右京亮は、妙の眼からあふれ出る涙に気づいた。体も震えている。

優しく、抱きしめる。

「初めて人を殺めました……でも、右京亮さまとともにいるためなら、たとえ心を血に染めても、かまいませぬ」

右京亮は人を殺めても涙さえ忘れていた。妙を前にして、けがれきった自分の心を恥じた。

母屋の柱が燃え落ちる音がした。

煙があたりに満ちてきたようだ。長くは、あるまい。

「右京亮さま。もしも生き延びられたなら……私と夫婦《めおと》になってくださいまし」

「承知いたした」

迷いはなかった。まだあったはずの人生を、妙とともに歩みたかった。

妙が顔を近づけてきた。煤と返り血の化粧だ。だからこそ、美しいと思った。

右京亮は妙と唇を重ね合わせながら、温かくやわらかい体を強く抱きしめた。

天を焦がさんばかりの炎が、府内を覆っている。

十　表六殿《ひょうろくどの》

廊下で乾いた咳《せき》払いがした。

ゆっくりと開いた障子に右京亮が眼をやると、亀甲土瓶《どびん》を手に、吉岡覚之進鎮興《かくのしんしげおき》の巨体が現れた。近ごろは、覚之進の肥えた真ん丸の顔を見ないでいると、何か物足りない気さえする。おかしなものだ。

「弱った体にはの。ほれ、この千層塔《せんそうとう》がよう効くのじゃ」

薬草に凝っている覚之進が、手ずから煎《せん》じて煮つめ、布で濾《こ》したらしい。土瓶から湯呑に煎じ薬を注ぎ、右京亮に差し出してきた。

「何から何まで、痛み入りまする」

右京亮は湯呑を受け取りながら、丁重に頭を下げた。手から伝わる温度は、飲みごろに冷ましてある。湯液《とうえき》を飲み干したとき、覚之進がひと言つけ加えた。

「ちょいと、苦いがのう」

「それを、先に言うてくださらんか」

ひどい苦味に顔をしかめると、覚之進が笑った。

「言うてみたとて、苦さは変わらぬではないか」

「知って服さば、覚悟もできましょうが」

覚之進の前では、右京亮も不思議と饒舌《じょうぜつ》になった。心が裸になる気がした。どこか、妙に接するときと似ていた。

受洗を終えたドン・セバスチャンこと、大友親家が府内の寺社を焼き討ちした夜、覚之進は府内警固のため大友館に詰めていた。変事出来と聞くや、ただちに火消しに動いた。覚之進みずから、煙に巻かれ気を失っていた右京亮と妙を救い出してくれたらしい。あと少し覚之進の出動が遅ければ、ふたりとも命を落としていたはずだ。

覚之進は火を消して暴徒を鎮めるいっぽう、いっさいの報復を禁じた。覚之進の果断で、府内は救われたともいえる。

両足を負傷し、歩行にも不自由する右京亮は、覚之進の好意でそのまま吉岡家の世話になっていた。

かねて親家の奇矯と横暴は周知だった。親家の不始末については、宗麟がみずから落とし前をつけるだろう。当面は炎に薪をくべる必要もない。右京亮も負傷を理由に、近習《きんじゅ》としての無用の雑務をしばらく免れられそうだった。

「来年は、覇王樹《はおうじゅ》もきっと花を咲かせおるぞ。楽しみじゃわい」

覚之進は以前、懇意にしている南蛮船のカピタンからひと鉢の覇王樹（サボテン）をゆずり受け、屋敷庭の片隅に植えたという。

宣教師らと親交のある右京亮は、南蛮事情にも詳しい。毎日せっせと水やりをする覚之進を見かねて、もともと乾いた砂地に育つ覇王樹には、水を与えすぎないほうがよいと忠告をしたものだった。かといって右京亮も、奇妙な草木の栽培法までは知らない。南蛮商人に吉岡家へ来てもらい、育て方をたずね、覚之進に伝えた。

以来、覚之進はあまり水をやらなくなったのだが、逆に、覇王樹が枯れてしまいはせぬかと、気が気でない様子だった。

「右京亮は、この棘《とげ》だらけの草から、何色の花が咲くと見る?」

覚之進は懐《ふところ》からおもむろに取り出した扇子《せんす》で、顔をあおぎ始めた。肥満体のせいだろう、冬でも「暑い、暑い」と平気でパタパタさせる。

麒麟《きりん》が大好きだそうで、使い込まれた紙扇子には麒麟が大きく描かれている。覚之進のお気に入りらしい深緑のラシャの巾着袋《きんちゃくぶくろ》にも、金糸で小太りの麒麟があしらわれていた。

「はて……。赤、ではござらぬか?」

もちろん当てずっぽうだった。たまに咲くという覇王樹の花の色が、覚之進にとってはすこぶる重要らしい。無邪気な問いに、苦笑しながらつき合ってやった。

「わしは金色じゃと思う。そういえば妙殿も、きっと真っ赤に咲くと言うておったな」

吉岡家に右京亮を見舞いに訪れた妙を、覚之進が吉弘屋敷まで送り届ける道中、話題に出したのだろう。

右京亮はこれまで、覚之進のような男に会った覚えがなかった。

覚之進は大牛を思わせる巨体に太鼓腹を抱えながら、のしのしと歩く。顔は生まれつき笑顔しか用意されていないかのようで、笑ってもふだんと変わりがない。覚之進の垂れ目は、生まれてこの方、怒りを経験していないようなえびす顔を、顔に固定する役目をはたしていた。およそ美男ではないが、とにかく愛嬌にあふれた男である。

覚之進は右京亮よりも十ほど年長だった。病臥《びょうが》していた父の吉岡鑑興《あきおき》が身罷《みまか》ったために家を継いだが、名門当主の風はない。孤狼の右京亮に対しても偉ぶらず、最初から友のように接して、親しみを感じさせた。家老中島玄佐と覚之進との忌憚《きたん》ないやりとりをはたで聞いていれば、吉岡家における上下の風通しのよさがわかった。「表六玉《ひょうろくだま》」とは覚之進のあだ名だが、家臣にもそう呼ばせて愉《たの》しむ余裕さえ見せている。

右京亮にとって、縁もゆかりもなかった吉岡屋敷は、臼杵家はもちろん丹生島よりもはるかに居心地のよい天地となりつつあった。

「見てのとおり、わしは図体ばかり大きゅうて、武芸は苦手じゃ。甚吉《じんきち》からもばかにされておってのう。祖父《じい》様（宗歓）は、それはそれは偉いお人じゃった。わしはいつも祖父様と比べられ、惰弱なり、愚か者よと蔑《さげす》まれてきた。結果、ついたあだ名が表六玉じゃ」

覚之進は、病死した先妻との間に幼子が一人あった。名を甚吉という。

「吉岡家の当主には、人並みの武勇があれば、じゅうぶんでござろう」

「それがのう、右京亮。わしの場合、人並み以下なのじゃ。何せこの体よ」

覚之進が太鼓腹を叩くと、本物の太鼓のように音が弾んだ。

「動きも鈍い、逃げ足は遅い。勝ち戦《いくさ》ならよいが、負け戦にはむかんわい」

覚之進が大笑いすると、右京亮もつい釣られて、頰を緩めてしまう。

右京亮は、覚之進をひとかどの人物と見ていた。先日の寺社焼き討ちでは、覚之進の指揮にしたがい、吉岡兵が猛火のなかから生存者を救出した。命を顧みない兵らの決死の行動は、覚之進が勝ち得ている信望のあらわれに違いなかった。

接するほどに、覚之進の人物がわかってきた。子供のように裏表がなく、使い物にならぬほど人がよかった。が、決して惰弱ではない。柔和ななかにも、豪胆さと繊細さを兼ね備えていた。最初は、覚之進をおよそ乱世に似合わぬ男よと内心で嗤《わら》ったが、このような男こそ人の上に立つべきではないかと思いなおした。

「鎮信殿から、御館様の近習に一人、若い切れ者がおると聞いておった」

吉岡家は吉弘家と同様、キリシタンと敵対する田原紹忍派だった。右京亮が宗麟派の少壮官吏だと、覚之進も知っている。ばかでないなら、情報源として利用するくらいの肚はあるだろう。

「わしには昔、仲のよい弟がおってな。頭も切れ、武芸も達者であった。それでも不出来のわしを立て、兄者、兄者と慕《した》うてくれたものよ」

覚之進は遠い眼で庭の覇王樹を見やった。

「右京亮ほどの齢《とし》で、毛利との戦で死んだ。逃げ足の遅いわしなんぞを守るためにな。弟の話に同情したカピタンが、わしに覇王樹をくれたんじゃ」

覚之進の態度に多少合点がいった。勝手に、死んだ弟と右京亮を重ね合わせているらしい。

妙を除けば、誰かと意気投合したのは初めてだろうか。覚之進は、右京亮の唯一の友とも言えた。

右京亮は庭の覇王樹へ眼をやった。

寒風の下、異国の花が咲く様子はまるで、ない。

†

真剣勝負の場であるはずだった。が、妙はこらえきれずに吹き出した。

吉岡屋敷の庭に面した一室では、さきほどから萩と右京亮が見つめ合っていた。

肩を怒らせた萩は、眼を真ん丸く見開き、まるで果たし合いの場に臨んでいるかのような気迫である。対する右京亮は口もとにほほえみを浮かべ、萩の強い視線をさらりと受け流していた。

「私は妙さまを九州一、いえ日本一《ひのもといち》の女子《おなご》じゃと思うております。されば、相応の殿方でのうては、お渡しするわけには参りませぬ」

右京亮は興味深げに萩を見ながら「承知してござる」とうなずいた。

「この乱世をわたるに、独りでは成りますまい。されば、右京亮さまには友がおありにございまするか？」

「長らくおりませなんだが、最近はここの主《あるじ》、覚之進殿と懇意にしてござる」

「吉岡覚之進さまと言えば、表六玉とばかにされているお方ではありませぬか」

萩の大きな地声は、隣の間まで筒抜けに違いない。

「かの御仁を知らぬ者が言うておるだけ。表六玉もあそこまで大きゅうなれば、大人物と言え申そう」

萩は品定めするように、右京亮を穴の開くほど見つめていた。いくぶん身を乗り出し、萩にしては小さめの声を出した。

「お答えしづらい事柄でしょうが、単刀直入におたずねいたしまする」

「何なりと。単刀直入は妙殿で慣れてござれば」

右京亮は笑顔を絶やさない。

妙のためにこっけいなまでに一生懸命な萩に、むしろ好意を抱いている様子だった。

「右京亮さまが、女子をたぶらかしては、捨てておられるとのうわさを耳にいたしました」

「はて、身に覚えはござらぬが」

「覚えきれぬほど、女子をたぶらかして来られましたか？」

笑いを誘う戯言《ざれごと》ではない、真剣そのものの萩に、右京亮は苦笑いした。

萩はかまわず、たたみかけるように問う。

「三年ほど前、木付紀伊守《きつききいのかみ》（鎮秀《しげひで》）さまの末の妹御が、丹生島の会堂近くで右京亮さまとお会いした後、泣いて屋敷に戻る姿を見た者がおりまする。その一年ほど後には、志賀道益《どうえき》（親度《ちかのり》）さまの姫君が同じ目に遭《お》うておりまする。いったいいかなるいきさつか、わかるようにご説明くださいまし」

妙は驚いて萩を見た。初耳の話だった。萩の情報網に引っかかったうわさなのだろう。

右京亮は思い出すように、視線を天井にそらした。萩は一挙手一投足を見逃さぬよう、右京亮の視線の先にまで、いちいち眼をやっている。

やがて右京亮が思い出したように、萩に視線を戻した。

「それがしなんぞを好いてくださる女子がおられるのは事実でござる。ときおり恋文をもらいまするが、たしかいずれも、いただいた文をそのままお返ししたもの。泣かれたのは事実なれど、好かぬお方を娶《めと》るわけにもいかず、こればかりはいたし方ござるまい」

「されば右京亮さまには、妙さま以外に、これまで好きな女子がおられなんだと言われまするか？」

ひどく立ち入った質問だが、右京亮はゆっくりとうなずいた。

「それがしは恋よりも、神にお仕えしようと考えておりましたゆえ」

萩はさらに身を乗り出した。

「右京亮さまは御館様の姫君と仲睦《なかむつ》まじゅうされておるとか。モニカさまと妙さま、いずれを好いておられまするか？」

右京亮はさびしげに笑った。

「モニカ姫とは同じキリシタンとして、天主について語り合っておりまするが、姫に恋心は抱いておりませぬ」

萩は右京亮に、大きな顔を突き出した。

「最後にひとつ。右京亮さまが邪教にのめり込んでおると申す者がおります。しかと、お答えくだされ。もしも妙さまのためとあらば、キリシタンを辞められまするか？」

妙はハッとして萩を見た。信仰にまで立ち入るのは、やりすぎだ。

が、右京亮は表情ひとつ変えずに即答した。

「妙殿のために必要なら、棄教もいとうものではござらぬ」

萩は体を戻してからも、なおじっと右京亮を見つめていたが、ようやくにこりと笑い、満面に笑みを浮かべた。

「さすがは妙さまがほれ込んだお方じゃ。この殿方なら、妙さまをお幸せになさるはず。よござんす、妙さまを差しあげましょう。誰が反対しても、これから萩はおふたりの味方ですから」

満足したのか、萩は何度もうなずいてから哄笑《こうしょう》した。

†

覚之進に勧められるまま、右京亮は居心地のよい吉岡屋敷に長逗留《ながとうりゅう》を続けている。毎日見舞いに来る妙と会うのが楽しみだった。

足が完全に癒えていない事情もあって、宗麟には府内でしばらく静養すると伝えてあった。

丹生島にいれば、宗麟とモニカに対し、偽りの自分を作り続けねばならない。が、覚之進の前では、妙に対するときと同様、飾る必要がなかった。

「ときに、右京亮。お主は紅毛人の言葉も、操れるのか？」

右京亮は南蛮の言葉を自在に使えるが、蘭語も片言は話せた。

「紅毛人のカピタンと岩田屋《いわたや》がひと悶着起こしおってな、とほうに暮れておるのじゃ」

双方に調子のいい話をして、ゆくえをくらました通詞が一番の悪玉らしいのだが、言葉もわからないまま口角泡を飛ばし合っているという。覚之進の前で、通じない口論を続けても意味はない。右京亮の快諾を受けて、覚之進はこの日、当事者を屋敷に連れてきた。ちょうど右京亮を見舞いに来た妙も、同席している。

豊後商人岩田屋の番頭は、鼠《ねずみ》のようにとがった口をさらに細めた。

「この異人は大ぼらふきの小悪党にございまする」

熊のように毛むくじゃらの紅毛人アントンは、畳を叩いて怒声を返した。右京亮の知らない俗語らしかった。

諍《いさか》いの原因は、単純だった。

岩田屋の娘がアントンの見せた孔雀《くじゃく》のつがいを気に入り、欲しい、欲しいと父親にねだった。根負けした岩田屋の主人は番頭に命じ、交渉におもむかせたのだが、難航した。紅毛人はすでに売り先を決めており、約は違《たが》えられないと答えた。紅毛人は次の船で連れてくると提案したが、岩田屋の娘は承知せず、その孔雀がよい、待てぬの一点張りであった。番頭はあきらめずに交渉し、結局、売値に違約金を乗せ、倍額で売買する形で決着を見た。

　ところが、岩田屋が受け取って数日もしないうち、孔雀が二羽とも死んでしまったのである。番頭は、孔雀が最初から病気を持っていたに違いないと主張して、払った金を返すよう求め、他方、アントンは飼育の仕方が悪かったからだと反論していた。番頭は責任を負わされまいと必死の形相《ぎょうそう》で、アントンのほうは何も非はないと畳を叩いて声を荒らげた。

　右京亮は裁定のなりゆきよりも、苦手な蘭語の通詞に苦心していた。堂々めぐりの展開に、覚之進が腕組みをしたままうなったとき、黙って聞いていた妙がとつぜん口を挟んだ。

「このままではらちが明きますまい。誰も孔雀の死なぞ望んではおらなんだはず。なにゆえ孔雀が死んだかは、もはやお天道《てんとう》さましか知りえぬ話です。商いは後ろを向いておっても何も得られませぬ。されば皆、前を向き、かようになされませ」

　とつぜん堰《せき》を切ったように語り始めた妙の言葉を、右京亮はいちおう通詞した。

　覚之進の前でにらみ合っていた熊と鼠が、さもけげんそうな顔で妙を見た。小娘ふぜいが何を抜かすか、とでも思っている様子は明らかだ。

　が、妙は気にせず、頰にえくぼさえ浮かべながら続けた。

「岩田屋はまず、アントンから種子島を二百挺仕入れなされ。その二百挺を吉岡家が買いますゆえ」

　覚之進はのけぞりながら、妙を見つめた。

　が、妙は大きくうなずいただけだ。

「ただし、アントンはこたび、孔雀の代金の半分だけ、岩田屋に安う売りなされ。吉岡家は岩田屋から言い値で買います。岩田屋は孔雀なぞと小さいことを言わず、もっと大きな商いをなさいまし」

「されど、妙殿、孔雀好きの娘御はいかがあいなる？」

覚之進の問いを、妙は一蹴した。

「命あるものが死するは当たり前の話。よき学びができたのです。おとなしく孔雀の菩提《ぼだい》を弔《とむら》っていなされ。縁あらば、きっとふたたび出会えましょう」

熊と鼠は同時にうなったが、覚之進も同様だった。

吉岡家は理財に明るい名君宗歓が出たため、大友家重臣のなかでも金が潤沢にある。が、二百挺も買えば、長年の蓄えの何分かを費やす仕儀となろう。

「乱世なれば、鉄砲は多ければ多いほどよい。大友は大国。二百挺では少ないくらいです。吉岡家にとって、今必要ないとしても、あって損はいたしますまい。武具を調達して商人の諍いをみごとに収めたと聞けば、覚之進さまについた文弱の汚名返上もできるはず。安い買い物ではございませぬか」

右京亮は妙の提案に賛意を示した。

「なるほど、お上の金を使う筋合いではないが、表六殿が使えば、役所も面目を保てるというもの。妙殿だけあって、妙案にはござらぬか」

右京亮の苦心の通詞と覚之進の人柄も手伝い、何となくその気になった熊と鼠も、妙の提案で合意するにいたった。仲直りを意味する異国の風習らしいが、熊が手を強くにぎると、鼠が悲鳴をあげた。妙が声を出して笑うと、右京亮も、覚之進と顔を見合わせて笑った。

†

右京亮が吉弘屋敷に妙を送り届けて戻る途中、ゆくての辻に、影が二つ見えた。ふり返ると、やはり影が三つある。

腰の刀に手をやる右京亮の心に迷いが生じた。

単身だった。三十六計逃げるに如《し》かずだが、まだ足のけがは完治していない。以前なら、高揚しながら抜刀したはずだが、右京亮は下緒《さげお》を外しただけで、鯉口を切らなかった。自分でも信じがたい判断だが、刺客を生かして還《かえ》すと決めた。

聖歌は口ずさまない。生かす相手にラウダーテは必要ないからだ。

命を奪ったぶんだけ、妙が遠くなる気がした。アンジョを永遠に失うと言い聞かせた。

後ろから刺客の迫る気配がした。腰を屈《かが》めると、太刀《たち》の鞘尻で一人目のみぞおちを強く突いた。ふり返りながら、体を右に半分開いた。振りかぶる刺客の懐に踏み込むと、鞘をつけたまま袈裟斬りに首筋を強打した。

相手がうめいて倒れる。

安堵《あんど》すると、妙のほほえみが浮かんだ。

殺気を感じてすかさず身を引いたが、間に合わなかった。焼けるような痛みを感じた。一人目の刺客の刀が右の二の腕に刺さっていた。襲いかかってくるもう一人の刀を鞘で受け止めた。突き出された刀が脇をかすめる。

「吉岡家臣、中島玄佐じゃ！　府内での狼藉《ろうぜき》は許さぬぞ！」

背後で足音が聞こえると、刺客は夜の闇に散っていった。

「貴殿ほどの使い手が、なぜ刀を抜かれなんだ？」

「人を斬るための刀は、帯びておらぬゆえ」

玄佐は、右腕を押さえてうずくまる右京亮を助け起こしながら、耳もとでささやいた。

「デモニオの剣先まで鈍らせるとは、不思議な女子じゃのう」

取りつくろったつもりが、右京亮の素性はすでに覚之進、玄佐主従の知るところなのだろう。

†

家人による手当てが終わると、覚之進が姿を見せた。

「右京亮。足が治りかけたと思うたら、次は腕か？」

覚之進が腰を下ろすと、肥満体の作ったにわか風で、燭台の炎が勢いよく揺らぎ、消えた。

「ご苦労をかけて、あいすみませぬ」

「お主のごとき剣の玄人《くろうと》にけがをさせるとは、紹忍殿が雇った刺客も相当の剣豪じゃな」

二人とも、消えた灯《あか》りをつけようとはしなかった。わずかな月明かりのほうが似合う話題だった。

「どの道にも、上には上がござる」

「お主は頭の切れる男じゃ。わしなんぞには見えぬ物が見え、描けぬ絵を描けるのであろう。されど一度きりの人生じゃ。身を大切にせよ」

「素性を知りながら、表六殿はなにゆえそれがしの命を救い、匿《かくま》われた?」

「わしの任は府内警固よ。さればお主を守る務めがある。それにわしはお主が好きになったものでな」

ふと、紹忍、鎮信との間を割《さ》く離間の計に思いをめぐらしかけて、やめた。覚之進の信頼を裏切るわけにはいかなかった。いや、この男には、こざかしい策謀など通用すまい。

「これ以上それがしを匿えば、表六殿にも累が及び申そう」

覚之進は鎮信同様、紹忍の腹心だった。真っ正直な人柄ゆえ不問に付されているにせよ、覚之進のためにも長居は無用だったろう。

「お主はわしの友じゃ。誰にも文句は言わせぬ。いずれわれらが敵味方に分かれて戦わねばならぬのなら、正々堂々と矛《ほこ》を交えればよい。されど右京亮、お主は今、何を望む? お主が望んできたものと、妙殿の両方は手に入らぬのではないか」

少なくとも半ばは友情から出たであろう問いは、憐憫《れんびん》を含んで響いた。

すでに右京亮は引き返せない所まで来ていた。遠からず出世か、妙のいずれかを選ばねばなるまい。妙を選べば、モニカを失う。宗麟を利用して十年ごしで進めてきた立身の道を、捨てねばならない。それでよいと思うときもある。妙と出会って以来、野望が揺らいでいた。

「夜明け前に丹生島へ戻りまする。妙殿には、よしなにお伝えくださらぬか」

「それがお主の、妙殿に対する答えか」

夜陰のなか、右京亮は覚之進の問いに答えなかった。

†

「妙が夫婦《めおと》になりたいと言っていた若者ですが」

菊は眼と口もとに憂いを湛《たた》えながら、いったん言葉を切った。

「あきらめること、かないませぬか？」

「な、何ゆえにございましょうか」

猛然と反問する妙の反応を、菊は予期していた様子だった。

「あの若者は決して、妙を幸せにはいたしませぬ」

今朝、吉岡屋敷を訪れた妙は、右京亮のとつぜんの出立を知った。

吉弘屋敷へ戻ると、菊が上原館に妙を呼んでいたのである。

「そんな……お方さまは、好きな殿御と結ばれるのがいちばんの幸せと、おっしゃったではありませんか」

菊はあくまで落ち着いた声で続ける。

「言いました。されど、妙はあの若者の正体を知らぬのです。兄上（吉弘鎮信）の話によると、あの者はデモニオと恐れられる悪鬼のごとき刺客。今まで何人もの罪なき人々を殺めてきたとか」

妙は唇を噛《か》んだ。

いつも物憂げな右京亮は、自分を「大悪党」と呼んだ。やはりその意味だったのだ。右京亮の正体を知ることを恐れてはいたが、妙もうすうす事情を解し始めていた。妙は恐れるより、右京亮がかわいそうでならなかった。右京亮に殺められた人たちには済まないと思う。だが、もうこれだけ好きになってしまったのだ。後へは引けない。

妙は菊にむかって身を乗り出した。

「右京亮さまは私と会い、生まれ変わりました。私から言い、二度とさせませぬ。あの方は、私の願いなら、必ず聞き届けます。私との約束なら、絶対に守ります」

菊は顔を曇らせたまま、さらに声をひそめた。

「ですが、あの若者は、義父上《ちちうえ》（宗麟）の寵《ちよう》をよいことに、豊後を潰乱に陥れんと画策しているらしいのです」

「やめさせます。いっそ私もお供して、異国なりどこか遠くへ渡ります。すべて覚悟の上で嫁に参りまする」

菊は妙を憐れむように、何度も小さくかぶりを振った。

「あの者はすでに伴天連《バテレン》の前で、モニカ姫と夫婦の契りを交わしています。側室にでも入るつもりですか。耶蘇教では、二人の室を持てぬと聞きます」

妙は唖然《あぜん》として、乗り出していた身をゆっくりと引き、沈黙した。

第五章　デウス堂に聖歌、満つるとき

十一　殉教者《マルチル》

天正四年（一五七六年）一月、豊前国《ぶぜんのくに》は妙見嶽城《みようけんだけじよう》に、その男はいた。

臼杵右京亮は男に導かれるまま階段状の曲輪《くるわ》を過ぎ、身の丈より高い九尺（約二・七メートル）ほどの巨岩の前に立った。道すがら山城の空堀《からぼり》、竪堀《たてぼり》、堀切を見てきたが、いつでも籠城戦ができそうな堅城だ。

かつていくつもの政争を勝ち抜き、ついには大友を牛耳った田原宗亀親宏《たわらそうきちかひろ》なる男は、老いてなお丸々と太った男だった。

まだ真冬の寒さが確かに残っているというのに、宗亀は手ぬぐいでしきりに額《ひたい》の汗をふいていた。

「これは手洗い石と申しての。受洗の際に、伴天連《バテレン》が使えるようにしてある」

巨岩の腹部には小さな縦穴が掘られ、澄んだ水が湛《たた》えられている。穴には十字架《クルス》を思わせる切り込みがあった。

「臼杵殿、よう豊前まで来てくれたのう。ほれ、このとおり謹慎中の身の上なれば、こよいも山海の珍味くらいしか供せぬが、いずれ相応の礼はしようぞ」

宗麟の腹心として工作を進める右京亮に、宗亀から接触があったのは年が明けてまもなく、宗麟が形式上、嫡男の義統《よしむね》に家督を譲った直後だった。

宗亀の使いは眼《め》のくぼんだ痩《や》せぎすの中年男で、淡々と口上を伝達した。

所領を削られ、豊前と豊後の国境で蟄居《ちっきょ》謹慎中の宗亀との面談は、気が進まなかった。右京亮は宗亀をしょせん過去の男にすぎまいと思っていた。が、「礼をしたい」との宗亀の意味不明なことづてが気に懸《か》かった。田原宗亀なる老狗を手駒として利用できないかと考え、饗応を受けると決めたのだった。偶然にすぎまいが、「妙を見る」と書く居城の名も気にかかった。

城内の案内を終えて主郭に戻ると、宗亀はだんご鼻を起点に神妙な顔を作り、右京亮にむかって、坊主頭を下げた。

「臼杵殿がもろもろ動いてくれたおかげで、万事やりやすうなった。お主は知らなんだろうが、ありがたい話でな。礼を申す。このとおりじゃ」

礼を言われる覚えはなかった。何の話か、まだわからない。人を喰ったような宗亀の態度にも、右京亮は口もとの笑みを絶やさないが、いささか面倒な男だと直感した。

「わしの時代には、万事丸う収まっておったものじゃがの。ほれ、水清ければ魚棲まず、と申すではないか。紹忍の潔癖には困り果てたものよ」

右京亮が妙見嶽城に到着してはや一刻《いっとき》（約二時間）、陽は早くも西にかたむき始めている。

宗亀はまるで数十年来の知己のように、右京亮に接した。紹忍の悪口《あっこう》をひとくさり続けた宗亀は、右京亮の心を見透かすように、大きな眼を見開いた。

「のう、臼杵殿。わしと組んで、大友を二人で分けぬか」

田原宗亀はその昔、宗麟が跡目を襲ったときに功があった。「大友二階崩れ」と呼ばれた政変の後、大友最大の同紋衆として絶大な権力を握っていた歴史は、右京亮も知っている。が、宗麟にとって、強くなりすぎた宗亀は邪魔者となった。

六年前、宗亀は宗麟に進言して、九州統一を果たさんと、ついに大軍を興《おこ》した。が、佐嘉の今山決戦で龍造寺に大敗した。戦後、田原紹忍、吉弘鎮信らの工作によって、宗亀は敗戦の責めを一人負わされ、あっという間に権力の座から引きずり下ろされた。すべては大友軍師の角隈石宗により仕組まれた政変だとされている。

宗亀にかわり、今や大友家の執政として最大の権力を掌握した紹忍は、宗亀が当主を務める田原本家のちっぽけな分家に養子として入った男にすぎぬと、宗亀はくり返した。紹忍への遺恨も浅からぬ様子である。

「臼杵殿は宗麟公のもとで、キリシタンの国を治められい。わしは新しき御館様（義統）のもとで、俗世を治める。いかがじゃな？」

右京亮は内心、焦りを感じた。

宗亀の肚《はら》がまるで読めない。日も暮れて肌寒いのに、今度は右京亮が顔にじっとりと冷や汗をかいた。

「おおせの意味が、わかりませぬが」

何食わぬ顔でとぼけてはみたが、右京亮の回答など気にかけぬ様子で、宗亀は続けた。

「失脚以来、わしがこの城でおとなしゅう、へたくそな茶ばかり点《た》てておったとは思うまい。わが身は動けずとも、謀《はかりごと》をめぐらし、人を動かすくらいはできる。志賀、朽網《くたみ》、清田《きよた》、一万田《いちまだ》ら南郡衆を始め、紹忍の政《まつりごと》に不満を抱く者は、わしの復権を心待ちにしておる。筑前の戸次、高橋は堅物ゆえ手を出せぬが、今や南郡衆はわが意で動く。わしが動くなと申せば、動かぬ」

宗亀はじろりと右京亮の眼を直視した。

「まだ経験が足りぬようじゃが、お主はわしに似ておる。臼杵右京亮は抜け目のない残忍な悪党よ。わしにも大望がある。されば、このまま老いぼれて、朽ち果てる気はない」

右京亮は宗亀が敵か味方か、利用できるか否かを見きわめようと、妙見嶽城まで足を延ばしたつもりだった。だが、話は逆だった。ほかならぬ宗亀のほうが、右京亮を使える駒かどうか、高みから値踏みしているのだ。

「宗麟公が異教の虜《とりこ》となられてよりこの方、ご正室、紹忍らとの間に鋭い対立を生じた。日に日に溝は深まり、大友はいまや一触即発の崖っぷちにいる。ありていに申さば、今の宗麟公にとって、紹忍はちと邪魔になった。昔のわしが邪魔であったようにな」

宗亀は右京亮に顔を近づけ、まるで親が子に諭すようにささやいた。

「右京亮よ。間違《まちご》うても、今ある大友の危機がすべて、お主独りの力で作り得たなぞと、思うまいぞ。お主は伴天連に知恵しか与えておらぬ。金がのうては物事は思うように動かぬものよ。わしがどれほどの金と人を注ぎ込んで参ったか、お主は知るまい。近ごろ紹忍と鎮信がお主の命を狙《ねろ》うておろう。わしが事の真相を教えてやったからじゃ。お主はもう、後へは引けぬぞ」

宗亀は愉快そうに大笑した。右京亮は雷に撃たれたように身をすくませた。冷や汗が全身から噴き出る。この老獪《ろうかい》な男は、右京亮より数段上手の策士だ。心が千々に乱れた。

「世は広い。上には上がおるのじゃ、右京亮。あれもこれも、すべては大友軍師、角隈石宗より出でし策よ」

面食らった。宗亀を失脚させる一連の政変には、石宗から宗麟への献策があったと聞く。右京亮の疑問を察したのであろう、宗亀は小さく笑った。

「石宗とは長いつき合いじゃが、ほんに変わった男でな。あやつに利害打算はない。野心もない。ただ、御館の意のままにのみ動く。かつてわしは、御館の邪魔になったゆえ、石宗の策にかかり、追い落とされた。されど今、御館にとっては紹忍が目障りとなった。石宗の新たな策が、わしを必要としておるのよ」

宗亀は顔色ひとつ変えずに続けていたが、大きなくさめをひとつした。くさめが宗亀の余裕を示しているようで、右京亮の焦りをさらに大きくした。

「わからぬか、右京亮。わしとお主の策謀で、御館は受洗じゃなんじゃと騒ぎ始めた。さて、御館が信仰を貫くにあたり、紹忍は邪魔となった。今、大友に波瀾を起こすにはキリシタンを使えばよい。お主もそう見たはず。あの御館じゃ、女子《おなご》や茶器と同じよ。一度のめり込めば、後は勝手に執着しおるわ。飽きが来ぬかどうかは、おおいに心配じゃがな」

宗亀は笑いを誘ったようだが、右京亮は顔を引きつらせただけだった。宗麟に対する敬意は、みじんも感じられなかった。

「御館は受洗のうえキリシタンの王国を創らんと欲し、石宗に策を問うた。とにかく正室と紹忍が邪魔じゃ。石宗は思案した。紹忍に対抗するにはうってつけの男が、豊前の片田舎に引っ込んで暇を持て余し、まずい茶を点てておるではないか。かつての政敵でも、駒として利用できるなら、する。それが、角隈石宗という軍師よ。あやつめ、先年手ずから滅ぼしたわしに、涼しい顔で手みやげなんぞ持って、会いに来おった。そろそろ出番が参ったぞ、と抜かしおったわ」

宗亀は大笑したが、右京亮に笑い返す余裕はなかった。剣の素人《しろうと》が、剣豪の演武を見せつけられているようだった。

「わしにも別段の異存はない。過去の恩讐も水に流した。すでに石宗の策は発動しておる。これまではロケと申す伴天連を使って参ったが、信仰じゃなんじゃと、いちいちうるそうてのう。カブラルと申す輩《やから》も欲深いうえに気性が荒く、使いにくい。されば丹生島城に、若いがおもしろそうな男がおると、石宗から聞いてな。遠路はるばるお呼び立てした、というわけじゃ」

右京亮は宗亀に気圧《けお》され、眼さえ合わせられなかった。右京亮はロケを動かしていたつもりでいたが、思い違いだったのだ。

知力の勝負で、右京亮は初めて相手に畏怖《いふ》した。田原宗亀とその背後にいる角隈石宗の鬼謀に、かつてない恐怖を覚えた。

「ははは、知恵比べに負けて、しおたれておるか。右京亮よ、お主はまだ若いゆえ、わしらには敵うまい。されど、あの石宗が食指を伸ばした男じゃ、己が智謀に自信を持ってよいぞ」

やっと右京亮が顔を上げると、宗亀が戯笑した。

「親家の件は、ようやった。火種は多いほどよい。いずれ田原親虎《ちかとら》を入信させれば、さらにおもしろかろうな」

右京亮は内心、仰天した。

親虎は田原紹忍の後継者である。もとは京の貴族、柳原《やなぎはら》家の生まれであり、男児に恵まれなかった紹忍が豊後に下向させ、養子とした。容姿諸人に喜ばれ、音楽、絵画、武技をよくしたため、宗麟夫妻もおおいに気に入り、娘を娶《めと》らせる約束をしていた。最大の政敵、田原紹忍の足もとを揺るがすとは、何と大胆不敵な謀略なのだ。

「が、すぐには成らぬ。その前におもしろき話があるのじゃ。丹生島の久我三休《こがさんきゅう》に、エステバンとか申す若造が仕えておる。知っておるな？」

丹生島の教会に足繁く通う、熱狂的なキリシタンの若者だ。義統に近習《きんじゅ》として仕えていたが不興を買い、三休の下へ移っていた。

右京亮が小さくうなずくと、宗亀はさも満足そうに大笑した。

「親家の入信で、寿林寺は揺れておろう。されば、エステバンとやらは次の一手として、なかなか使えるぞ。右京亮、手を貸せ」

†

（この俺が、手駒にされておるとは……）

妙見嶽城に与えられた一室で、右京亮は腕まくらに、物言わぬ天井を眺めている。

右京亮はしょせん井のなかの蛙《かわず》だった。己が才覚で世をわたり、立身を図っていたつもりが、宗亀や石宗の掌上で踊っていただけだ。

考えてみれば、何もかも事がうまく運びすぎてはいた。

落ちぶれたとはいえ、宗亀はなお一国一城の主《あるじ》だった。城があり、富があり、家臣があり、盟友がいた。対して右京亮は、何の後ろ盾もない、ただの近習だった。孤狼の右京亮が、ただ独りの力で、軍師の石宗や同紋衆の宗亀とまがりなりにもわたり合っていた事実は、右京亮の才覚と強運を端的に示しているとは言えよう。

だが、右京亮は自信を打ち砕かれた。自分がみじめな敗北者に思えた。臼杵に来てから十年ごしで積みあげてきた成果が、一瞬にして叩き壊された気がした。右京亮の知力で、石宗と宗亀を欺《あざむ》けはすまい。すでに宗亀により右京亮の野心が敵陣営に知らされてもいた。

まんじりともせぬまま、長い夜が明け始めた。

ようやく曙光が部屋に差し始めたとき、右京亮は妙を想った。

打ちひしがれ、息も絶え絶えの心に差す光はただ、妙の笑顔しかなかった。

昔、右京亮はひたすら孤独だった。だが、今は違う。

(俺には、妙殿がいる)

妙の透き通るようなほほえみを思い浮かべた。

来光とともに、力が湧いてくる気がした。

(今はまだ勝てぬ。されど宗亀と俺は呉越同舟だ。目指す所は同じ。されば俺も、宗亀を手駒として使ってやる。いずれは、宗亀と石宗にひと泡吹かせてやろうぞ)

右京亮は懐《ふところ》のなかの篠笛をにぎりしめた。

†

丹生島城の近く、祇園洲《ぎおんのす》にある会堂には、エステバンを支持するキリシタンたちが集結していた。その数は優に千を超えている。

宗亀の仕組んだ策謀は思惑どおり、大友を揺るがそうとしていた。右京亮はその一端を担ったにすぎない。群がる信者たちの熱気を前に、己が手でなさんとする大事の恐ろしさを肌で感じた。

「ジャンよ、王よりの使いはまだか？」

司祭室から現れたカブラルの問いに、右京亮はかぶりを振った。

この春の桜を、妙はどこで見たのだろう。吉弘屋敷のみごとな桜はもう、すっかり散ってしまったろうか。

エステバンは片膝《かたひざ》を突くと、司祭にむかって胸に十字を切った。

「天主のためこの命を捧ぐは、本望にございまする」

カブラルのかたわらに立つ右京亮の翻訳は、無用であったろう。エステバンの殉教の意思は、言語を要さず、涙まで浮かべるカブラルにじかに伝わっているはずだった。

京の本圀寺《ほんこくじ》で「日勝《にっしょう》」と号していた久我三休は、大友の対幕府外交に尽くした外交僧であった。その功で宗麟に招かれ、還俗して臼杵に移住した。宗麟は三休に、四女を嫁がせた。

宗麟は今でこそキリスト教に傾倒しているが、以前は仏門に帰依《きえ》していた。三休も還俗したとはいえ、かつて仏道に励んだ身である。

宗亀は、並ぶ者なき権勢を誇っていた時代に、寿林寺へ秘蔵の仏画、仏具を多数寄贈していた。親家受洗事件を受けて、寿林寺住職の怡雲宗悦《いうんそうえつ》が離豊する意向と聞くや、宗亀は三休に、寿林寺に預けていた仏画、仏具をゆずりたいと申し出た。廃寺には無用の長物であり、宗悦も申し出に同意した。

三休は小躍りして、さっそく寿林寺におもむいた。ひねもす眺めても飽きない様子で、おびただしい数の仏画、仏具を心ゆくまで物色していたらしい。が、何しろ数が多い。後日、屋敷へ運ぶよう、三休はエステバンに命じた。仏画、仏具を運ぶだけの雑事なのだが、エステバンは異教への協力が天主への背信に当たるのではないかと真剣に悩んだ。もちろん右京亮の入れ知恵である。苦悩のすえ、エステバンはカブラルに相談した。

宗亀と取り決めた手はずどおり、右京亮はカブラルを焚《た》きつけた。エステバンの信仰は固い。少年の殉教は豊後のキリシタンを悲憤慷慨《こうがい》させ、ひとつに結束させるだろう。さらには、宗麟受洗と王国建設への最短路を開くだろう、と。

三休は再度命じたが、エステバンは、カブラルの教えどおりに峻拒《しゅんきょ》した。たとえ首を刎《は》ねられようとも、天主の教えに背いて悪魔の仕事には奉仕できないと言ってのけた。

三休は激怒した。が、エステバンは宗麟によりつけられた家人であるため、義父で主君の宗麟にいちおう伺いを立てた。その際、直接宗麟にではなく、わざわざ正室の奈多夫人を通したのは、夫人のキリシタンへの憎悪を知っていたためである。

奈多夫人はキリスト教を徹底的に糾弾し、今後、家臣の改宗者を絶無にすべきだと宣言するとともに、宗麟と実弟の田原紹忍に対し、宣教師の追放さえ提案した。

宗麟は右京亮と相談したうえで穏便に済ませようと図り、妥協案としてエステバンに、今後は決して同様の用事をさせない条件で、今回にかぎり用を足すよう命じた。だが、エステバンは天主のために喜んで命を捨てると答え、がんとして応じなかったのである。

「ジャンよ、王よりの使いはまだか？」

いったん司祭室に引っこんだカブラルが、また姿を見せて、同じ問いを発した。

この年、若い大友義統が第二十二代当主として、新たな「王」となっていた。今は事態の切迫を受け、宗麟のいる丹生島城に滞在している。

エステバン事件は、義統治世下でのキリスト教の立ち位置を決める重大事であった。一歩も譲れぬと、右京亮はカブラルに説いた。

†

「司祭《パードレ》。三日の後、エステバンを処刑するとの裁断にござる」

奈多夫人の言にしたがったのであろう、義統の使者の言葉を右京亮が翻訳すると、カブラルは巨顔に怒気を表しながら、エステバンを抱きしめた。

「天主の教えは真理にございまする。キリシタンは天主に背いて、地上の主にしたがうわけには参りませぬ。喜んで、わが命を天主に捧げましょう」

感極まったエステバンが感涙に咽《むせ》んでいた。

清冽《せいれつ》なる殉教の舞台は整った。群衆も、熱狂を続けている。

宗亀と右京亮の談合では、エステバンの殉教はいずれでもよしと結論していた。

「殉教」はキリシタンにとって最高の栄誉であった。信者たちはエステバンの姿に、ゼズ・キリシトの贖罪を重ね合わせる。エステバンを殉教させれば、キリシタンの一部は暴徒と化し、流血の事態を招く。結果、反キリシタンとの対立はいよいよ高まろう。

他方、エステバンを処刑できないなら、カブラルの勝利となる。新政権がキリシタン側に屈服したに等しかった。今後はキリシタンの要求をますます過激にしてゆけばいい。

右京亮は異国の宣教者の茶色の巻き髪を見ながら、しずかに扇情した。

「司祭《パードレ》、まだ三日ございまする。迫害《ペルセギサン》と最後まで戦いましょうぞ」

誰かの歌い始めた聖歌がいつのまにか、夕暮れの近づく祇園洲を覆っていた。

†

ひと月の後、デウス堂を訪《おとな》った右京亮は息を呑んだ。

カブラルの隣に、太った坊主頭の男がいたためである。お忍び姿の宗亀は旧知の友に会ったように、破顔一笑した。

「右京亮、次の一手じゃがな」

エステバン事件では結局、義統側が折れた。

右京亮の進言にしたがい、宗麟が近習として三休から身柄を引き取る形で、一触即発の事態は回避された。府内のデウス堂と丹生島の会堂を中心に集結した信徒たちの数に、紹忍らも恐れをなしたに違いない。エステバンの殉教がキリシタンを逆に勢いづかせるとみた義統側は、処刑の裁断を撤回した。

「天主の命に背かぬかぎり、常に王に服従する」との説明を理解したとし、天主の教えを滅ぼす意図はないと釈明してきた。

カブラルは勝利した。キリシタンへの弱腰を知り、逡巡《しゅんじゅん》していた者たちもつぎつぎと改宗を始めた。石宗の策を用いた宗亀の思惑どおりの展開だった。

府内では右京亮のあずかり知らぬ物騒な事件が頻発していた。

つい先日も、キリシタンに改宗したばかりの侍が、信仰をめぐって口論になった侍を切り捨てた。処罰を恐れたキリシタン侍は妻子をともなって国外へ逃亡した。その半月後にふたたび同様の事件が起こったが、今度は殺された侍が紹忍の家臣であったために、事態はより深刻となった。

キリスト教をめぐる騒擾《そうじょう》は、いつしか日常茶飯事と化していた。

「近ごろ府内で起こる刃傷沙汰《にんじょうざた》はすべて、宗亀殿が糸を引かれてござるか」

「わしは燃えさかる炎に、根気よく薪をくべておるだけよ」

思えば右京亮の冷酷さなど、宗亀に比べれば児戯にすぎなかったろう。

暑がりの宗亀は、しきりに禿げ頭を拭き上げた。

「さて、来てもろうたのはほかでもない。今後の段取りにつき、お主と談合しておきたかったのよ」

右京亮の通詞で密談が進行する。宗麟と異なり宗亀相手では、意図的な誤訳がすぐに見抜かれそうな気がした。

「司祭《パードレ》は、ゼザベルの離縁こそが必要と、おおせでござる」

カブラルらは、キリシタンを迫害する奈多夫人を「ゼザベル」と呼んだ。ゼザベルとは、イスラエル国王アハブの妃《きさき》で、異教を崇《あが》め、預言者エリヤを追放した悪女の名である。

「後室はキリシタンの女子《おなご》がよいが、側室のなかには手ごろな者がおらんようじゃ」

宗麟には常に十人ほどの側室がいたが、すべて美醜を基準に選んだ女子たちであった。キリスト教に傾倒を始めて以来、側室を増やしていない。

「ロケの話では、子持ちじゃが、耶蘇教《やそきょう》を信じておる女子がいるらしい。ゼザベルの侍女でな。御廉中《ごれんちゅう》の猛り狂う姿が目に浮かぶわ」

右京亮も眼をつけていた、ジュリアといういかにも善良そうなキリシタンの女だった。

通詞を受けたカブラルが喜んで手を叩くと、宗亀は残忍な笑みを浮かべた。

「同じキリシタンとして、幼い娘とももどもモニカ姫と懇意にしておる女子よ。右京亮、お主も丹生島の会堂で何度も会《お》うておるはず。ゼザベルの手前、ジュリアとやらが拒んでおるゆえ、モニカ姫より説いてもらおうと思うてな。お主から姫に話をせよ。夫婦《めおと》なら、話が早いであろうが」

右京亮は驚いて、素知らぬ顔のカブラルを見た。

ずいぶん前に、右京亮は前任者トルレス司祭の前で、モニカと仮の祝言を挙げていた。モニカを確実に手に入れるために右京亮が打った手だった。その秘密を知っているのは、モニカとカブラルだけのはずだ。だがカブラルが、右京亮よりも力と知恵を持つ宗亀を選ぶのは当然の話か。

「ゼザベル離縁の前に今ひとつ、派手な花火を打ち上げておく」

宗亀は手ぬぐいで額の汗をふいた。

「右京亮よ。お主とモニカ姫の婚儀をデウス堂で仰々しく祝いたい。会堂に入りきれぬほどのキリシタンを集めるぞ。宗麟公の受洗に向け、欠かせぬ余興となろうぞ」

右京亮の額に冷や汗がにじみ出てくる。汗をぬぐう自分の手が震えているのに気づいた。

十二　迷える孤狼

妙は隣に座る右京亮の肩に、頭をもたせかけた。

右京亮が宿がわりに使う吉岡屋敷の縁側からは、降りやまない梅雨に、紫陽花《あじさい》までがうなだれて見えた。家臣たちは出払っていて、広い屋敷には物音ひとつ聞こえない。

明らかに右京亮の様子がおかしい。以前の余裕と落ち着きが、まるで感じられなかった。菊から教えられた右京亮の秘密は、胸にしまったままだった。モニカ姫との婚姻が公にされていないのは、何か事情があるためだ。妙は右京亮を信じていればいい。いつか必要になったら、打ち明けるだろう。

とつぜん抱きすくめられた。

想い人の胸に甘えながら、小声で問うた。

「右京亮さま。いったい近ごろ、いかがなされたのですか?」

「妙殿。それがしとこのまま……異国へ渡りませぬか」

すぐ近くにある端整な顔を見た。右京亮らしくない思いつめた表情があった。

妙は無理にほほえみを作ってみせた。

「右京亮さまとごいっしょなら、いずこへも参りましょう。されど、なにゆえ欠落《かけおち》せねばなりませぬ？　怖い父ですが、萩と力を合わせて説き伏せてみせます」

右京亮は救いを求めるように、妙をいっそう強く抱きしめた。

「それがしはしょせん一介の下級侍。城もなければ、家臣もござらん」

「ほほほ。妙は城に嫁ぐわけではありませぬ。右京亮さまがどこへ仕官なされようと、妙はついて参ります。いつもおそばにおりますれば、ご安堵《あんど》召されませ」

「それがしはうぬぼれておっただけだ。こたびは切り抜けられそうにない」

妙は右京亮の腕のなかで、想い人の顔を見あげた。

「出世などされずとも、かまいませぬ。侍などやめて、どこぞで野良仕事をし、篠笛でも吹きながら、のんびり暮らしましょう」

「それがしは天涯孤独の身なれば、頼る者とてござらぬ」

「私がおそばにいるではありませんか。私は兄弟姉妹もなく、さびしい思いをいたしました。されば、妙は右京亮さまのお子をたくさん、たくさん産みまする。天涯孤独などと言わせませぬ。子を立派に育てあげ、齢《とし》を取れば、子を頼りましょう」

右京亮の震え声が、妙の耳もとで聞こえた。

「妙殿。これから大豊後を揺るがす事件がいくつも起こる。されど何があろうと、最後までそれがしを信じてくだされ。時来らば、妙殿をお迎えにあがる所存」

「私は何があっても、右京亮さまを信じます」

妙は右京亮の体の震えを感じた。泣いているらしい。

驚いて身を少し離すと、涙を隠したいのか、今度は右京亮が、妙の胸にすがりついてきた。

右京亮は昔、母を殺されている。母にもじゅうぶんに甘えられなかったのだろう。

妙はあやすように右京亮の背をさすり続けた。

「妙殿と出会えて、よかった」

右京亮は身を起こすと、縁側の障子を閉めた。

ふり返り、妙の瞳をすがるように見つめた。

†

暗いのは落日ではなく、降り出しそうな曇天のせいかも知れなかった。

体に残る恍惚は、まだ消えていない。

妙は、身を寄せ合って歩く右京亮の耳もとにささやいた。

「何者かが、私たちをつけて参りまする」

吉岡屋敷を出て最初の辻を曲がったときから、ふたりの背後をつける者がいた。気配を消そうともせず、妙たちの後を追っていた。右京亮を襲うつもりに違いない。

妙は護身用の脇差を抜いた。薙刀《なぎなた》があればよいが、府内の町なかを持ち歩くわけにもいかない。

右京亮は立ち止まってふり返ると、ほの暗い影にむかい、早口で威嚇《いかく》した。

「誰かは知らぬが、お主らの腕で、臼杵右京亮は斬れぬぞ」

「腑《ふ》抜けになったデモニオなら、斬れもしようぞ。会うた覚えはあるはずじゃがな、われらはモニカ姫の手の者。姫は側室など要《い》らぬとおおせじゃ」

屋敷の陰から出た男の顔が見えた。眼のくぼんだ痩せぎすの男だった。

男を見た右京亮が息を呑んだ。

「……何のつもりだ？」

妙は右京亮と背中合わせになった。刺客は十人以上もいる。

「それがしが引きつけ申す。妙殿は、隙《すき》を見て逃げられよ」

肩ごしに右京亮がささやいた。

†

右京亮の前で、妙はしずかに身を横たえていた。

安らかな寝顔がアンジョに見えた。

背後で障子が開き、覚之進が巨体を現すと、右京亮はすがるように見た。

「命に別状はないらしい。されど、薬師《くすし》の見立てでは……」

右京亮は眼で話の続きをうながした。

「妙殿は、子を産めぬ体になったそうじゃ。……まだ若いに、ふびんな話よ」

覚之進の重い言葉に、右京亮は雷で撃たれたようにすくんだ。

右京亮の子をたくさん産みたいと言っていた妙の笑顔が浮かんだ。

守れなかった。敵は妙を狙っていた。右京亮など捨て置いて、脇差ひとつで防戦する妙に襲いかかった。右京亮の眼前で妙は下腹を刺された。

右京亮が満身で負うべき責めだった。

われ知らず、滂沱《ぼうだ》と涙があふれ出た。

「察して、あまりある」

覚之進がなぐさめるように肩に手を置いた。右京亮は歯ぎしりしながら、刀を取った。

「右京亮、どこへ参る？」

「すべてはそれがしが蒔《ま》いた種なれば、わが手で刈り取らねばなりませぬ」

右京亮は鞘《さや》を腰につけると、覚之進に会釈《えしゃく》して吉岡屋敷を出た。

†

デウス堂奥の司祭室には、やはりあの男がいた。ロケもいる。

宗亀は笑みひとつ浮かべず、眼で右京亮に挨拶をした。

「呼んだ覚えはないがの。今さら後へは引けぬぞ、右京亮。モニカ姫は、正室を離縁させる切り札じゃ。姫が力添えを拒めば、面倒な話になる。われらの策が破綻しかねん」

右京亮は刀の柄《つか》に手をかけたまま、宗亀をにらみつけた。

「何ら罪なき女性《にょしょう》を傷つけたは、貴様の指図か？」

「右京亮よ。お主は、たかが女子ひとりのために、大望を捨てる男でもあるまいが。それよりも大事は、モニカ姫との挙式の話よ」

宗亀が面倒くさそうに手を振るが、右京亮は半歩前に出た。

「覚えがないとは言わせぬぞ！」

宗亀は顔をしかめ、決まりわるげな片笑みを作った。

「仰々しいのう。ちと手荒な真似《まね》でもせねば、お主の眼が覚めぬと思うたまでよ」

右京亮は怒りを懸命に抑えながら問うた。

「角隈石宗の、策か？」

「わしを見くびるな、右京亮。お主ふぜいを動かすに、石宗の鬼謀など要らぬわ。わしもお主も、利害が一致する間だけ、宗麟と石宗を利用する。カブラルも同じじゃ。いずれ進むべき道が分かれたなら、そのときからは敵よ。後はたがいに、ここを使《つこ》うて戦うまで」

宗亀は扇子《せんす》で自分のはげ頭をぱたりと叩き、大笑した。

右京亮の全身が怒りで震えた。

今この場で、宗亀を討ち果たしたかった。宗亀の野心の犠牲となり、妙は石女《うまずめ》とされたのだ。せめて、その責めを取らせたかった。

「わからぬぞ、右京亮。身分の低い女子なぞ、事を成し遂げた後、側室にすれば済む話ではないか。たわけが、何をやっきになっておる？」

妙への侮辱に聞こえた。腸《はらわた》が煮えくり返った。

天涯孤独だった右京亮にとって、妙はただひとりの家族になるはずの最愛の女性《にょしょう》だった。

「わしにかぎらず、真に力ある者は邪魔者を消して、のし上がってゆく。紹忍もいずれ消さねばならん。わしを失脚させたとき、石宗は必ずわしを斬れと進言したそうじゃが、宗麟も甘い男よ。命乞いをするわしを殺せなんだわ」

宗亀は眼を瞋《いか》らせて、右京亮をにらんだ。

「されど、わしは甘《あも》うないぞ。お主は後ろ盾を持たぬ孤狼じゃ。わしの計画にとって邪魔とならば、わしはためらわずにお主を消す」

宗亀は一転して、似合わないえびす顔を作った。

「われらの志が成った暁《あかつき》には、お主は日向の王となるのであろうが。女子一人が何じゃと申す？　それも吉弘家ゆかりの娘と申すではないか。紹忍に寝返るなら、容赦はせぬぞ。まことその娘を大切に思うなら、その女子と夫婦となるはあきらめよ」

「もし俺が紹忍のもとへ走れば、何とする？」

悔しまぎれの空言を、宗亀は鼻で嗤《わら》った。

「うぬぼれるな、右京亮。お主の力はただ、宗麟とカブラルに依《よ》っておる。わが陣営にあってこそ、力を持ちうるのじゃ。敵に与《くみ》したとて、お主独りで何ができようぞ。キリシタンを捨てたお主なんぞに、いかなる力もないと心得よ」

宗亀は丸腰で立ちあがると、威嚇するように、右京亮にだんご鼻を近づけた。

「よいか、右京亮。前に進むほか、もう道はないのじゃ。お主には日向一国を与える。浮浪には過ぎたる褒美《ほうび》であろうが。おとなしゅうわが命にしたがえ。さもなくば、小娘の命はないぞ」

右京亮は歯ぎしりした。

妙を守れぬ自分が不甲斐なかった。愛《いと》しい妙がふびんでならなかった。

ふたりの恋がたどる結末が、哀しくてしかたなかった。

右京亮は自分の頬《ほお》を流れるひと筋の涙に気づいた。

宗亀はめずらしく驚き、神妙な顔をして身を引いた。

右京亮は抜く手も見せずに刀を抜き放つと、宗亀の鼻に突きつけた。

銀色の剣先が、木製の壁かけ燭台の灯《あか》りできらめいている。

仰天したカブラルとロケが身をのけぞらせた。

「これも宿命なれば、妙殿はあきらめよう。されど爾後《じご》、林左京亮が娘、妙殿に指一本でも触れてみよ。貴様を必ず斬って捨てるぞ！」

剣先をだんご鼻に浅く突き入れた。ひと筋の血が流れてゆく。

右京亮の剣幕に、宗亀も気圧された様子だった。

「よかろう。お主さえ動くなら、わしらの計画とその娘は関係ないゆえの。安堵せい。されば、近くお主とモニカ姫の挙式を行う。その日は、デウス堂を聖歌と信者で満たすぞ」

宗亀は鼻から垂れてきた自分の血を、ぺろりとなめた。

身をひるがえした右京亮の背に、宗亀が言葉を放った。

「さてと次は、田原親虎を受洗させる。その次は宗麟よ。これでこの国は割れるぞ。われらの出番じゃ」

第六章　今小路に、桜花が散れば

十三　表六玉の恋

秋の近づく吉弘屋敷の縁側で、妙はぼんやりと日向《ひなた》ぼっこをしている。

荒々しかった夏の残響が、まだ日差しに残っている気がした。

さまざまな出来事が、妙を襲った。

妙は石女《うまずめ》になった。それでも右京亮さえいてくれればよいと思っていた。

だが、右京亮はこの夏、宗麟の七女モニカ姫と結ばれ、デウス堂で盛大な祝言を挙げた。

半信半疑で見物に行った萩によると、デウス堂には聖歌が満ち、きらびやかな衣装を身にまとったモニカ姫と右京亮が並んで、キリシタンたちの祝福を浴びていたらしい。

右京亮の裏切りが、妙にはまだ信じられなかった。心のどこかに、想い人を信じる自分がいた。

「妙さま。今日も、覚之進さまがお見えにございますが」

萩から告げられても、妙はふりむかなかった。

そのうち後ろで、どたばたと足音がした。

吉岡覚之進は、妙が吉岡屋敷からの帰路を襲われた悲劇に責めを感じているらしく、暇さえあれば妙の見舞いにやってきた。

覚之進は勧めもないまま縁側に腰かけると、妙との間に竹皮の包みを置いた。

「名ヶ小路に新しく店を出しただんご屋が評判でのう。ただのだんごではないぞ。上にあんを乗せておるのじゃ。わしはだんごに目がのうてな。これまで万を超ゆる数を食べて参った。天下広しといえど、わしほどだんごを玄覧《げんらん》せし侍はおるまいて。そのわしがうまいと太鼓判を押しておるに、道察めはまずいと抜かしおってな。されば、妙殿と萩殿の意見を聞いてみようという話になったのじゃ」

妙は軽く礼を言うと、覚之進が差し出してきた包みに手を伸ばし、串だんごを口に運んだ。

眼中には覚之進もだんごもなかった。

すべての始まりは篠笛の音だった。

妙は初めての恋とその顚末《てんまつ》を、おそるおそる思い起こしてみる。

右京亮と初めて出会った日から三年余、妙も十七になっていた。

「どうじゃな、妙殿。そのだんご、うまいか？」

覚之進の問いでわれに返ったが、味を憶《おぼ》えていなかった。

「……忘れて、しまいました」

小声の答えに、覚之進は大笑いした。

「さしずめ妙殿はだんごより花、じゃな。わしは欲張りでのう、だんごも花もじゃ。ゆえに肥えるのじゃろうて。萩殿はいかがじゃ？」

ふと気づいて見ると、庭に白菊が咲いている。

覚之進は、妙が花に見とれていると思ったのか。いや、妙の心を知ったうえで、触れないほうがよいと考えたに違いない。近ごろよく妙の前に現れる覚之進という男は、すこぶる変わっていた。

その後も覚之進は、老臣の中島玄佐が寝違えて首を痛め、愚痴ばかりこぼしている話などをひとしきりしていた。が、家人から急ぎの用で大友館に呼ばれ、あたふたと屋敷を出て行った。

覚之進の巨体が去った後の縁側には、手みやげのだんごがうずたかく積み上がっている。

だんごをまた一本平らげた萩が、遠慮がちに言った。

「萩は、覚之進さまならきっと、妙さまをお幸せになさるものと存じまする」

吉弘統幸は志賀家の姫との縁談が決まっていた。菊からも上原館に呼ばれ、吉岡家への輿《こし》入れを勧められた。妙を大友義統の養女に迎えたうえで送り出すとの破格の配慮まで提案してくれたが、妙はうなずかなかった。他方で、命の恩人でもある覚之進を思う気持ちが芽生え始めてもいた。

妙は白菊を眺めたまま、ぽそりとつぶやいた。

「石女を室とするが、覚之進さまにとって幸せだと思うのか」

†

妙は眼《め》を覚ました。眼前には覚之進のたぬきのような垂れ目があった。

「おお、妙殿がよみがえったぞ」

誰かが妙にすがりついて泣き始めた。萩のようだ。

頭と体が鉛のように重い。熱もあるようだが、どうやらまだ、生きているらしかった。

雨あがりの大分川の濁流に身を投じた。それで、何もかもが終わるはずだった。

「玄佐さまが、首が痛いのに、川へ飛びこまれたのですよ」

「妙殿、川遊びは夏にやるものじゃ。おりよく玄佐が通りかからねば、一大事になっておったぞ。爺のほうは鼻風邪を引いて寝込んでおるがな」

覚之進の命で、玄佐が妙の身辺を守っていたのだろう。老いた玄佐にとって、入水《じゅすい》した妙の救出は命がけだったに違いない。

天がまだ生きよというのなら、しばらく生きてみるのも悪くないだろうか。

妙は少し潤んだ覚之進の眼を直視した。

「吉岡家は、子も産めぬ室を娶《めと》って、何となさいまする?」

「さいわい吉岡には、よき男児がすでにおるゆえ、子はもう要《い》らぬ。子が欲しゅうて、妙殿を望んでおるわけではない。わしは妙殿とともに生き、吉岡と大友を守《も》り立ててゆきたいのじゃ」

妙は覚之進からわずかに眼をそらした。

「されど私は……今でも、右京亮さまをお慕いしておりまする」

覚之進は何度もうなずいた。

「委細承知よ。さればこそ、わしにしか妙殿を幸せにはできぬと思うておる。死んだわしの妻は、わしには過ぎたる女子《おなご》であったが、甚吉を遺《のこ》して死んでしもうた。わしは後室などもらうつもりはなかった。されど、妙殿にほれたのよ。わしのだんご好きと同じ話じゃ」

「妙は、だんごにございまするか？」

あわてて覚之進が訂正を始めた。

「すまぬ。譬《たと》えが悪かった。わしにとって、だんごは格別の食い物なのじゃ。この十年、毎日欠かした覚えはない。天下のだんごは、おおよそ二つに分かれる。甘いだんごと、甘《あも》うないだんごじゃ。わしはどちらも好きじゃが、甘い物では、あんにこだわりがある。野趣あふれる黒あんも好きじゃが、淡白で上品な白あんはまさしく絶品なのじゃ」

懸命にだんごを語る覚之進の姿に、かたわらにいた萩がこらえきれずに噴き出すと、妙も思わず笑った。

覚之進の困った顔を見ると、腹の底から笑いが何度も込みあげてきた。ひさしぶりだった。

「そんなに、可笑《おか》しいかのう……」

「わかりました。覚之進さまがそれほどに私を望んでくださるなら、吉岡家に参りましょう。よろしゅうお願い申しまする」

「まことか！」

覚之進の驚きと喜びにあふれた顔を見ると、悪くない未来が待っている気もした。

「妙さま！　旦那《だんな》さまにお伝えして参りまする！」

妙の気の変わらぬうちに事を進めるつもりなのか、萩がばたばたと部屋を出て行った。

「さればさっそく当家より、高橋家へ正式に縁組みの申し入れをいたそう」

気はずかしくなったのか、覚之進は腰を上げると、あわただしく屋敷を後にした。

†

紅葉が太宰府を訪れている。黄金色《こがねいろ》のぶなの森から戻った妙は、住み慣れた林家の屋敷の敷居をまたいだ。

なぜか下座に着座していた左京亮は、妙を認めると、深々と平伏した。

「な、何をなさいます、父上？」

予期せぬ父のふるまいに、妙はとまどって立ち尽くした。

「お手をお上げくださいませ！」

が、左京亮は手を突いたまま、顔を上げようとしない。

「絶対の秘事ゆえ、これまで明かしませなんだが、妙様はわが子にあらず。まことの母君におわすお方様（菊）より、嫁がれる際に、まことの話を告げよとおおせつかってございます。妙様の父君は、わが旧主にして、かつて吉弘家随一と謳《うた》われし勇将、吉弘五郎太統清《ごろうたむねきよ》様にございまする」

統清については何度か聞いた覚えがあった。高橋の殿、鎮種の従兄《いとこ》だったはずだ。若くして、毛利との戦《いくさ》で鎮種を守る楯となって死んだ命の恩人だという昔語りを思い出した。これまでの菊の妙に対する態度や、高橋、吉弘両家での待遇が、すっかり腑《ふ》に落ちた。

「おそれながら、臣左京亮、妙様を日本一の姫としてお育て申しあげんと日夜努めて参りました。されど、これまでの無礼の数々、なにとぞ、なにとぞおゆるしくださりませ」

妙が止めても、左京亮は板間に額《ひたい》を擦《こす》りつけ続けた。

「わかりました、林左京亮どの。どうぞお顔をお上げくださりませ」

手を突いたまま顔を上げる左京亮に、妙はほほえんだ。

「私を産んでくれた父と母には感謝いたします。されど私にとって、林左京亮は生涯、大切な父です。お方さまの養女になる気もありませぬ。妙は林左京亮の娘として、堂々と嫁いで参ります」

左京亮はあわてて面《おもて》を伏せた。

「もったいなきお言葉。されど、ご出生の秘密は公にできませぬ。林家のごとき陪臣の娘として輿入れなされば、姫が吉岡家にて要らざる侮りを受けられるは必定」

妙は左京亮の眼を直視した。

「侮る者は私が許しませぬ。私は、林左京亮の娘であることを誇りに思うておりますゆえ」

「身に余る光栄に存じまする。されど――」

なお言いつのろうとする左京亮を、妙がさえぎった。

「わが家臣なれば、左京亮どの。最後にひとつくらい、わが願いを聞き届けなされ」

左京亮はかしこまり、妙にむかって平伏した。老いた肩が痩《や》せたように思え、かすかに震える様子が見えた。

「萩よ、くれぐれも妙姫を頼み入る」

言葉を絞り出す左京亮にむかい、萩が泣きながら平伏した。

十四　遠きパライソ

田原宗亀らの謀略は最終の段階に入りつつあった。

大友家を支配する筆頭加判衆、田原紹忍の後継者である親虎が入信したとき、キリスト教をめぐる家中の対立は最高潮に達する。現体制を擁護し反キリシタンの急先鋒と目される紹忍の足もとを揺るがすのだ。

その後に予定される宗麟の受洗は、ただちに大友の二分を意味した。

すべてが怖いほど順調に進んでゆく。

妙との邂逅《かいこう》さえなければ、右京亮は含み笑いを浮かべていたに違いない。

「それでは親虎様の洗礼名を、ドン・シマンと」

一礼した右京亮は、デウス堂の司祭室を辞した。

ステンドグラスごしの秋月の光はそっけなく、冷たい。

右京亮は一度、妙をあきらめようとした。

宗亀に面従腹背し、策動してきた。妙の姿が心に思い浮かぶたび打ち消し、かつての孤狼に戻るのだと、自分に言い聞かせてきた。

だが恋は、不治の病であるらしい。恋焦がれる想いは、野心や恐怖より、はるかに強いのだと、妙を失ってから気づいた。

右京亮が本当に欲しいものは、地位や権勢ではないとわかった。

(妙殿さえ、そばにいてくれるなら、すべてを捨ててもよい)

デウス堂を出て、沖ノ浜へむかう。

港に近づくと、海の匂いに懐かしさを感じた。

潮風がいくつもの恋の思い出をよみがえらせてゆく。

例の孔雀《くじゃく》事件をきっかけにすっかりアントンとなかよくなって、ふたりで異国船に出入りし、めずらしい異国の品々を楽しんだものだ。孔雀が大きな扇子《せんす》のように羽を広げる姿を間近に見たとき、妙は驚嘆の声をあげながら右京亮にすがりついた。南蛮菓子を二つに分けて食べもした。右京亮は苦手だったが、妙は肉桂《ニッキ》（シナモン）の風味を好んだ。

近ごろは府内の騒擾《そうじょう》を避けて他の港に入る商船が増え、以前ほどの賑《にぎ》わいはないが、ちょうどアントンの船が数日前から寄港していた。失われた恋をもう一度取り戻す策はすでに立ててあった。

万事が宗亀の思いどおりに進んでいる今なら、隙《すき》があるはずだ。

今さら身勝手な話だとわかってはいた。だが、他に道はない。

（妙殿とパライソ〈楽園〉へ逃げる）

何もかもを捨てて異国へ渡り、新天地で一からやりなおすのだ。

†

右京亮がアントンの船から降りてくると、見慣れた長身が建物の陰にゆっくりと隠れた。

田原宗亀らキリシタンを利用する勢力にとっては、右京亮は不可欠の人間だった。秘密を知りすぎてもいた。「呉越同舟の船から降りる裏切り者は始末する」と宗亀は公言していた。離反を警戒する宗亀の手の者たちが、右京亮の挙動を見張っている。

妙は明後日に吉岡家へ輿入れする。今は吉弘屋敷に逗留《とうりゅう》しているはずだった。だが、紹忍派の吉弘鎮信にとって、右京亮は政敵の手先だ。吉弘屋敷での面会は不可能だった。文を何通も書いてアントンや岩田屋に頼んで妙に届けてもらった。再建された日向屋へ返事をくれるよう書いたが、何の音沙汰《おとさた》もなかった。

数日前には吉岡屋敷の外で待ち伏せ、何かの用事を済ませて出てきた萩と話もした。萩は物乞いでも見るような目つきで右京亮をにらんだ。「どうかもう、放っておいてくださいまし」と話をさえぎり、「妙さまはあきらめなさいませ」と取りつく島もなかった。差出人の名も書かず、妙にはわかる筆跡で、吉弘屋敷の庭へ矢文を投げ込みもした。

妙の手にわたる前に、萩が手紙を握りつぶしているのか、それとも、妙自身が右京亮の正体を知って愛想を尽かしたのか。それも、無理はないのだが。

辻を折れると、右京亮はとつぜん駆け出した。すぐにまた次の辻を折れる。

壁を背にして、通りから死角に入った。

駆ける音が聞こえてきた。

相手は右京亮の行く先に気づいているだろう。この道を通るはずだった。

気配が近づいてくる。

間近に迫ったとき、右京亮はいきなり躍り出た。

右の拳《こぶし》で長身のあごを打ち抜いた。

瘦身の男が気を失って倒れている。くぼんだ眼は見慣れていた。

邪魔な男だ。消したほうがいい。

刀の柄《つか》に手をかけて鯉口《こいぐち》を切る。が、しずかに戻した。

思えば、妙と恋をしてから、右京亮は一人も殺《あや》めていなかった。気休めの独善を重ねたところで、過去の罪業はゆるされもすまいが、妙との恋の成就《じょうじゅ》を思っての願かけでもあった。

こよい妙に再会できなければ、今度こそ、この恋をあきらめる。

これが最後の機会だ。

夜の府内の路地を縫って、駆けた。

これでしばしの間、宗亀の手の者たちの眼をあざむけよう。

天からこぼれ落ちてきた月光に、吉弘屋敷の黒瓦が映えている。

右京亮は懐《ふところ》から赤い篠笛を出した。

築地塀《ついじべい》に背をもたせかけ、祈りを込めてラウダーテを奏でた。

物憂げな異国の賛歌がこの界隈《かいわい》に響くのは、今夜で五日目だ。

愛《いと》しい想い人の耳に、この調べは届いているのだろうか。

吹いていると、野望をかなぐり捨てて、妙とふたりで歩む道だけがはっきりと見えてくる。

清宵《せいしょう》にラウダーテの余韻が消えるころ、木戸がゆっくりと開いた。

強い風に、気の早い一枚の枯れ葉が舞い降りた。

†

妙は小さくうめきながら、眼を覚ました。

(何があったのだろう……)

頭も視界もぼんやりしている。体がだるく、動かない。

「妙殿、お気がつかれたか?」

ようやく眼が役割を果たし始めると、ろうそくの灯《あか》りが、右京亮の端整な顔の輪郭を浮かび上がらせていた。

妙が菊から贈られた嫁入り道具を前に、太宰府から運んでもらったなじみの着物などを整理していると、遠くでラウダーテが確かに聞こえたのだった。

数日前も聞こえた気がしたが、気の迷いだと思っていた。風の歌にラウダーテを聞いてしまうのは、心のどこかでまだ右京亮を求めているせいだと自分を戒《いまし》めていた。

半月前に婚礼のため府内へ入り、沖ノ浜を歩いたとき、妙の心がまた揺れ動いた。

どうしても会いたくなった。悩んだすえに手紙をしたためて、萩に日向屋へ届けさせ、右京亮に渡すよう頼んだが、返事はなかった。

だから、あの恋はすべて終わったはずだった。

だが、そんなとき、みごとなラウダーテが聞こえたのだ。

二日後に迫った祝言の手配に忙しく、左京亮たちは吉岡家に行って不在だった。

屋敷が静かだったから、今度ははっきりと聞こえた。

静まり返った屋敷に、いくつもの思い出とともに異国の調べが忍び込んできた。

妙は矢も盾もたまらなくなって、庭へ飛び出した。

必死で耳を澄ますと、ラウダーテはふだんあまり使わない裏木戸のほうから聞こえているようだった。

妙は思い悩んだ。会って、どうするのだ？

やがて演奏が終わった。今、会わなければ、一生会えなくなると思った。

妙は何も考えずに駆け出した。木戸のとってに手をかけた。

眼の前には、白装束に銀のクルスをかけた若者の姿があった。

いきなり強く抱きしめられた。右京亮が唇を重ね合わせてきた。妙は拒めなかった……。

†

「おゆるしくだされ、妙殿。かけがえのない宝を永久《とこしえ》に失うとき、人は初めて、その大切さを身に染みて知るようでござる。たとえすべてを捨てても、妙殿さえそばにあればよい。ほかには何も望みませぬ」

右京亮はなぐさめるように、妙の黒髪をやさしくなでている。

妙は口を動かそうとした。が、できない。口移しに痺《しび》れ薬か、眠り薬を飲まされたらしい。

「ほかに手立てはなかった。われらが生きてゆけるパライソは、この国にはござらぬ。次に妙殿が眼を覚ましたときには、われらはこの国を出ている」

そうすると、ここは船のなかだ。右京亮は妙を異国へ連れ去ろうとしているのだ。

（私が右京亮さまと欠落《かけおち》したなら、後はどうなるのだろう……）

花嫁を奪われた覚之進は深く傷つき、名門吉岡家は面目をつぶされる。高橋家としても、吉岡家への不義理に対し、謝罪だけでは済むまい。左京亮は責めを負って腹を切るに違いなかった。モニカ姫も悲嘆に暮れるだろう。宗麟の顔にまで泥を塗って、周りの人間たちがどうなるのか、想像するだけでも空恐ろしかった。

妙は口を開き、訴えようとした。だが、短いため息のような喘《あえ》ぎにしかならない。

すがるように右京亮を見つめた。

妙の心を察したのか、右京亮は両手を突くと、妙にむかって深々と頭を下げた。

「妙殿。どうか、おゆるしくだされ。これが最後の悪事でござる。この償いは必ずいたしまする」

右京亮の眼からあふれ出た涙が、両の頰《ほお》を伝ってゆく。

「どうしても、どうしても妙殿が欲しかった。それがしは必ず、パライソで妙殿を幸せにしてみせる」

右京亮の温かい涙のしずくが、妙の頰に落ちた。

「これは欠落ではござらぬ。吉弘屋敷には、デモニオによるしわざだと矢文を残して置き申した。悪いのはすべて、それがしでござる。妙殿は己が意思にかかわりなく神隠しに遭《お》うただけ。気休めではござろうが、この国に残してゆく人たちを、できるだけ傷つけぬように講じた手立てでござる」

デモニオによる拉致だという苦しい言いわけが、どれだけ世に通用するだろうか。

「アントンとは話をつけてござる。この船はまもなくシャムに向けて出航いたしまする。世界は広うござる。若いわれらなら、生きてゆける地があるはず」

異国なら、過去を捨て新しい生を始めるにふさわしい。右京亮は異国の言葉を操れる。いつか右京亮が語って聞かせてくれた、まだ見ぬ異国の町の様子を思い浮かべた。絢爛《けんらん》たる大伽藍《だいがらん》を見あげるふたりを夢想した。だが、すぐに現実が覆い被《かぶ》さってくる。左京亮や覚之進たちはどうなるのだ。

なにゆえこの恋は、人を傷つけねばならないのか……。

強い睡魔が、妙のまぶたを力まかせに閉ざしてゆく。

†

右京亮は妙の邪気のない寝顔を見つめている。

(まことのアンジョだ)

出航が遅れていた。紅毛船の船尾楼に身をひそめていたが、定刻を過ぎてもいっこうに船の動く気配はなかった。すでに夜は明け始めている。話が違う。

船首楼のアントンに問うて、事情が判明した。

府内で昨夜、刃傷沙汰《にんじょうざた》が起こったために、アントンは停船命令を受けていた。キリスト教を侮辱した侍を斬ったキリシタン侍が逃亡を図り、沖ノ浜に碇泊中の船に乗り込んだかも知れないという。今の府内で、信仰をめぐる争いは日常茶飯事だった。右京亮は、みずからが仕組んだ混乱に足止めされていた。

だがまもなく、下手人はデウス堂近くで捕えられたとの報が入り、すぐに出航できるとアントンは話した。

（あと少しで、この恋はついに成就するのだ）

船尾楼の外で人声がした。

田原宗亀の手下に勘づかれたのか。出航の遅れは大きな誤算だった。

右京亮は妙のかたわらに置いていた刀をつかんだ。

「誰であろうと、われらの恋を阻む者はうち果たしてみせる」

今回は迷いなく斬らねばなるまい。だが、人を斬るのは、これが最後だ。

右京亮はわずかに開いている妙の唇に、もう一度口づけをしてから、立ちあがった。

†

甲板には萩と一人の中年の侍がいた。たしかに萩であれば、居場所を突きとめられるはずだった。

精悍《せいかん》な表情と腰つきだけで、相当の使い手と知れた。以前、闇討ちをしかけてきた手練《てだ》れは左京亮だったわけか。この侍は覚悟を決めている。斬らねば、生きられまい。

侍は右京亮に数歩近づくと、頭を下げた。

「高橋家臣、林左京亮にござる。臼杵右京亮殿。娘をあきらめてはくださらぬか」

右京亮は笑みを作ろうとしたが、左京亮の静かな気迫に気圧《けお》されて、できなかった。

妙との恋を成就するために、左京亮を斬らねばならぬのか。本来なら義父となるべき初対面の侍に対し、すまない気持ちで一杯になった。右京亮は深々と頭を下げる。

「お見逃しくだされ。妙殿は、それがしが必ず幸せにしてみせまする」

左京亮は腰の刀に手をやると、さびしげなほほえみを浮かべた。

「お聞き届けなしとあらば、不本意なれど貴殿を斬り、身どもも腹を切るまで」

妙が慕ってやまぬ父を、己が手で斬りたくはなかった。だが、相手を生還させてやるほどの技量の差などありそうにない。わずかでも手を抜けば、ただちに命を落とすだろう。

「今日を最後に、妙殿には決して悲しい思いをさせませぬ。されば義父上《ちちうえ》。われらが恋の成就のため、安心して成仏召されませ」

「若い命を散らせるは惜しいが、ぜひもなし」

がくんと振動がし、紅毛船はゆっくり動き始めた。

†

妙は金切り声のような甲高《かんだか》い剣戟《けんげき》の音で目を覚ました。

右京亮はいない。

半身を起こした。体には熱病にかかったようなだるさが残っているが、何とか手足は動く。

体を引きずるようにして、船の一室から出た。

妙は眼を疑った。

想い人と育ての父が火花を散らして刀を交えていた。

双方、手かげんせず、たがいの命を真剣に狙っている。

「おやめ、なさいませ」

声に力が込められない。

「妙さま！」駆け寄ってきた萩が、よろめく体を抱き止めた。

――止めねば、ならない。

「離せ、萩」

数回、離合した後、踏み込んだ右京亮に対し、左京亮が身を引いた。

船端《ふなばた》に追い詰められている。右京亮が気合一閃《いっせん》、切っ先を突き出したとき――

左京亮が不意に動きを止めた。その胸を右京亮の刀が貫く。

耳もとで萩の悲鳴が聞こえた。

「娘を、お頼み申す」

左京亮は血を吐きながら、妙を探していた。

眼が合うと、左京亮は妙にむかってほほえんだ。

めったに見せない、最後の笑顔だった。娘の愛した男を左京亮が殺せるはずもなかった。

最初から妙の恋のために、己が死をもって高橋、吉岡両家に償う覚悟だったに違いない。

左京亮は軽くうなずき、満足そうに天を仰ぐと、そのままのけぞるように海へ落ちていった——。

荒い波濤《はとう》のまにまに、左京亮の姿が消えてゆく。

妙の眼から、遅れて涙があふれ出てきた。

とつぜん一斉射撃の銃声がした。とっさに身をすくませる。

岸辺を見やると、何人もの狙撃兵の姿があった。武装した兵が数十人はいるようだ。そのなかに眼のくぼんだ痩《や》せぎすの男が見えた。銃口は妙には向けられていない。

銃口の先をあわてて見た。悲鳴も上げられなかった。

胸と足にいくつもの銃弾を受けた右京亮が血煙をあげて、舞うように甲板に倒れる姿が見えた。

妙は萩を振りきると、満足に動かない体を右京亮のもとへ運んだ。

必死で右京亮をかき抱いて、想い人を守る盾となった。

銃声を聞きつけたアントンが現れた。右京亮のけがを見ると、片言の日本語で話し始めた。

デウス堂に来ている修道士アルメイダの処置を受けなければ、右京亮は死ぬとの意味だとわかった。

　妙が兵らのいる沖ノ浜を指さすと、アントンは小さくうなずいた。

　泣きながら、右京亮を強く抱きしめる。

　想い人の震える手が伸び、そっと頰を包むと、妙の眼にあふれてきた透明の粒をぬぐってくれた。

「……妙殿、おゆるしくだされ」

　右京亮の眼からあふれ出た涙を、唇でぬぐった。

「この恋は、どうしても現世では叶《かな》わぬのです。来世では必ず夫婦《めおと》となりましょう」

　妙の涙声に、右京亮は口のはたから血を流しながらほほえみ、力なくうなずいた。

　紅毛船は航路を変え、沖ノ浜へ戻り始めた。

第七章　恋を奏で、愛を唄わん

十五　針の筵《むしろ》

妙は春先に摘むよもぎの新芽の鮮烈な香りが大好きだ。

これほど爽やかに日々を生きられたなら、きっと幸せに違いない。

「妙さま！　また、山んばめにしてやられましたぞ！」

萩があたふたと部屋に駆け込んでくると、妙は嗅《か》いでいたよもぎの新芽を、窓ぎわのざるへ戻してから、萩に対した。

今日の鶴崎城二ノ丸には、おだやかな風がそよいでいる。夕風に当てていれば、よもぎもすっかり乾くだろう。

「山んばではない、法歓院《ほうかんいん》さまじゃ。仮にも、わが夫のご生母ぞ」

実際に鶴崎で暮らして身に染みてわかった事情だが、吉岡家の実力者は亡き先代鑑興《あきおき》の室、法歓院である。先々代の吉岡宗歓は政務に秀でた大友家の宿老だったが、その嫡子鑑興は幼少から病弱だった。鑑興を支えるべき吉岡家の親族も戦死していたため、老齢の宗歓の生前から、法歓院が本領の政務を取りしきってきた。

鶴崎で絶対の力を誇る法歓院は、萩がうまくあだ名をつけたように、妙にとっては山んばのような姑だった。息子の覚之進《かくのしん》と同様、ずいぶん肥えた妖怪だが。

法歓院は最初から妙を嫌っていたらしい。覚之進と妙の婚礼の儀にも、仮病を使って顔さえ見せなかった。

かくて妙が吉岡家へ輿《こし》入れし、まもなく覚之進が府内へ去ったその日から、鶴崎における妙と法歓院の戦いは始まった。侍女から端女《はしため》まで、城に住まう女という女に法歓院の息がかかっているから、正確に言うなら、妙と萩は、鶴崎城の女たち全員を敵に回していた。

妙は吉岡家に歓迎されていなかった。法歓院はあちこちで「妙が吉岡を滅ぼす」と公言して回っている。

「あの底意地の悪い婆さまの腹から、あのようにおやさしい男子がお生まれになるとは、天もいたずらが過ぎまする」

当主の覚之進鎮興《しげおき》は主だった家臣たちとともに府内にあり、若き主君大友義統を補佐していた。妙も府内の吉岡屋敷に滞在していいはずだが、田原紹忍ら体制派とキリシタン勢力との対立は、ますます先鋭化していた。事態を憂慮した覚之進が、国都警固のため府内に吉岡兵を駐留させるほどで、妙は当面、鶴崎にいるほかなかった。九州の過半を制した大友家に近年、大きな外征はないが、国内が大きく乱れて、今や政争の中心は府内と丹生島であった。

「今日の説教はいつもより短かったが、何やら忙《せわ》しない様子であった」

法歓院は三日にあげず、本丸の自室へ妙を呼びつけて説教する。

平地に築かれた鶴崎城は城塞というより、吉岡家の居館であったから、主家に連なる者は本丸に住んでいる。だが、妙は当主の正室でありながら、手狭だという理由で、二ノ丸の台所近く、すきま風が入る部屋を仮にあてがわれていた。

法歓院は妙を本丸に呼びつけておきながら、すぐには会わない。最近は暖かくなってきたが、真冬も暖の取れない寒い小部屋で、わざと半刻《はんとき》（約一時間）近くも妙を待たせる。やっと部屋へ通されると、

——妙どのの部屋から聞こえてくるばか笑いがうるさくてかなわぬと、二ノ丸の下女たちが言うておりますぞ。

——大吉岡家の嫁はどっしりとかまえ、城内はいま少し、ゆっくりと歩きなされ。

などと、日常の些事《さじ》をねちねちとあげつらう。あるいは、

——妙どのの母御が耶蘇教《やそきょう》に毒されておったという話は、まことなのですか？

などと、根も葉もないでっち上げが本当かどうかを、真顔で尋ねてくる。

——今日という今日は、きちんと言うておかねばなりませぬ。

お決まりの文句から始まる小言は、優に百回を超えるため息をともなって、一刻（約二時

間）余り続くのだが、ほとんどがくり返しだった。

法歓院は決して妙に挨拶をしないが、妙がしないと怒る。挨拶をしても、もちろん返さない。侍女たちに対してもていねいに挨拶するよう求め、怠れば必ず文句を言ってくる。いざ妙が挨拶をすると、侍女たちは顔を見合わせ口元に袖《そで》を当てて嗤《わら》うだけで、返しもしないのだが。

法歓院は、頭の冴えている朝まだ早いうちに、松葉という侍女を筆頭とする腹心たちと寄合を開いて、次は何をして妙をいじめるか、知恵を出し合って決め、その日の算段を念入りに打ち合わせるらしい。

「今日は揚げ足を取られるようなことは特になかったはず。今度は何があった？」

萩はうんざりした顔で妙に告げた。

「宗歓公の法要が、明日、東巌寺で行われるそうです」

「式部大輔《しきぶのたいふ》は、夏だと言うておったではないか！」

妙は覚えず唇を噛《か》んだ。また、やられた……。

「あのメザシめ、さっき会いましたら、明日だと空とぼけて知らせてきました」

老臣の徳丸《とくまる》式部大輔は、肩書きこそ留守居役だが、まさに小役人をやるためだけに生まれてきたような小心者で、長らく法歓院の腰巾着《こしぎんちゃく》をやっていた。細長い顔は念入りに日干ししたメザシのように痩《や》せ枯れているのだが、山んばの手先となって動くこのメザシに、妙はに置かれていた。

何度も煮え湯を飲まされてきた。重臣の吉岡家ともなると、法事はもちろん祭りから祓《はら》いにいたるまで、年中行事がひっきりなしにあるのだが、法歓院の指図で、妙は完全に蚊帳《かや》の外に置かれていた。

式部大輔はわざと予定を知らせず、あるいは間違った日時を教える。そのため、妙は儀式への欠席や遅刻を、法歓院に何度もとがめられてきた。つい先日行われた先代鑑輿の法要には結局、出席できなかった。法歓院は対外的にも「妙が吉岡家の正室として失格である」との烙印を押したがっていた。

妙と萩も正しい情報をつかむよう努めてはきたが、法事が立て続けに行われるとは思わず、今回は油断していた。法歓院側も妙に気づかれないよう、前回の法事にまぎれさせて、東巌寺でこっそり準備を進めてきたのだろう。

メザシに文句を言ったところで意味はない。開き直って「ちゃんと正しい日時をお伝えしましたぞ」と嘘をつき、水かけ論になる。法歓院は式部大輔をかばい、前回と同様、「新参者の継室の分際で、四十年も吉岡家を支えてくれた忠臣を陥《おとしい》れるつもりか」と妙をなじり、小言が長引くだけだ。

「この前の泥棒は、松葉の意を受けた侍女のしわざであろうが、明日の法事に私が出られぬようにするためであったわけか……」

妙は鶴崎に何枚かの着物を持参したが、法歓院は吉岡家が窮乏していると言い張って、新しい衣服を買ってくれなかった。吉岡家の財布の紐は法歓院が一手に握っている。奢侈《しゃし》はいっさい許さないとの名目で、妙にはそまつな食事以外、何も与えられなかった。つげ櫛《くし》ひとつ求めるにも、いちいち法歓院の許しを得なければならない。

そんなおり、妙と萩が昼前によもぎ摘みから部屋に戻ると、妙の着物を入れていた長持がそっくりそのまま失《な》くなっていたのである。そのため、白絹の喪服がなかった。

先代の法要に出そびれた妙にむかって、法歓院は「次にかように不埒《ふらち》な真似《まね》をすれば、吉岡家から必ず出て行ってもらいますぞ」と叱責《しっせき》したものだ。その法要には覚之進から、公務で遅れるため、正室の妙がかわりを務めるよう手紙が来ていたらしいが、それも握りつぶされて、妙には伝えられていなかった。

今、身に着けている鮮やかな赤い牡丹《ぼたん》の花柄の着物で法事に出席したのでは、ひんしゅくを買うだろう。大柄な萩の着物では、童女が大人の真似をしているようにぶかっこうだ。明日までに仕立てなおす時間もなかった。

「鶴崎の商人たちには、もちろん山んばが手を回しておりますよ」

「さりとて、府内に行って戻る時間はない」

妙は今、鶴崎という籠《かご》のなかの鳥だった。危ない、はしたないという理由で、妙は馬も借りられなかった。

「法事まで利用して嫁をいじめるとは、何と心ない真似をするのでしょう」

「私を追い出すことこそが、供養になるとお考えなのであろう」

法歓院はおそらく妙の過去を知っている。だから、名門吉岡家の正室にはふさわしくないと確信しているのだ。

「よい機会です。明日お殿さまが戻られたとき、山んばの仕打ちについて、洗いざらい申しあげましょう」

法歓院はたまに戻ってくる覚之進の前では、研いだ爪を隠し、正室として妙を尊重するそぶりを見せる。愛息には人が変わったように賢母としてふるまうから、妙が直接訴えないかぎり、覚之進は嫁姑の間柄について知りえないはずだった。

「わかっておる。どこまでお伝えするかはともかく、私たちを府内へお連れいただこう。それで、万事解決する」

「明日は仮病になさいますか？　牡丹柄の着物で参列などしたら、それこそ山んばの思うつぼ。弱りました」

さりとて妙の欠席こそが、法歓院の狙いだ。さて、どうしたものか——。

妙は白竹の篠笛を取り出すと、口に当てた。

眼《め》をつむり、故郷の野山や亡き父を想いながら、一曲を奏で終えた。

「受けて立とう。萩、太宰府から持ってきた墨は残っておったな？」

「まだ、ございますが、いったい何を……」

「異国では、祝い事でも法事でも黒を着るという。宗歓公の法要ともなれば、明日は南蛮人も来るはず。私は明日、真っ黒な喪服で出る。吉岡家の正室に南蛮商人が献上してきたとでも言えばよい。もちろん覚之進さまには真《まこと》を申しあげる。それで、この愚かな嫁姑の諍《いさか》いにもけりがつく」

黒い喪服での参列は、法歓院に対する強い抗議にもなるはずだ。

「なんと、奇抜な……」

「今日の風具合なら、間に合うはず。たらいに水を汲《く》んで参れ」

あわてて立ちあがった萩がほほえみかけてきた。

「萩は腹が立ってたまりませぬが、妙さまは何か楽しそうですね」

「楽しまねばやっていられまい。それに明日は、覚之進さまにお会いできる」

法歓院がくり出してくる理不尽な仕打ちも、覚之進の笑顔を見れば忘れられる気がした。

†

コン――コンと、間延びした音が聞こえてくる。

妙が眼を覚ますと、隣に覚之進の姿はなかった。

そういえば、昨夜は上機嫌の覚之進に酒を飲まされた後、ほとんど記憶が残っていない。

昨日の法事に、妙は牡丹柄の着物を墨汁で黒に染め、何食わぬ顔で出席した。

たくさん墨を磨《す》って墨汁を作り、煮立てる。あく抜きに使う別府《べっぷ》のミョウバンを入れて着物を煮込んだ。水洗いして、さらにもう一度煮込むと、黒い喪服ができあがった。わが道を行く妙の「奇行」ととらえたのか、覚之進は「よう似合《にお》うておるぞ」と笑っただけだ。南蛮かぶれした他家の家臣も何人か黒い喪服で列席した事情もあって、問題とはされなかった。

無事に法事が終わり、城へ戻ると、覚之進は家臣たちにむかって宣言した。

——祖父《じい》様は酒を飲んで陽気に騒ぐのがお好きであった。しんみりとしおたれておっては、供養にならぬ。されば、ひさしぶりに飲むぞ！

府内では夜間の市中警固のために一滴も飲んでいないとぼやきながら、覚之進は勢いよく酒をあおり始めた。

妙も勧められて飲んだが、弱い。すぐに眠くなり、真っ青になった覚之進が褥《しとね》まで運んできてくれた気がする。

また、のどかな槌音《つちおと》がした。庭からだ。

覚之進が府内のみやげに買ってきてくれた、麒麟《きりん》柄の打掛けを羽織って縁側に出た。

山のように大きな背中がすぐに眼に入った。

「おはようございます、覚之進さま。朝から何をしておいでなのですか？」

山がのっさり動いて、こっちを向いた。

大きな手には、小さな木箱と槌を持っている。

「おお、妙も、ウグイスの声で眼が覚めたか。初鳴きじゃろうが、まだ肌寒い。寝床をこしらえてやらねばと思うてな。気に入って住んでくれれば、にぎやかになろうゆえ」

「でも、覚之進さまは、すぐに府内へ戻られるではありませんか」

「むろんわしは聞けまいが、妙も、母上も、この城の皆も、楽しめるじゃろう？」

覚之進が木箱に一本の釘《くぎ》を置き、狙いを定めて槌を振り上げたとき、妙はふと覚之進とのやり取りを思い出した。

鶴崎は海に近い開けた町で、まわりが緑ばかりの都甲荘や太宰府とはまるで違う。この正月に鶴崎の住み心地を尋ねられて、「あまり鳥の声が聞こえませんね」と深く考えずにした答えを、覚之進は覚えていたのだろう。

「昨夜はすまなんだ、妙。具合はどうじゃな？　ちと飲ませすぎたかのう」

少しの酒で妙は眠くなる体質だから、飲みすぎたわけではない。

妙にむかって心配そうな顔をしたまま、覚之進が槌を振り下ろすと、何やら鈍い音がした。

視線を手元に落とした覚之進が、ゆっくりと首をかしげる。

「ん？　ちと間違えて、打ってしもうたか……」

「覚之進さま！」

太い親指をしげしげと眺めている覚之進のもとへ駆け寄る。

「……大事、あるまい」

「何をおっしゃいます！　もう腫れ始めているではありませんか。萩、水を！」

ふたりの話し声に起き出してきていた萩が、井戸へすっ飛んでいく。萩が汲んできたたらいの水に大きな手を浸けた。

「とにかく、まずは冷やしませんと。萩、代えの水と包帯を持ってまいれ」

相当強く打ったらしく、親指は腫れ上がり、紫色になっている。普通なら顔をしかめてうなっているはずだが、覚之進はあまり痛みを感じないのか、うれしそうに妙を見ているだけである。

「せっかく輿入れしてくれたというに、まことにあいすまぬ。府内は今、猛烈な嵐のなかにあるのじゃ。それも、ひどくなる一方でな。ささいなきっかけひとつで、いつでも内戦となる。がんばって抑えてはおるがのう」

萩が持ってきたたらいの水に替えて、太い指をまた冷やす。

「されど今日は、鶴崎で過ごされるのでございましょう?」

「むろん、そのつもりじゃ。一日ずっと妙といっしょにおるぞ」

覚之進は満面の笑みだったが、ゆっくりと顔色を変えると、自分の指を見た。

「ちと、痛《いと》うなって参ったやも知れんな……」

妙は覚之進の指を手ぬぐいでふくと、こう薬を塗ってから、包帯で強めにしばった。

「できるだけ、動かさぬようになされませ」

「妙はいつも頼もしいのう。早《はよ》う隠居して、妙とふたり、のんびり暮らしたいものじゃ」

「私はまだ十八でございますよ」

覚之進のかわりに、妙が最後の一本の釘を打って、巣箱が完成した。覚之進は満足そうな顔で梅の木の幹に、しっかりと細縄でしばりつけた。

「皆、好きに使《つこ》うてくれい」

うぐいすはとうに飛び去った後だが、覚之進は明け空を見あげている。

「覚之進さま。朝餉《あさげ》の前に、乙津川《おとづがわ》の川べりを歩きませぬか」

もともと覚之進は肥満体だが、近ごろは府内で奉行の仕事に忙殺されて、あまり動いていないらしく、さらに肥えたようだった。吉岡家当主は二代続けて心ノ臓の病で亡くなっている。長生きをしてもらうには、少し痩せたほうがよい。

妙が覚之進と連れだって本丸を出ると、昨夜宴会が行われた三ノ丸から、大きないびきが聞こえてきた。家臣たちは朝まで飲み明かして、そのまま眠りこけているらしい。

「昨日はひさびさに道察と飲み比べをした。とても今の府内ではできんからのう」

今回は、中島玄佐が府内の留守を預かっている。

「道察どのは相当お酒に強そうですね」

「いや、やはり齢《とし》じゃな。めっきり弱くなった」

「飲み比べはどちらが勝ったのですか？」

「わしが負けてやった。武勇も酒も吉岡一というのが、道察の長年のじまんじゃからな。負けたら、隠居するなぞと言い出しかねん。わしは、もう少し飲みたかったんじゃが」

「勝ったほうが酔いつぶれているとは、世話の焼ける老臣ですこと」

城外へ出た。ふたり並んで鶴崎を歩く。

名君が治めていた鶴崎はいたって平穏である。昨夜は町をあげての祭りがあったようなものだから、早朝、人の姿は少なかった。

やがて乙津川へ出た。戸次川《へつぎがわ》よりは小さいが、それでも河口近くになると、優に百間《けん》（約百八十メートル）以上の川幅がある。

「幼いころは、ようここで遊んだものじゃ」

ふたりが立っているのは、寺司浜《てらじはま》と呼ばれる場所である。

「サワガニはまだ眠っておるかのう……」

覚之進は中腰になり、浅瀬の石をひっくり返してはのぞき込んでいる。

妙も手伝って石をひっくり返してゆく。

水は冷たいが、すでに陽は昇り、おだやかな日差しがふたりを照らしていた。

ゆっくりと下る川舟の水主《かこ》が覚之進に気づいて、「お殿様ぁ！」と手を振っている。覚之進は顔を上げると、「息災にしとるか？」と巨体をぜんぶ使いながら手をふり返した。

このののどかな川べりまでは府内の喧噪も届かない。大友家が築いた長きにわたる平和のおかげで、乙津川も鶴崎も、戦《いくさ》を知らないまま過ごしてきた。

だが、妙の師、角隈石宗によれば、平和はいずれ必ず崩れ去る。

この川べりも、いつか誰かが、赤く染めるのだろうか。

「わしは馬に乗るのが苦手でのう。この寺司浜で初めて乗れるようになった。妙は太宰府で馬を乗り回しておったと聞いたが、どれだけ鍛錬したんじゃな？」

「特に鍛錬をした覚えはありません。いつのまにか乗れるようになっておりました」

覚之進は眼を丸くして、妙を見た。

「薙刀《なぎなた》の腕も相当じゃと聞いたが？」

「吉岡の家中で、私と互角に戦えるお人は、道察どのくらいかと」

川風に吹かれながら、しばらく馬と薙刀談義が続いた。

海にむかって、川べりを並んで歩いてゆく。

「府内が落ち着いたら、誰ぞにまかせて、妙とこうして毎日、鶴崎を歩きたいのう」

覚之進はすでに息を切らしているが、歩くのは嫌いでないらしい。

三佐《みさ》の港に着いた。沖合に一艘の異国船が見える。

「おお、アントンの船じゃな」

妙にとってはつらい思い出のある船だが、いつぞやの孔雀《くじやく》事件以来、覚之進と親しくなったアントンは、鶴崎でも商売を始めたらしい。府内の政情不安に嫌気が差して、安全な鶴崎の三佐港を使う商人たちが増えていた。

今ここでなら、誰にも聞かれない。

妙は、法歓院の仕打ちについて切り出す機会をうかがっていた。口の先まで出かかったが、話せばせっかくの景色も、おだやかな時の流れも汚されそうな気がした。覚之進は今晩も鶴崎にいるのだ。ひとまず先送りしようと決めた。

「妙、野坂《やさか》神社にお参りしたいのじゃが、ついて来てくれるか？」

「もちろんお供いたします」

鶴崎城の北、海にほど近い野坂神社は、信心深い覚之進が鶴崎に戻るたび、必ず参詣する神社だった。なんでも五十年あまり前、漁師が海のなかで光り輝く石を見つけ、熊野権現《くまのごんげん》を勧請して、ご神体として祀《まつ》り始めたそうで、今では大きなお社となっている。

「今からは想像もつかんが、わしは幼いころ体が小そうて、すぐ病になった。薬師《くすし》からはもう助からんと言われてな。母上は毎朝、日の出前に、野坂神社にお百度参りをしてくださった。母上は願をかけて、その間、誰ともひと言も口をきかんと誓われ、貫かれた。何を言うても母上が口をきかぬゆえ、祖父さまと父上はひどく驚かれたそうな。おかげで死ぬはずだったわしは、こんなに大きゅう育ってしもうて、風邪ひとつ引かぬ体になった」

「でも今は、心ノ臓がお悪いのではありませんか？」

覚之進には、ときおりおかしな息づかいをして胸を押さえるくせがあり、薬師からも安静を勧められていた。にもかかわらず、昨夜の家臣たちの話では、覚之進は寝る間も惜しんで、府内の治安維持に心を砕いているという。父鑑興の法要にも遅れて参列し、その日のうちに府内へとんぼ返りしたくらいだった。

「たしかに府内では心労が絶えぬな。されど、よき室を得たおかげで鶴崎は安泰じゃ。何も心配はない」

覚之進は懐《ふところ》から深緑の巾着袋を取り出して結び目をほどくと、逆さにして中身をそのまま賽銭箱《さいせんばこ》へぶちまけた。ガチャリと小気味よい音がしたから、相当な金額が入ったはずだ。吉岡家は大友家中でも一、二を争う裕福な重臣である。

ゆったりとした動作で柏手《かしわで》を済ませてから、覚之進はいよいよ祈願に入った。

妙がお参りを済ませても、覚之進はまだ何やら口をもごもごさせて、熱心に祈りを捧げ続けている。

ようやく長い祈りが終わると、覚之進はひと息ついて顔をあげた。

「すまん。わしのお参りはいつも長《なご》うなるでな」

「そんなにたくさん、何をお祈りされているのですか？」

「何しろ願い事はたくさんある。わしの祈願は神様もちゃんとお聞き届けくださると、鶴崎でも評判でな、皆から頼まれるのじゃ。三年ほど前から玄佐の内儀のかげんが優れぬし、道察の腰痛もなかなか治らん。式部大輔は近ごろ体の節ぶしが痛うなって……」

どうやら覚之進は家臣とその家族にいたるまで、病気の平癒《へいゆ》をいちいち祈願しているらしい。何と人の好いお殿様だろう。

妙がきょとんとした顔をしていたのだろう、覚之進はあわててつけ加えた。

「ああ、もちろん身内の幸せも願《ねご》うておるぞ。まず妙には、この鶴崎で幸せに暮らしてほしい。母上も近ごろ、血の道のあんばいが悪うなられたようじゃが、長生きしていただきたい。甚吉も健やかに育ってほしい。とにかく皆の幸せを一つひとつ神様にお願いしておると、ずいぶん時がかかるのじゃ」

神様もそんなにたくさん頼まれたのではかなうまい。賽銭を奮発した理由が腑《ふ》に落ちた。

「覚之進さまご自身については？」

「むろん願い出ておるぞ。もし府内で乱が起これば、何千もの死者が出る。されば、わしに争いごとを止める力をくださるよう、神様にお願いしておるのじゃ」

「覚之進さま。お勤めも大事ですが、御身もご自愛くださいまし」

「昨夜はたくさん飲んだが、府内では忙しゅうて――」

「毎日よう体を動かされませ。腰痛には散歩がよいとか。道察どのと大分川など歩かれたらいかがでしょう？」

「わかった。妙の言うことなら、何でも聞くぞ」

「まことですか？　では、私と萩を府内へお連れくださいまし」

孝行息子にむかって法歓院の悪行を並べ立てたところで、善良な夫が傷つくだけだ。とにかく鶴崎から離れれば、ひどい扱いは受けない。

「……すまぬ。それだけは、まだできぬのじゃ」

「何でも望みを聞くと、たった今おっしゃったばかりではありませぬか」

妙が口をとがらせると、覚之進は太い眉《まゆ》を寄せて、ひどく困った顔をした。

「すでに吉岡の兵を入れておるが、遠からず府内で騒擾《そうじよう》が起こる。紹忍殿も、奥方を本領の国東へ帰された。危ない場所へ大切な室を連れて行くわけにはいかぬのじゃ」

いつもと同じ覚之進のゆったりした口調が、このときはいらだたしかった。

これからもずっと、法歓院の憎らしい仕打ちを受け続けるのか。心が病になりそうだった。

「私は角隈石宗《つのくませきそう》の弟子です。府内でもきっとお役に立てます」

妙も萩も薙刀の使い手だ。勇将の少ない吉岡家では、むしろ重宝されるはずだった。

「妻にまで、苦労をかけられぬわい」

「とにかくお連れくださいませ。府内はよう知っておりますゆえ」

「今の府内は危ない。他国の間諜《かんちよう》も入って煽動《せんどう》しておる。ひとたび事が起これば、奉行として心を鬼にせねばならぬ。身内とて守れるかどうかはわからぬのじゃ」

押し問答をくり返したが、覚之進は意外に強情で、折れようとしなかった。

「そうじゃ。わしの宝物をもらってくれい。これをわしと思うてくれぬか？」

大きな手で差し出された深緑のラシャの巾着袋には、小太りの麒麟が金糸で刺繍《ししゆう》されている。賽銭箱に中身を全部入れたため、今は空《から》っぽだが、覚之進がいつも身につけているものだ。

(かようなものを、いただいても……)

妙は覚之進と恋をして結ばれたわけではない。共にいたいというより、法歓院がいる場所から逃れたいだけだ。覚之進の勘違いが腹立たしかった。

ひったくるように巾着袋を手にしながら、妙は礼も言わずに眼をそらした。

「誰ぞ力のある奉行が騒擾を収められぬかぎり、いつまでも府内に入れないではありませぬか」

覚之進は大きな体をたたむようにして、妙に頭を下げた。

「すまん。わしの力不足をゆるしてくれい。これればかりは何ともならんのじゃ」

右京亮は命がけで拉致してまで、妙を自分の物にしようとしてくれた。覚之進は一度手に入れてしまえば、籠のなかの鳥にしておくつもりなのだ。

「お気持ちがよくわかりました。もう、けっこうです」

妙はきびすを返して、すたすたと歩き始めた。

歩幅は小さくとも、身軽な妙のほうが歩みは速い。

後ろから妙を呼ぶ声が何度も聞こえたが、ふりむきもせずに歩き続けた。

親孝行な息子なのだろうが、妻の苦境も知らず、家のなかも治められないで、国都の争乱など鎮められるものか。

置き去りにされて、いい気味だと思いながら、妙はそのまま鶴崎城の門をくぐった。

†

「妙さま。いつまでつむじを曲げておられまする？」

「私も知らぬ」

妙は自室で大の字に寝転がって、天井を見あげていた。

覚之進に強く望まれて、吉岡家に輿入れしたのだ。その妙が、なぜかくも理不尽な目に遭わねばならないのか。

「お殿さまとの面会を拒むなど、他家では決して許されませぬぞ」

「ならば、離縁すればよい。法名はもう決めてある。林左京亮の娘ゆえ、妙林尼じゃ」

「その若さで落飾《らくしょく》など、早すぎます」

「針の筵《むしろ》で暮らしておるより、尼寺のほうがずっとましだとは思わぬか」

「覚之進さまには結局、山んばの仕打ちを申しあげなかったのですか？」

「言いそびれているうちに、喧嘩してしもうた」

「では、せっかく用意しましたのに、草だんごも作らないのですか？」

妙は覚之進を喜ばせたいと思い、萩と相談していた。次に覚之進が鶴崎へ来たときには、作りたての草だんごをご馳走しようと、よもぎを摘み、乾かしていた。妙は料理がからきしだめだが、萩は名人だ。すでに何度か試して、材料もそろえてあった。

「山んばのせいでひもじい思いをしておるゆえ、草だんごはわれらで食べるとしよう」

妙は何もかもバカバカしくなって、寝転がったまま萩に背を向けた。

「府内へ行けずとも、ともかく山んばたちの悪行をお殿さまにお伝えいたしましょう。さもなくば、いつまでもやられっぱなしではありませぬか」

「さような真似をしたところで、何も解決すまい。覚之進さまがお困りになるだけじゃ」

「では、このまま泣き寝入りなさると？」

妙が答えないでいると、萩がやさしい声で問うてきた。

「私からお殿さまに申しあげましょうか？」

「……萩には、私の正直な気持ちを言おう」

妙はにじみ出てくる悔し涙に、声を詰まらせた。

「本当を言えば、自信がないのじゃ。母を取るか、妻を取るか迫られたとき、親孝行者の覚之進さまは何となさる？　山んばとは、生まれたときからの長いつき合いじゃ。分が悪すぎる。山んばは必ず勝てると見込んで、徹底的に私を追い詰めようとしておる」

覚之進とは恋をしないまま夫婦《めおと》になった。覚之進の愛情に、妙はまだ応えてもいない。情けなかった。これなら、右京亮と欠落《かけおち》したほうが正解だったのではないか。

——お方様は、おらるるかな？

だしぬけに野太いだみ声がした。

妙があわてて涙を拭《ぬぐ》いながら半身を起こすと、巨漢の老将が勝手に部屋へ入ってきた。

「道察さま。お方さまのお部屋に許しも得ず――」

「わしと妙様の仲じゃ。萩殿も、固いことを言われるな」

ずんと現れた巨漢が、妙にむかって両手をついた。

「今朝がた、府内の玄佐から急使が参りましてな。デウス堂にキリシタンが集結し始めておるとか。事が起こってからでは遅い。われらはただちに戻らねばなりませぬ」

「戻って、何かおできになるのですか？」

妙は言葉に少し棘を込めた。

「わが殿はキリシタンに不思議な人気がございましてな。他の将には収められますまいが、殿の姿を見ると、皆、諍いが阿呆《あほ》らしくなるようでござる。常日ごろ、信ずる神に関わりなく、わけへだてなしに公正な裁きをされているからでしょうな。覚之進様のご人徳じゃ」

道察は府内でいかに覚之進が必要とされる重要な人物か、ひとしきり力説していた。

「それで、私に何用なのですか。早う府内へお戻りになればよろしいでしょう」

「困った話じゃが、わが殿が妙様に気兼ねして、明日の朝にできぬかと、めずらしく駄々をこねておられましてな」

「わかりませんね。なぜさような真似を？」

道察は愚問に答えるように失笑した。

「わが殿が妙様に首ったけだからじゃ。殿はまるで子供のように、次に鶴崎で妙様と会える日まであと幾日か、指折り数えておられまする。府内でも暇さえあれば、妙、妙、妙、妙と耳にタコができるほど、われらは聞かされてござる」

「……さようなのですか？」

「殿は毎日のように妙様に文を書いておわす。お読みになって飽き飽きしておられようが」

手紙など届いていなかった。なるほど、法歓院かメザシが握りつぶしているわけか。

危うく敵の策略に引っかかるところだった。

覚之進の愛を疑った妙が愚かだった。

本当は、覚之進は妙に会いたくてたまらないのだ。誰よりも覚之進こそが府内へ妙をともない、ともに住みたいと渇望しているのだ。だが、妙の身を案じるがゆえに、自分の想いを律し、妙の求めにも決して応じようとはしなかったのだ。

帰るなり無造作に部屋の隅へ打ち捨てていた巾着袋に眼が行った。小太りの麒麟が覚之進と同じようなたれ目で、妙を見ている。

妙は巾着袋を手にして、麒麟を見つめた。

「実は今しがた、玄佐から重ねてお戻りあるよう使者が参りました。殿もようやくあきらめて、まもなく鶴崎をお出になさいまする。されば妙様。何があったかは知りませぬが、殿をゆるしてやってはもらえませぬかな？」

家臣一同、ひどく落ち込んだ様子の覚之進が、かわいそうでたまらないらしい。

野坂神社で、妙は明らかに言いすぎた。感情にまかせて皮肉まで口にした。

にもかかわらず、覚之進は怒るどころか、大きな体を畳むようにして妙に頭を下げた。

何と器の大きな男だろう。

「わかりました。せめてお茶を一服差しあげとう存じます。これからただちにお見送りの支度をいたしますゆえ、ご出立はその後になさるよう、お伝えくださいまし」

道察が承知して去ると、妙はよもぎのざるを手に、萩に命じた。

「覚之進さまには、まことに申しわけない真似をした。埋め合わせに草だんごを作る。萩、大急ぎじゃ！」

†

「いったい、これは……」

覚之進をともなって本丸から二ノ丸の茶室へ戻ってきた妙は、自分の眼を疑った。遅れて戻った萩も息をのんでいる。

萩と作った草だんごは全部、庭の砂のうえにぶちまけられていた。

妙はあわてて庭へ降りた。草だんごは誰かによって踏みつけられてさえいた。

（山んばは、ここまでやるのか……）

悔し涙が出そうになるのをこらえた。

妙が本丸へ覚之進を呼びに行き、萩が茶の用意をするために台所へむかった数瞬の隙《すき》を、法歓院側に衝《つ》かれたのだ。妙と萩の動きは常に見張られている。

「おお。わしのために、手ずからだんごを作ってくれたんじゃな」

「そのつもりでしたが、犬か猫に荒らされてしまいました」

「わしにも気持ちがわかるぞ。妙のだんごなら、犬も猫も食べたかろうて」

庭へ降りた覚之進は、太い指を足もとに伸ばすと、草だんごを一つ拾い上げた。踏みつけられて、形が崩れている。覚之進は太い二本の指でだんごについた砂を少し払うと、すぐさま大きな口のなかへ放り込んだ。

「覚之進さま！」

「わしは子供のころから食いしん坊でな。いつも泥まみれになって、食っておったからのう。大好物はどんな形をしておっても、うまいわい……ん？」

「やはり甘さが足りぬでしょうか……。甘いものを摂《と》りすぎるとお体に悪いと思い、ほんのりと甘い草だんごを作れぬものかと、萩といろいろ試しておったのです」

「お殿さま、お待ちくださいませ。すぐに井戸水で洗いまする」

あわてて戻った萩が、井戸水で洗い、形を整えて覚之進に献上してゆく。

「殿、そろそろお発《た》ちになりませぬと」

道察の促しに、覚之進は口をもごもごさせながら、うなずいた。

「うむ、食べるほどにおいしさがわかってきた。よもぎの風味がよい。せっかく妙がわしのために作ってくれただんごじゃ。府内へのみやげに持ち帰らせてもらおう」

覚之進はえびす様のような満面の笑みを浮かべている。うれしくてたまらないらしい。

洗っただんごを萩が竹皮の包みに並べてゆく。

「妙よ。だんごの礼を何かできぬかな？」

「では、私と萩のために馬を一頭ずつ、ちょうだいしとう存じます。覚之進さまのお好きな寺司浜まで、すぐに行けますから」

「わかった。式部大輔に申しつけておこう」

覚之進がじきじきに妙にくれた馬なら、もう誰も乗馬を禁ずることはできないはずだ。

†

覚之進と主だった家臣たちが急ぎ去ると、城内は火の消えたように静まり返った。吉岡家をあげて府内の警固にあたっているためだ。

「行って、しまわれたな……」

「道察さまに、次の法事は夏までないと確かめましたゆえ、同じ轍《てつ》は踏みますまい」

妙はまだ草だんごの転がっている庭を見た。

「何しろあわてて作りましたから、今日は味見ができませんでしたね。洗ったものをひとつ、お食べになりますか？」

何回かやって作り慣れているから間違いはないはずだが、大急ぎで作り、だんごを寝かせるや、すぐに覚之進を呼びに行ったため、味見をする時間がなかった。

左京亮の方針で、妙は幼いころからまったく台所仕事をしなかった。手伝おうとしても、萩がさせなかった。姫を預かって育てる以上は、荒れのない白い手にしたかったらしい。おかげで妙は、料理の基本さえ承知していなかった。

妙は萩が差し出してきた草だんごをひとつ摘まんで、口に入れてみた。萩も摘まむ。

二、三度噛んだ後、妙は覚えず口に手を当てた。

（塩っからい……）

「妙さま！」

萩と顔を見合わせる。作ったときは、妙が南蛮の砂糖を入れた。

「塩と砂糖を取り違えたのか……」

いつもの小鉢を使ったはずだった。妙と萩が草だんごを作る様子を盗み見て、法歓院の手先が嫌がらせをしたに違いない。料理べたのせいもあるが、とにかく急いでいたため妙は気づかなかった。

「すり替えられたに相違ありませぬ」

塩からい草だんごを、つぎつぎと口へ放り込んでゆく覚之進の笑顔が思い浮かんだ。

だんごについては日本一《ひのもといち》詳しいと断言する覚之進が、味がおかしいのに気づかないはずはなかった。

「わが夫は……私なぞにはもったいないお人じゃ」

「男子《おのこ》にとっては、好きでたまらぬ女子《おなご》の作ってくれた物なら、本当に何でもおいしいのかもしれませんね」

妙は巾着袋を懐から出して、小太りの麒麟を見つめた。

「萩、私は決めたぞ。覚之進さまは府内で、お国のために粉骨砕身尽くしておられるのじゃ。吉岡家の嫁姑のつまらぬいさかいなど、お耳に入れるべきではない。私は鶴崎で、私の戦いをする」

妙は法歓院の仕打ちについて文で伝えようと考えていた。だが、親孝行者の覚之進が法歓院と妙の関係を知れば、心を痛めるだけだ。無用の心労をかけるべきではない。たとえ覚之進が法歓院を捨てて妙を選んだとしても、それは何の勝利も意味しない。夫から母を奪って喜ぶ妻は間違っている。それに、妙は甚吉の母となったのだ。鶴崎にあって、わが子を育てねばならない。逃げ出すわけにはいかないのだ。

「では、どうなさるのです？　非は明らかに山んばにあるのですよ」

「売られた喧嘩は、買って勝つべし。まずはメザシが目障りじゃな。何ぞよき手立てはないものか」

萩が妙にむかって重々しくうなずいた。

「メザシめは齢も齢ですし、仔細を覚之進さまに申しあげ、隠居させてはいかがでございましょうか」

「角隈石宗いわく、二流の軍師はただ打てる手を打つ。一流の軍師は最善の手を打つ」

「じゃまな敵を追い払うのです。それでよいではありませぬか」

「敵を味方につけられれば、さらに上策ではないか。道察どのはメザシについて何と言うておった？」

道察はメザシと仲が悪く、さんざんバカにしていた。

「ひとしきり探りを入れてみましたが、メザシはあいにくと小心者だけに、賄賂《わいろ》などももらわず、特に弱みはない様子。幼少から太公望で、釣り道具に凝っておるようですが……」

「弱みがないのなら、作ればよい。私に考えがある。法歓院さまがもう、メザシを使えぬようにしてみせる」

「さすがは妙さま、頼もしゅうございます。されど今日は、メザシも侍女たちも、お見送りのために総出で本丸にいたはず。いったい誰が草だんごを……」

鶴崎城のなかには、他にも敵がいるらしい。

†

法歓院の小言から解放されて自室へむかう途中、妙は廊下を急いでくる萩と出くわした。

「東巌寺の後片づけに、どうしても人手が足りぬと、メザシどのに言われましたもので」

吉岡家の法事は盛大に行われる。準備も大がかりだったはずだが、法歓院もよくぞ妙に隠し通したものである。

「例の件の算段をつけねばな」

自室へ入る妙の背に、ため息まじりの萩の声が投げられた。

「性懲りもなく、何とむちゃくちゃな話でしょう」

またもや法歓院は、手の込んだ攻撃をしかけてきた。

先日行われた名臣吉岡宗歓の法要には、大友宗麟以下、大友家の重臣たちがのきなみ出席した。その返礼をすべて妙にまかせてきたのである。

――私はかような贈答は苦手ゆえ、そなたにまかせます。名門吉岡家の名を汚さぬよう、くれぐれも頼み入りますぞ。

妙としても、役目を立派に果たすつもりだった。

だが、問題は渡された種金だった。五貫文（約五十万円）ぶんの銀銭で、参列した約五十人の重臣たちに答礼するのだ。単純に割れば、一家あたりせいぜい百文（約一万円）しか回せない。参列者は香奠《こうでん》として一貫文（約十万円）は出しているから、裕福なことで有名な吉岡家の返礼としては、とうてい足りない金額だった。要するに、無理難題を吹っかけてきたわけである。

「妙さまが失敗すれば、吉岡家の顔もつぶれるではありませぬか」

「吝嗇《りんしょく》な継室が吉岡の顔に泥を塗ったと、広く世に知らしめる肚《はら》であろう」

法歓院は約束をして、わざと破る。白を黒と言って譲らない。妙に大失敗させた後で、いくらでも話を作り替える気に違いなかった。

「……今回はさすがに、お手上げでございますね」

「いや、今朝がた馬を走らせていたら、やっと名案を思いついた。その足で三佐にとまっていた紅毛船に乗り込んで、アントンと話をつけてきた。六貫文で、返礼する家の数だけぶどう酒を売ってくれる話になった。府内へ船で運んでもらい、玄佐どのから渡してもらう段取りにしようと思う」

アントンと何度も話しているうち、妙は身ぶり手ぶりとたがいの片言で話が通じるようになってきた。

「さすがは妙さま。山んばも、まさかめずらしい南蛮渡来の品で、こたびの難題をみごとこなされるとは思わなんだでしょう」

「されば萩。三佐へ出向き、アントンに六貫文届けてきてはくれぬか。あの商人は信用してよい」

「かしこまりました。善は急げでございますから」

萩は柳行李を開いて、ゴソゴソやっていたが、やがて真っ青な顔で妙を見た。

「銀銭がありませぬ。蓋《ふた》の裏板の隙間に隠しておきましたのに……」

二人は柳行李を何度もひっくり返したが、法歓院から返礼用に預かった五貫文は、影も形もなかった。盗まれたと法歓院に訴えても、どうせ使い込んだと言われるに決まっている。

萩は顔を真っ赤にして怒った。

「妙さま！　今度こそ覚之進さまに、これまでの山んばの仕打ちを洗いざらい申しあげましよう。私が府内へ乗り込んで参ります！」

「それはいつでもできる。まずは思案じゃ」

「一点の非でも、妙さまにございましょうか。悪いのはすべて吉岡家ではありませぬか」

妙はゆっくりと首を横に振った。

「萩、勘違いいたすな。私も吉岡家の人間じゃ。いや、私こそが吉岡覚之進鎮興の妻として吉岡家を支えねばならぬ身。法歓院さまも私も、同じ吉岡という船に乗っている」

「そう言われましても、なけなしの一貫文でいったい何ができるでしょう……」

婚礼に際し、菊がお祝いにくれた一貫文だけは、妙がたまたま身につけていたため、盗まれなかった。

「たとえ財物を奪われようと、知恵までが奪われるわけではない。さいわい返礼は多少遅れてもかまわぬ。ゆっくりと思案したいゆえ、何かおいしい物でも作ってくれぬか」

「かしこまりました。おまかせくださりませ」

萩はありあわせの素材で驚くほどの美味を作り出せた。幼いころから、萩の料理に慣れている妙は、腕はなくとも舌は確かである。

半刻（約一時間）もせぬうちに戻った萩が、妙に小皿を差し出してきた。くるみ色をした小さな板状の焼き菓子だった。

「名案は浮かびましたか？」

「簡単に浮かべば、苦労はせぬ」

焼き菓子をつまんで口に入れる。しっとりとしたほの甘さが、口のなかで香ばしく広がってゆく。

「美味じゃな。どうやって作った？」

「台所にあった大豆を煮つぶして、小麦の粉と卵を混ぜて練りました」

萩は胸を張って説明を続けてゆく。

「味つけは塩と砂糖だけ。えごまの灯明油を拝借して焼くと香ばしくなるのです。卵の混ぜかた次第でやわらかく――」

「それじゃ！」

妙は膝を叩いた。

「とかく人は間違った前提を置く。足もとを疑えと、石宗先生はつねづね注意されていた」

「ですが、一貫文で何が買えましょうか。返せるあてもないのに借金ができるはずもありません。府内のお殿さまか、高橋家に無心をすれば、話は別ですけれど」

「買うことばかり考えていたから、頭が堂々めぐりしていた。別に買う必要はない。作ればよいのじゃ」

「誰が何を作るというのですか？」

妙は手の焼き菓子を萩に示しながら、ほほえんだ。

「この衣を使って、萩に最高の菓子を作ってもらう」

「私が……菓子を？」

「以前、沖ノ浜で、最高に美味の南蛮菓子を食べたことがある。作り方を学んで、めずらしい菓子を作る。材料を買うだけなら一貫文でも十分な元手となるはず。もちろん私に菓子を作る技などない。萩、そなたが頼りじゃ。私がしかと味見をする。やってくれるか、萩？」

「ですが、たかだか菓子などで……」

「菓子は茶会にも用いる。世にも珍しい南蛮菓子なら、少なくとも一貫文の価値はあろう。それに私は塩だんごの埋め合わせもしたい。覚之進さまの好きな白あんで試してみてくれぬか。アントンの船に行けば、いろいろな材料が手に入るはず」

「かしこまりました。大友家の重臣連中をうならせる南蛮菓子をこしらえてみせましょう」

「礼を言います。そなたが菓子作りに勤《いそ》しんでいる間、私は山んばの陣営を切り崩す。手初めにメザシからじゃ。そろそろわなにかかっておるはず」

†

「いかがにございますか、妙さま？」

妙が手にした丸い焼き菓子を口に入れるやいなや、萩が真剣な表情でたずねてきた。

「まだ味おうておらぬ」

格段に美味《おい》しくなった。だが、右京亮とともに食した菓子と比べると、何かが足りない。

「形もよい。舌触りも近《ちこ》うなってきた。されど……」

決して悪くはないが、ただの田舎の菓子だ。南蛮菓子ではない。

（なぜだろう……）

穴の空くほど萩に見つめられ、妙は眼をつむりながら味わった。

「されど？」

「……南蛮の風味が足りぬ」

萩がたくましい肩をがっくりと落とした。

砂糖、水あめ、小麦の粉、牛の乳、大豆、鶏卵、寒天などを材料に、萩はアントンに尋ねながら、絶え間ない試行錯誤を重ねてきた。とうろく豆で作った白あんは絶品だ。だが、いかに美味しくとも、南蛮風味でなければ、めずらしさがない。

「これでは、だめですか？」

玄佐からの知らせでは、府内情勢の悪化を受けて、明日、宗麟以下、大友家の重臣たちが府内に集まって合議をするらしい。返礼品で勝負をするなら、絶好の機会だった。なま物だから、日持ちもしない。岩田屋に頼んで大友館へ返礼品を届けるとすれば、明日以外になかった。明朝までに菓子を作り終えねばならない。

「萩はようやってくれた。あとは風味だけの問題じゃ。今夕、岩田屋に頼んで、ありったけの香料を持ってくるように頼んである。そなたは徹夜覚悟で菓子を作れるように支度を」

†

「徳丸どの。これをご覧なされ」

妙が眼の前で巻物を広げると、メザシがさっと顔色を変えた。

「こ、これは……」

「私がこれまで徳丸どのから受けた仕打ちを、順にすべて書き記したものです」

メザシは食い入るように、妙の女文字を見つめている。

「わが殿の眼は節穴ではありませぬ。必ずや私の言葉を信じられるはず。まさか法歓院さまのしわざとも思われますまい。私もさように野暮なことは申しませぬ。つまりすべては、徳丸どの一人の責めとなります」

メザシはごくりと生唾《なまつば》を呑み込む音をさせてから、細眼で妙を見返した。

「あらかじめ法歓院様にしかと申しあげておけば、別段のお咎《とが》めはありますまい」

法歓院に守ってもらう気だ。だが、メザシの指先は細かく震えている。

「私の大嫌いなとかげのしっぽのように切り捨てられぬよう、せいぜい気張りなされ。ところで、先だってアントンと申す紅毛人から、三佐への入港と鶴崎での商いに関し、十貫文、耳をそろえて受け取りましたな？」

メザシは黙ったまま、着物の袖で額《ひたい》の汗をぬぐった。

「最近、黒鯛《くろだい》がうまく釣れる特製の釣竿を手に入れましたな？　穂先がとても細くやわらかく作ってあって、魚のあたりがすぐにわかる竿だとか」

「な、何ゆえ、さようなことまで……」

「岩田屋からは、その釣竿を十貫文で徳丸どのに売ったと聞きました。アントンから受け取った賄賂をそのまま使《つこ》うたのであろう」

逆に言えば、メザシは、喉《のど》から手が出るほど釣竿が欲しかったために、アントンの金を受け取ってしまったわけだ。

「これに、見覚えは？」

妙が証文を一枚、眼の前に置くと、メザシはあっと声をあげた。

「そ、それはただ……鶴崎で金貸しができる証《あかし》をくれと……」

「徳丸どのの一存で商いを許してよいはずはありますまい。これから賄賂を受け取るときには、くれぐれも証を残さぬようになされ」

もともとメザシは実直な小役人だけに、賄賂のごまかしかたも知らなかった。形ばかり留守居役とされているのは、他に使い道がないからで、法歓院のもとで、薄禄で召し抱えられているにすぎなかった。わずかな蓄財では買えないが、めずらしい釣竿をどうしても欲しくなった。もちろんすべて妙の差し金だった。

「か、金をもろうたのは、これが初めてでござる……」

「異人を毛嫌いされる法歓院さまが、どれだけ信じられるでしょうね。かんざし一本買うのにも口うるさいお人が、おゆるしになるとは思いませんが」

メザシはしおれきって、うなだれた。

「……わしを、どうなさるおつもりじゃ？」

「今まで通りでよいのです。されど、あらかじめ私に法歓院さまの手の内を明かしなされ」

「されど、さような真似をすれば……」

「私にまかせなさい。そなたには累が及ばぬよう、知恵を使いますゆえ。さもなくば……」

他にも手先はいるが、少なくともメザシを通じた嫌がらせは不発に終わり、法歓院側の作戦も読めるようになる。

メザシが力なくうなずいて去ったのと入れ違いに、萩が台所から戻った。

「妙さま、できあがりました！　南蛮の風味がいたします！」

さっそく試食してみた。衣の香ばしさに続いて、甘すぎない餡《あん》が口のなかでほどけてゆく。その間も、食する者の鼻をくすぐる一貫した風味がある。岩田屋が用意した十数種類の香料のなかに、妙が求めていた風味があったのだ。肉桂《ニッキ》（シナモン）である。

「これじゃ！　ようやりましたぞ、萩！」

萩ももう一つ味見しながら、うんうんうなずいている。

「これ以上の南蛮菓子は、九州にございますまい。名前が必要かと存じますが」

「宗麟公が今もっとも関心を持っておられるのは耶蘇教。されば、キリシタンたちが慕っていた司祭の名にちなみ、トルレスと名づけましょう」

†

「妙どのの差配した返礼ですが、あながち悪くはなかったようです」

法歓院にいつもの勢いはない。

萩の創り出した南蛮菓子トルレスは、大友館でふるまわれるや、大評判になった。吉岡家には連日のように返礼品を絶賛する書状が届けられ、来客が訪れた。法歓院としても、吉岡家が賞賛されて気が悪いはずはなかった。

「精いっぱい務めを果たしたかいがございました。されど、鶴崎には手だれの泥棒がおるようでございます。私の部屋にはよく泥棒が入り、お金やら着物やらを盗まれまする」

「さようですか」

空とぼける法歓院も、今日はどこか元気がなさそうに見えた。妙は今朝も、急な祓いの行事に堂々と出席した。メザシを使った嫌がらせはもう通用しない。長持も取り返した。

「ですが、吉岡家にとっては、はした金。取り立てて大騒ぎをし、府内の覚之進さまにお伝えするほどの話でもなかろうと心得ております」

よく肥えた法歓院は、ゆったりと上品な檜扇《ひおうぎ》で顔をあおいでいる。

「そのほうがよいでしょう」

今日はさすがに小言もないらしい。

「されど、あまりに続くようでしたら物騒です。私が容赦なく薙刀で泥棒を成敗いたしましょう」

妙はまっすぐに法歓院の眼を見た。

「私はもう吉岡家の人間でございます。もちろん覚之進さまが望まれるなら、私はいつなりと吉岡家を去りましょう。されど、他の誰の指図も受けませぬ。覚之進さまが私を必要となさるかぎり、私はこの鶴崎にとどまり、骨を埋める覚悟です」

そのまましばらくにらみ合った。

「こたびはご苦労でした、妙どの」

法歓院は絞り出すような声を出して、口先で妙をねぎらった。

「明日から、妙どのも本丸に住みなさい」

†

妙が自室に戻ると、萩が驚いた顔で待っていた。

「今日の説教はとても早く終わったのですね」

「何やら物足りなかったな」

「まあ。何をおおせになりますやら」

「実は法歓院さまの小言でも、聞いていて、少しはうれしいときもある」

「さような小言もあったのですか？」

「覚之進さまのじまん話をするときじゃ」

法歓院の口から出るのは、おおよそ息子のじまんか、嫁の悪口だった。夫を誉《ほ》めそやされるとうれしく感じるのは、きっと妙が覚之進にほれているからだろう。

「こたびは妙さまの完全な勝利にございます。そろそろ覚之進さまにお伝えして、攻めに出るべきではありませぬか？」

「曲がりなりにも法歓院さまは私の義母じゃ。勝ち負けではなく、互いにわかり合って、ともに吉岡家を盛り立てていければ一番よい」

「妙さま、甘《あも》うございますぞ」

「昔、覚之進さまがお小さいころ、法歓院さまは決死のお百度参りをされたそうな。私が嫁いで以来、あの手この手で嫌がらせをし、見たくもない嫁の顔を見ながら長々と説教を続けるのも、自分のためではない。わが子を、吉岡家を思えばこそなのであろう。だが、覚之進さまを思う気持ちなら、私も負けぬ」

「これで山んばの仕打ちがやむとは、とうてい思えませぬ。メザシが引っ込んでも、本丸には、あの松葉という憎らしい年増《としま》の侍女がおります」

「本当の戦いはこれからじゃ。まこと甚吉の母がわりになれれば、私も吉岡の者と認められるはず。私を追い出すのは無理だと気づくまで、戦い続ける」

妙は、萩が麒麟柄の小皿に載せて差し出してきたトルレスを一つつまむと、口の中へ入れた。やはりおいしい。

十六　継母のしつけ

窓から入ってきた軟風が、妙の長髪をもてあそぶ。

連日の陽気に鶴崎はすっかり春めき、本丸の廊下を歩く妙の足どりも軽い。

——とつぜんの出来事だった。

妙は胸の奥から突き上げてくる悲鳴を懸命に抑えた。逃げるように自室を這《は》い出る。震え声で呼ぶと、萩があわただしく駆けつけた。

「妙さま！　もしやまた、しっぽにございまするか？」

切られたとかげのしっぽほど気味の悪い代物を、妙は知らない。分断され、魂を失いながらも、痛みのせいか、悔しさのせいか、なおうごめき続ける姿の痛々しさ、おぞましさ。

妙は生きた心地がしなかった。

「さ、妙さま。始末いたしましたぞ」

「すまぬ」

二度目だった。もちろん偶然ではありえない。

「若さまは朝な夕な、権左衛門《ごんざえもん》とともに琵琶の頸《くび》でとかげ探しに夢中だとか」

腰を抜かさんばかりにうろたえて逃げ出した妙を、侍女部屋近くで眺める少年の姿が眼の端に入っていた。嘲《あざけ》るような薄ら笑いを浮かべていたろうか。

黒幕は別にいるにせよ、この心ない悪戯《いたずら》が元服前の吉岡家の嫡子甚吉《じんきち》のしわざだと、見当はついていた。甚吉は継母となった妙に対し、いかなる敬意を払おうともしなかった。

輿入れ間もないころ、甚吉は初対面の妙に、苦手な物があるかと問うた。妙は亡父の左京亮ととかげのしっぽが怖いと、笑いまじりに答えたものだが、甚吉は小ばかにした含み笑いを浮かべただけだった。

「先だって草だんごを庭にぶちまけたのも、妙さまの篠笛を盗んだ下手人も、あの小童《こわっぱ》めに相違ありませぬ」

萩は「小童」という言葉に力を込めていた。

昔から妙は気散じによく白竹の篠笛を吹いたが、本丸に移ってからは、法歓院のもとから年増の女がすっ飛んできた。侍女の松葉である。「まずい笛の音なぞ聞きとうない」との苦情が伝えられ、しかたなくやめた。篠笛は、実家から持参した籐の行李に大切にしまっておいたはずが、その後すぐゆくえ知れずになった。

「すべては山んばめが、妙さまを侍女同然に扱うからでございます」

正月に覚之進が示した段取りでは、法歓院はこの春先までに、鶴崎城本丸の三階、南西角にある正室の部屋を引き払い、妙に引き渡す話だったが、そんなそぶりはまるでない。二ノ丸を出た妙は、先代鑑興の側室が使っていた、鬼門に位置する小さな部屋に寓居《ぐうきょ》していた。侍女部屋も同じ三階にあり、松葉たちが始終、間近で妙と萩を監視している。

「山んばの数々の無体なふるまい、いよいよ度を越しております。萩がこれよりただちに府内に参じ、お殿さまにしかとご注進申しあげて参りまする」

側室の部屋に閉じ込めておく仕打ちも、妙を正室として認めない意思の表れだった。嫡子甚吉には日々、妙の悪口を吹き込んでいるらしい。南蛮菓子の計で嫌がらせをしのいだ後、法歓院は妙が異国の商人と親しくつき合い、邪教に染まっていると言い出し始め、吉岡家の諸行事に列席させないようになった。

「いかに倹約を旨とする吉岡家でも、お殿さまはよもや、ご正室が飢え死に寸前とは思うておられますまい」

本丸に移ってから、驚くべきことに法歓院は、食事さえ妙と萩には出さないようになった。

兵糧攻めである。法歓院はとにかくまず妙に頭を下げさせようと考えたのだろう。だが、妙にも意地があった。まさか妙が対抗してくるとは思わず、法歓院もとまどったろうが、妙は萩とはかって自炊を始めた。

だが、実家からの持参金はもうすぐ底をつく。

「金がないなら、作ればよい。すでに手を打ったではないか」

妙はさっそくアントンを呼び、話題の南蛮菓子トルレスの製法を担保に金を借りて、米と硝石の投機を始めた。左京亮にしつけられた妙は、もとより華美を好む質《たち》ではないし、交易でうまく稼ぎが得られれば、生活には困らない。

「山んばはいつまで、かような仕打ちを続けるつもりでしょうか」

「私を吉岡家から追い出す日まで、であろうな」

法歓院が妙を認めようとしない理由が、だんだんわかってきた。

まずは妙の出自である。法歓院は同紋衆の名門志賀家の出だが、大友宗家の養女にするという菊の申出を断った妙は、陪臣の娘にすぎない。加えて妙の過去があった。右京亮との醜聞が耳に届いているに違いなかった。

覚之進の強固な意思で、法歓院もしぶしぶ婚姻を認めはした。が、ゆくゆくは妙を離縁し、新たな正室を迎える算段を思いめぐらしている様子だった。

「萩は悔しゅうてなりませぬ。山んばも、妙さまのご出生の秘密を知れば……」

「くどいぞ、萩。当主はお国のために働き、女子《おなご》は鶴崎にあってお家を守るが吉岡の習わし。これは戦ぞ。私には角隈石宗ゆずりの知略がある。決して負けはせぬ」

妙は立ちあがり、引き戸の開け放たれた小部屋から、外を眺めた。

「私はすでに死んだ身。お顔に泥まで塗った私を正室にお迎えくださった覚之進さまのお気持ちにお応えするが、わが務めぞ。まずはわが子、甚吉を何とかせねばならぬ。弱きを挫《くじ》くがごときふるまいでは、吉岡家のゆくすえが危うい」

妙は自分の小部屋に繋《つな》がる屋根瓦を眼で追った。

「ときに萩。三階のこの部屋から、屋根づたいで二階の部屋には入れまいな？」

ふり向く妙に、萩は小首をかしげていたが、やがてうなずいた。

「御意。二階は突上げ戸ゆえ、難しゅうございましょう」

「悪戯のからくりは知れた。下手人を捕える罠を思案したゆえ、糸とおしろいを用意せよ」

とかげのしっぽがのたうっている姿を妙に見せるためには工夫が要《い》った。自室へむかう妙の姿を見てから、入室直前に切り離したしっぽを放ち、すぐに姿を消さねばならない。屋根づたいに出入りするほかに方法はないはずだった。しょせんは小生意気な童の浅知恵だ。

甚吉の土性骨《どしょうぼね》を一から叩きなおしてやる。妙は奥歯を噛みしめた。

†

数日後の昼さがり、妙の眼の前で、一人の少年がおしろいにまみれて咳《せ》き込んでいた。

妙の指図で萩がしかけておいた糸の罠にかかった哀れな下手人は、甚吉ではなかった。

留守居役であるメザシこと、徳丸式部大輔の孫、権左衛門だった。ふだん甚吉につきしたがっているだけの気弱そうな童だが、いずれ元服すれば、甚吉のそばにあって吉岡を支える家臣とならねばならない。

「お方様、どうぞご成敗くださりませ。すべて身どもの一存にございますれば」

仮にも主君の正室が起居する居間に、事もあろうに屋根から忍び込み、ささやかな悪戯とはいえ狼藉《ろうぜき》を働こうとしたのだ。童でも事の重大さがわかっているはずだった。小刻みに体を震わせながら、両手を突いている。

妙は権左衛門の小さな肩にそっと手を置いた。

「そなたが己の意思で、かような真似をするはずもあるまい。誰に命ぜられたのじゃ？」

権左衛門の懐からとかげが一匹逃げ出し、妙の着物の裾近くを通ってどこかへ消えた。

「包み隠さず申さば、こたびの一件は不問に付しましょう。誰の差し金なのじゃ？　お話しなされ」

「すべて、身ども一人の責めにございまする」

いかに問いただしても、権左衛門は己が所行との一点張りで、何も語ろうとしなかった。

妙は童ににっこりと笑いかけた。

「幼いながら見あげた態度です。今後もその心意気で、当家にお仕えなされ。萩、殿のお持ちくださった干菓子が残っておったはず。権左衛門の身だしなみを整えてやってから、食べさせてやりなさい」

妙は立ちあがると、法歓院に仕える侍女たちの部屋へむかった。そこにはまだ下手人がいるはずだった。権左衛門の遅い戻りを不審に思い、悪戯の失敗に勘づいたころだろう。

†

侍女部屋に乗り込んだ妙は、屋根へ逃れようとしていた甚吉を力ずくで連れ戻して正対した。騒ぎを聞きつけた松葉も顔を出している。

侍女らが固唾《かたず》を呑んで見守るなか、妙が叱りとばすと、甚吉は開き直った。

「たしかにわが家臣の不始末なれば、それがしが責めを負いましょう」

「権左衛門に押しつける肚か。そなたが命じたのではないか」

「ほう、妙殿。何か証《あかし》でもございまするのか？」

甚吉は挑むように、妙を見た。

妙はみじんもひるまず、正視し返す。

「やり方はこれまでの二回と同様、しごく簡単じゃ。そなたは私が本丸に戻る姿を見届けるや、あらかじめ用意しておいたとかげを権左衛門に渡した。権左衛門はこの部屋から、屋根づたいに私の部屋へ入り、私の足音が聞こえると同時に、切ったしっぽを放り、窓から逃げ出す。そのころ、そなたは廊下に出て、何食わぬ顔で、あわてふためく私の姿を眺めておる、という寸法じゃ。生き証人がおる。ひっ捕えた権左衛門が洗いざらい白状しましたぞ」

甚吉は顔色を変えて、吐き捨てた。

「情けなや。権左衛門の忠義なぞ――」

妙が右手を高く振り上げると、甚吉は真っ青になって首をすくめた。

侍女らが居並ぶ前で、妙は思いきり甚吉の左頬《ひだりほお》をはり抜いた。

「無礼者！　名門吉岡の嫡子に――」

すかさず返す手の甲で、吠えようとする甚吉の右頬をふたたび、打った。

立て続けに乾いた音が響くと、侍女部屋が凍りついた。

妙は、金切り声を上げながら身を乗り出してくる松葉を、手ですばやく制した。

「黙らっしゃい！」

騒ぎ立てようとする侍女らを一喝した。

妙の剣幕に震え上がった甚吉に正対すると、妙は声を落とした。

「そなたは吉岡家のただひとりの嫡男ゆえ、今まで法歓院さまに甘やかされ、ろくなしつけを受けておらなんだ様子」

「法歓院さまに言いつけるぞ」

「好きにせよ。私は吉岡家当主、覚之進鎮興の妻である。法歓院さまはご隠居の身。鶴崎城は私が殿からお預かりしておる」

甚吉は頬を手で押さえながら、泣き出さぬように必死で歯を食いしばっている。

「情けないのは権左衛門ではない、ほかならぬそなたじゃ。己の欲せざるところ、人に施すなかれ。吉岡家の次期当主には、君子たる者のわきまえが、まるでない。童ゆえ、多少の悪戯はゆるそう。私への心なき児戯《じぎ》については、何も言うまい。されど、そなたの権左衛門への仕打ちは看過できませぬ」

「悪いのは、裏切った権左じゃ」

口をとがらせる甚吉に対し、妙は首をゆっくり横に振った。

「いいえ、そなたじゃ。もとより権左衛門には、私に含むところなぞ毫《ごう》もない。ただ、そなたの指図に唯々諾々《いいだくだく》としたがっておっただけじゃ。年端もゆかぬ童なれば、主《あるじ》の愚行を諫《いさ》められずとも、責めはいたしますまい。されど、己は安全な場所にあって、目下の者に危ない橋を渡らせるとは何事か。のみならず、いざ事が敗れるや、すべての責めを家臣に負わせて逃げ出すとはいかなる料簡か」

「権左衛門を見損なっておっただけじゃ。あやつが口を割るとは思わなんだ」

「そのとおり。将たる者、人を見る眼を養わねば、命取りになる。よろしいか、権左衛門はそなたを裏切ってなぞおらぬ。私が何を問うても、だんまりを押し通し、どうしても白状しませんでした。権左衛門こそ、大切になされ」

「卑怯者！　よくも謀《たばか》ったな！」

顔を真っ赤にして怒る甚吉を、妙は笑い飛ばした。

「こたびの愚かしいとかげの一件にかぎって申さば、そなたはわが敵である。敵をあざむいて、責められる道理がどこにある？　だまされるほうが悪いのじゃ。甚吉、なにゆえ権左衛門を最後まで信じてやりませなんだ？　なにゆえ権左衛門をかばおうともせず、とかげのしっぽのごとく切り捨てようとした？　乱世なれば、さような当主に、家臣はいつまでもしたがいませぬぞ」

妙は身を乗り出してたたみかけた。

「よいか、甚吉。たとえ法歓院さまやそなたに嫌われようと、吉岡家を追い出されるその日まで、私はそなたの母である。今後、私を、母上と呼びなされ」

妙は甚吉の小さなあごに手をやって、顔を上げさせた。

「たとえ血が繋がらずとも、母は、命にかえても子を守らねばならぬ。同時に、子を立派に育てあげる責めも負う。されば私はこれより、母としてそなたをしつけるゆえ、覚悟いたせ。何ぞ不服はあるか。あるなら、言うてみなされ」

眼をそらし、落ち着きのない様子で黙する甚吉を見て、妙が一喝した。

「あるのか、ないのか！　はっきりなされ！」

甚吉はぶるりと体を震わせた。

「ございませぬ！」

甚吉は顔を上げ、悔し涙を浮かべた眼で妙を見た。

「武家の男児は涙を見せてはならぬ。泣き出さなかったことは誉めてあげましょう」

†

「妙さまは、髪の紅《あか》い異人と昵懇《じっこん》の間柄だとか。近ごろ妙さまの装いが華美にすぎるのではと、法歓院さまがひどくお心を痛めておわしまする」

前触れもなく妙の部屋を訪れた松葉は、妙が新調した小袖を穴の開くほど見つめながら、背筋を伸ばした。法歓院は先般わざわざ松葉を遣わして、何も買ってくれないくせに、妙の質素すぎるなりが名門吉岡家にふさわしくないと、文句を寄せてきたばかりである。

「アントンの髪は紅ではない、落栗の色じゃ」

妙が余裕で切り返すと、かたわらの萩が笑い、松葉は食ってかかった。

「異人なれば、キリシタンのはず。当家は耶蘇教をいっさい認めませぬ。よもやお忘れにはございますまいな」

「法歓院さまのキリシタン嫌いは承知しておる。されど、異国との交易は貧しい当家に富をもたらしてくれる。何しろ吉岡の正室は満足な食事もできず、櫛ひとつ買う金もないのですから」

妙の皮肉にも、松葉はこの日、どこ吹く風と澄まし顔で、畳に手を突いた。

「耶蘇教の件はしかる後に。ときに妙さま。本日は法歓院さまよりひとつ、おたずねしたき儀があって、まかりこしましたる次第。事は吉岡の命運に関わる一大事にて、法歓院さまはたいそうお心を痛めておられまする」

飽きもせず嫁の粗さがしを念入りに行い、心を痛めてばかりの姑ではある。が、ばかていねいな松葉の口調に、妙はかすかな胸騒ぎを覚えた。

「妙さまはまだお若いに、いまだ授かられぬご様子ゆえ、法歓院さまはひどく心配召され、もろもろ調べさせておりました。妙さまは以前、府内にて何者かに襲われておわしますな。聞けば、刀で下腹をぐさりとお刺され召されたとか」

松葉はいやらしく大仰なそぶりで、自分の腹へ刀を突き刺すしぐさをしながら、勝ち誇った笑みを浮かべた。

石女《うまずめ》を正室に娶《めと》る愚かな武将はいない。法歓院の手前、妙が子を産めぬ体であることは秘匿するよう、覚之進から懇願されていた。

「府内で使うておる薬師に、そのおりの妙さまのひどいおけがにつき尋ねたところ――」

「お控えなされ！　松葉どの！」

顔を真っ赤にして横からどなる萩に対し、負けじと松葉も大声を出した。

「妙さまは、甚吉の若さまがお嫌いなようですが、若さまの身に万一のことあらば、当家は断絶とあいなりまする。嫁して子なきは去るが、世の習い。まして石女であるを秘して輿入れするなぞ、言語道断。さあ、お答えなされませ。妙さまはお子が産めなさるか――」

「この無礼者！」

萩が松葉につかみかかると、妙は無言で立ちあがった。

†

誰もいない鶴崎城の天守の最上階から菡萏《かんたん》湾を眺める。視線を右にやれば、山を越えて丹生島のある方角だが、妙はあえて正面だけを見た。

今、妙は生きて鶴崎にある。これははたして正しい判断であったろうか。右京亮との恋が完全に破れたとき、妙はキリスト教に入信する道を考えた。結ばれなかった想い人が歩んだ道を選べば、救われるのではないかと思った。

だが、政務の合間をぬって妙を見舞い、はげまし続ける覚之進の熱意にほだされた。デモニオによる拉致の一件も不問とし、覚之進は林家や高橋家に対して文句ひとつ言わなかった。あのときは妙の懇願を受け、布教中のアルメイダを探し出して府内へ連れ戻し、瀕死の右京亮の命を救いもした。婚礼の儀は日延べ扱いとし、すべてを水に流して、正室に迎えたいと重ねて望んだ。

妙は根負けした。終始変わらぬ真摯《しんし》な態度に心を動かされ、乞われるがまま輿入れした。夫婦となった以上、覚之進に尽くす決意だった。右京亮にも生涯、会うまい。

「やはりこちらにおわしましたか」

背後で、いたわるような萩の声がした。

「妙さま。萩は間違っておったのやも、知れませぬ。もしも私があのとき――」

萩は、右京亮と妙の文通をにぎりつぶし、異国への船出も阻止した。

「その話は、金輪際せぬ約束じゃ」

妙がさえぎると、萩はうつむいた。

「萩は、妙さまがおかわいそうでなりませぬ」

「何を申すか。私の夫も、乳母も日本一じゃ。何の不足がある？」

「妙さまは大友宗家のご連枝でおわしますのに。私は悔しくて、悔しくて……」

萩が肩を震わせると、妙は萩の広い背をなでた。

「法歓院さまは吉岡をお一人で支えてこられた。私への仕打ちも、すべては己ではなく吉岡のために良かれと思われてのこと。私がかわりに吉岡家を守れる女子とわかれば、法歓院さまも重荷を下ろされよう」

「妙さまはいつのまにか、すっかりお強うなられました」

悲恋を経て、妙の生き方には捨てばちにも似た凄《すご》みが混じっていた。

「法歓院さまが府内のお殿さまに、侍女の一人を側室としてお勧め遊ばされたとか。こしゃくな松葉が鬼の首でも取ったように吹聴《ふいちょう》しております」

吉岡家のためにも、覚之進は側室を持つべきだ。そのほうが妙にとっても気が楽だった。

だが、覚之進の性格なら、決して側室を持ちはすまい。

「いよいよ甚吉さまも、府内へ移られるのですね……」

とかげ事件の後、妙は毎日、甚吉と権左衛門を自室に呼び、『武経七書《ぶけいしちしよ》』の講釈をした。石宗の受け売りだけに、中身がある。講釈の後は木刀を持たせ、内庭で武芸を練らせた。最初はしぶしぶしたがっていた二人も、妙の知恵、教養と武芸を知るにしたがい、眼を輝かせ、妙に懐いていた矢先だった。甚吉に政事を学ばせるとの名目で、覚之進のもとへやると法歓院は言うが、府内は今、非常に危険な町だ。妙と甚吉を引き離すもくろみに違いなかった。

「甚吉は一度も、私を母上とは呼んでくれなんだ」

「実は先刻、若さまよりお詫《わ》びとともに、お預かりした物がございまする」

妙は差し出された錦の笛袋を、懐へしまった。

「若さまの成長を心から願われる妙さまのお気持ちは、必ずや通じているはず」

妙は視線を南東へ向けた。山稜に阻まれて、丹生島の視界は得られない。

(右京亮さまはお健やかにおわしますか？

妙は、姑にうとまれ、わが子とも引き離されようとしております。

されど負けはいたしませぬ。一度きりの今生を、悔いなく生き抜いて見せまする)

†

キリシタンたちは、聖週間が始まる受難《パシヨン》の主日(日曜日)を迎えようとしていた。

「主よ、憐れみたまえ《ミゼレーレ・メイ・デウス》」

臼杵右京亮は縄の束で作ったヂシピリナ（苦行用の鞭《むち》）を振り上げると、己が背に容赦なく打ち下ろした。すでに皮膚は破れ、鞭が血にまみれている。

「ジャンさま、こよいはこのあたりで、おやめくださりませ」

かたわらのモニカが見かねたのか、右京亮の右手をそっとつかんだ。小さく首を横に振り、ふたたびヂシピリナを振り上げる。

来る聖木曜日、主の晩餐の夕べにはミサが行われる。復活祭《パスコア》の晩の祈りまで続く「聖なる過越《すぎこし》」の三日間は、キリシタンにとって一年の典礼の頂点であった。

右京亮はモニカとともに、四旬節（キリストの荒野での四十日間の断食にちなむ）の間、わずかな食事しかとらなかった。空腹は幼きころを想わせ、懐かしくもあった。

体の痛みによって、心の傷は和らぐのだろうか。

妙を失った右京亮は、異教に救いを求めた。かねて右京亮は、形ばかり篤実なキリシタンだった。が、心さえ許せば、いつでも信仰の道に入れる境遇にあった。

灰の日に祝別を受けた後、修道士《イルマン》アルメイダへの告解《コンヒサン》も済ませた。右京亮の罪は不信心、殺人、不貞など数かぎりなくありそうだった。右京亮は信仰の力で、ふたたび立ちあがろうとしていた。異国の地の救い主の復活に、己が姿を重ね合わせた。復活祭は右京亮にとってのそれでもあった。

モニカに懇願されると、右京亮はようやく鞭を下ろした。空腹と背の痛みでふらつく体を、妻が支えてくれた。

復活祭を控え、丹生島教会の修院《カーザ》は、救いを求めるキリシタンたちであふれ返っている。狂信に近い熱気は、やがて大友を襲う争乱と混迷を兆してもいた。

謀略を企図し、実行してきた者として、この国の混乱を収めて安寧を取り戻す責めが、右京亮にはあった。

「ジャンさま。天主から新しき命を授かったようにございまする」

右京亮はモニカを抱き寄せた。

生を受けるわが子をも、右京亮は守らねばならない。

天を仰ぐと一番星が見えた。妙の評判は耳にしていた。右京亮はまったく別の人生を歩み始めていた。二度と妙に会うこともあるまい。

十七　ラウダーテの祈り

春たけなわ、デウス堂とその周辺に収まりきれない大群衆は、府内の町を埋め尽くさんばかりになっていた。

義憤に駆られたキリシタンたちの吐く気炎は、臼杵右京亮がいるデウス堂奥の司祭室まで、届いている。暴発寸前の狂信者たちを止められるかどうかは、まさに綱渡りだった。

白装束の若者が足音荒く現れた。

胸にかかる真っ赤な十字架の金縁が、窓ごしに差す昼さがりの陽光に輝いている。

「ジャン殿。お指図にしたがい、路地へのキリシタン兵の配置、終えましてございまする」

エステバンの若い声がすると、カブラルは大きくうなずいた。

「ジャンよ。事ここにいたれば、聖なる戦をいとうべきではあるまい」

右京亮は即答を避けるために、いったん瞑目《めいもく》した。

事の発端は、今回もやはりキリスト教にあった。

つい先日、大友王国に巨大な衝撃が走った。

大友宗麟から全権を預かる田原紹忍の継嗣、親虎が突如カブラルにより受洗し、ドン・シマンと名乗ったのである。宗麟の次男親家に続き、最高権力者の嫡男の入信は、キリシタンたちを勢いづかせ、旧宗教と体制派の焦燥《しようそう》は頂点に達していた。下級武士だけでなく、大友家臣団の受洗も相次いでいる。

田原親虎の小姓《こしよう》三人も、主《あるじ》と同時に洗礼を受けた。その最年少に、洗礼名をファビヤンと名乗る少年がいたが、親虎受洗に激怒した紹忍と奈多夫人によって国外へ追放された。ファビヤンはもともと下賤の出であったが、南蛮の音楽、ことにクラヴォという鍵盤楽器に優れ、キリシタンたちに人気があった。追放されたはずのファビヤンは、キリシタンの両親に密《ひそ》かに匿《かくま》われていたが、聖楽を奏でているところを、府内奉行所の役人に見つかり捕えられた。

他方、紹忍はカブラルを通じて親虎に棄教させようとしたが、カブラルは「たとえ日本と世界にある会堂をすべて失おうとも、信者に棄教は勧められない」と回答した。親虎は紹忍に幽閉され、転向を迫られたが、がんとして応じていない。そんな中、田原紹忍がカブラルを殺害してデウス堂を焼き討ちするとのうわさが、府内で一気に広まっていた。

実際、キリシタンの闇討ちが横行してひさしく、逆に、奉行所の役人が襲われる事件も頻発していた。裏で蠢動《しゅんどう》する田原宗亀のあおりもあって、双方の対立はまさしく極限状態を迎えていた。

府内の騒擾を丹生島の会堂で耳にしたとき、右京亮は宗亀の策謀がいよいよ発動したのだと悟った。ちょうど洗足式の最中で、キリシタンたちの足を洗っていたが、わが手で止めねばならぬと、すぐに府内へ駆けつけたのである。

おり悪《あ》しく復活祭の時期であった。いや、あえて宗亀はこのときを狙ったわけだ。

「大友館を攻め落とし、ファビヤンを奪い返しましょうぞ！」

エステバンの咆哮《ほうこう》が右京亮の耳もとでやかましく響く。

この日、追放命令に背いたファビヤンが殉教するとのうわさが流れると、府内にキリシタンたちが集結し始めた。デウス堂にいたキリシタンたちは憤激し、怪気炎をあげた。司祭とデウス堂を守れと、下級武士たちは素槍《すやり》を、貧農たちは鋤《すき》や鍬《くわ》を手に続々と集まってきた。その数は優に二千人を超えている。

今は常駐する吉岡兵五百ほどが大友館を守っているだけだが、府内で勃発した騒擾に対応すべく、まもなく紹忍派の家臣たちが兵を府内へ投入するだろう。

紹忍は騒擾を奇貨として、一挙にキリシタンの指導者や狂信者たちを始末する肚か。この騒擾を企図し、扇情している宗亀も、流血と混乱を望んでいた。

（どうすれば、止められるのだ……）

「ジャン殿、何をお迷いでござるか！　皆、殉教の覚悟はできておりまするぞ！」

エステバンは殉教以上の価値を知らない。しかし、キリシタンは数こそ多いが、ひとたび市街戦となれば事は容易でなかった。着の身着のままの貧民層が、戦慣れした正規兵と戦っても、虐殺されるだけだ。ひとたび衝突し流血の沙汰《さた》となれば、内戦となり、双方に消しがたい怨嗟《えんさ》と憎悪の連鎖が生まれる。

一触即発の危機にあって、右京亮は思案のすえ、兵の統率を買って出た。カブラルはおおいに喜び、全権を委《ゆだ》ねた。右京亮は戦力になりそうな者たちを集めて小隊とし、戦闘態勢を整えさせた。デウス堂を守るための要所を押さえた配置とし、大友館に対した。

「司祭《パードレ》。聖書には『汝《なんじ》、殺すなかれ』と記されております。私は殺し合いが起こらぬよう、最後まで力を尽くす所存」

カブラルは憮然《ぶぜん》とした表情で右京亮をにらんだ。

「ファビヤンを見捨てるというのか？」

「天主のご加護があれば助かるはず。私に策があります。ファビヤンを救うために役立つのは、剣よりも言葉。田原紹忍と直談判《じかだんぱん》いたしまする」

孤狼のキリシタン侍にすぎない右京亮は本来、紹忍に謁見《えっけん》できる身分ではなかった。だが、吉岡覚之進に同道する形なら、言葉を交わせるはずだ。

「刺し違えるならいざ知らず、紹忍めと話なぞ無用！　ジャン殿は、キリシタンを売るおつもりか！」

エステバンは剣の柄に手をかけ、返答次第では切り捨てんばかりの剣幕でつめ寄ってきた。

「もう、話し合いの時は過ぎたのだ、ジャン」

カブラルがかぶりを振ったとき、デウス堂の外でひときわ高い喚声が聞こえた。

「ジャン殿、お聞きあれ！　皆、殉教を望んでござるぞ！」

「殉教はいつでもできる。今、むだに命を捨てるは――」

エステバンは右京亮を相手にせず、片言の南蛮語と身ぶり手ぶりでカブラルに訴えた。

「司祭《パードレ》。意気地なしのジャン殿にかわり、私が最前線で戦の指揮をとりまする！」

エステバンには武芸の心得が多少あり、威勢こそよいが、かんじんの戦の経験がなかった。カブラルもまかせるのは不安なのであろう、答えずに右京亮を横目で見た。

「お主に戦はできぬ。今、府内にあるキリシタンで、采配を振れる者は私だけだ。エステバンよ、天主のために死ぬるより、信仰のために生きることこそが、キリシタンの使命ではないのか。三日後は復活の主日。かように大切な時期に流血など、もってのほか」

「時と場合により申す。事ここにいたれば――」

「私は戦を避けるために、力を尽くす。お主は仮本陣にあって、死に急ぐ軽はずみな連中を抑えよ。いかに挑発されても、私が戻るまで決して手出しはならぬぞ」

エステバンは悔しげに唇を嚙みながら、カブラルを見た。

カブラルにとって、たかだかキリシタンの一少年の救出にさしたる意味もあるまいが、政治的な意味合いは違う。ファビヤンの生還はキリシタンの大勝利だ。殉教すれば、キリシタンの結束はいよいよ固くなる。カブラルにとっては、どちらに転んでもいい。親虎やファビヤンが改宗した時点で、カブラルの勝利は確定していた。

カブラルはひたすら押すだけでいい。余裕綽々《しやくしやく》で高い鼻を突き出してきた。

「ジャンよ、日暮れまで時をやろう」

「日が暮れたら、聖戦じゃ！　ジャン殿、むだなあがきはやめられよ」

「奉行所の異教徒《ゼンチヨ》にも、話のわかる男がいる」

さいわい今は、あの吉岡覚之進が奉行として吉岡兵を入れ、府内の警固に当たっている。許嫁《いいなずけ》を奪い去ろうとした友をゆるし、命を救うために奔走した男だ。あの男なら、右京亮の意を解するはずだ。覚之進を通じて紹忍を説けば、衝突を回避できまいか。だが今、キリシタンは紹忍憎しで狂奔していた。右京亮と覚之進の会談は裏切りとしか映るまい。

キリシタン側の将が、ひそかに覚之進と会う方法はないか。

†

鶴崎を出た妙は裸馬を駆って、府内を目指していた。

府内はキリシタンの群衆と奉行所の兵がにらみ合い、一歩間違えば内戦に陥る非常の危地にあると聞いた。戦火に備えて、元服前の甚吉を府内から避難させるよう妙が申し入れると、覚之進も承知した。が、今朝がた甚吉がゆくえ知れずになったとの知らせが、鶴崎に届いたのである。

妙が駆けつけたとき、吉岡屋敷の書院では、猪野道察が青ざめた表情で巨体を縮こまらせ、松葉に何度も頭を下げていた。

「甚吉さまは吉岡家のたったひとりの跡取り。謝って済む話ではありませんぞ！」

先に急報を受けた法歓院の使者として松葉が先着し、道察をさんざんに責め立てていた。

府内に預けられた甚吉の世話をまかされていた道察の失態だった。

道察はもともと、法歓院が志賀家から輿入れする際、法歓院につきしたがって吉岡家に来た家臣だった。想像をたくましくする玄佐の話では、若いころ、どうやら法歓院と淡い恋仲だったらしいが、真偽のほどはわからない。

昨夜こっそり一献かたむけ、そのまま酒を過ごしてしまった道察が目覚めたとき、屋敷に甚吉の姿はなかった。おまけに府内は、にわかにキリシタンが暴発する寸前にまで緊張が高まっていた。

「この道察、老腹《おいばら》を掻《か》っさばいて、お詫び申しあげる所存」

真四角になった道察を、松葉がぴしゃりと叱りつけた。

「それがよい。まずはそなたが死んで詫びなされ。さすれば、お殿さまも眼が覚めて、甚吉さまをお探しくださるはず」

大友館を出た覚之進は吉岡勢を率い、気勢をあげるキリシタン兵とじっとにらみ合っているという。道察は玄佐と若い家臣たちに陣をまかせて、家人とともに甚吉のゆくえを探していたが、どこにも見つからず、とほうに暮れていた。

それでも覚之進は、己が家の事情よりも府内の秩序維持を優先して、吉岡兵を甚吉の捜索には回さなかった。

「この命、もとより吉岡家に捧げておりますれば、いざ――」

立ちあがろうとする道察を、妙が手で制した。

「誰も、道察どのの太鼓腹の中身なんぞ見とうはありませぬ。愚かな真似をしても、甚吉を救えるわけではない。後始末が面倒なだけです。かようにささいな話で、吉岡家が大切な重臣を失うわけには参りませぬ」

「妙さま！　今、何と？　ささいなと言われたか！」

松葉が顔を真っ赤にして金切り声をあげる。

「いくら血の繋がらぬ継母じゃとは申せ、何とひどいおおせなのか！　これは、法歓院さまにご報告せねば」

「あいや、お待ちを。それもこれも、ひとえにこの道察が責め。やはり老腹を――」

「その必要はありませぬ。悪いのは甚吉です」

「何を言われるか！　甚吉さまは吉岡家唯一の跡取り――」

「甚吉はもう童ではない。元服間近の身で、大した用もなく紛擾《ふんじょう》のさなかへおもむいたのなら、愚かと言わずして何と言うか。甘やかされて育った甚吉も、私が性根を少し叩きなおしましたゆえ、今ごろは己の愚かさを悔いておるはず」

「ああ、何と冷たいお人か。きっと妙さまにとっては、血も繋がらぬ若さまがお邪魔なのでしょう。近ごろはおやさしい甚吉さまを丸め込んで、母親気取りをされていたようですが、やっと化けの皮が剝《は》がれましたな。法歓院さまに――」

「松葉、そなたもよう知っているようじゃが、私は子を産めぬ。されば私にとって、甚吉はかけがえのない、たったひとりのわが子。甚吉がどう思うておるかは知りませぬが、私は吉岡甚吉の母です」

妙の静かな口調に、松葉は毒気を抜かれたように、口をあんぐり開けていた。

「子の不始末は、親の責め。わが殿は府内を預かる御身なれば、私情より公を重んじられるは理の当然。されば、甚吉は母が守らねばなりませぬ。探して見つからぬのは、吉岡の兵が入れぬ場所にいるからでしょう。おおよそ見当はつけています。私が必ず探し出し、この命にかえても救い出します」

屋敷の前で馬のいななきがした。あわただしく現れたのは中島玄佐である。

「道察、お主の力が必要になった。ちとうまくない状況でな。殿がお呼びじゃ」

次に息を切らして現れたのは萩である。

「妙さま！　権左衛門どのを見つけましたぞ！　今朝がた甚吉さまとおわしたとか！」

妙は府内に入るや、萩に指図して甚吉を探させていた。

「それで、甚吉は今どこに？」

「固く口止めされているとかで、教えてくれませぬ」

「強情な忠臣じゃ。道察どのは殿のもとへ。私は甚吉を。殿には、吉岡家中のことは妙におまかせあれとお伝えなされ。萩、参るぞ」

†

人だかりのむこうで、ひときわ高い喊声《かんせい》が上がった。キリシタンの数はさらにふくれ上がっている。吹き荒れる春風は、にらみ合う両軍の殺気が巻き起こしているかのようだった。

「妙さま、もう戦が始まったのでしょうか？」

いや、まだだ。風に血の臭《にお》いは混じっていない。

権左衛門と会って、甚吉の居場所を聞き出した。やはり一番危険な場所だった。

妙は人混《ひとご》みをかき分けながら吉岡勢の本陣へむかう。先に萩を使いにやって帷幄《いあく》の外で待っていると、玄佐が苦りきった表情で萩と現れた。

「甚吉はデウス堂に囚《とら》われているようです」

妙の言葉に、玄佐は天を仰いで嘆いた。

「耶蘇教は疫痢《えきり》のごとく広がっておる。手に負えませぬな」

「甚吉が虜囚《りよしゆう》とされたは、吉岡家の私情。殿にお知らせするには及びませぬ。されど、戦が始まれば、甚吉の命はありますまい。母として、ぜひにも戦を止めねばなりませぬ。騒擾は今、どうなっておるのです？」

「それが……相手はただの烏合の衆ではないようでござる。妙様も軍議にお加わりくださいませぬか？」

「女が、帷幄に？」

「戦をするためではござらん。食い止めるために、角隈石宗ゆずりの軍略をお借りできませぬか。わが殿のご器量なら、女子の献策でも受け容《い》れられるはず」

「……承知しました。萩、頼みがある。デウス堂の門番にトマスという老人がいる」

妙が耳打ちすると、萩が飛び上がった。

「昔、デウス堂の前でへたくそな篠笛を吹いていた孫娘からの頼みじゃといえば、必ずや聞き届けてくれるはず。時がない、急げ」

†

「多勢に無勢とは申せ、敵は戦を知らぬ者ども。かくなる上は吉岡武士の力、見せつけてやりましょうぞ！」

威勢よく気炎を吐く若い侍は、たしか吉田一祐《よしだいちゆう》といったはずだ。

「味方に見せつけて、何とする？　信ずる神は違えど、相手は大友の民じゃ。武士は民を守るためにこそ、ある」

帷幄で腕を組みながら、陣床几《じんしようぎ》にどっしりとかまえる大柄な将は、夫の吉岡覚之進である。藍《あい》染めの陣羽織が戦場の凱風にひるがえるさまには、すでに大友の宿将としての風格があった。

玄佐に導かれて帷幄に入ると、覚之進はいぶかしげに妙を見たが、顔色は変えなかった。妙は会釈《えしやく》しただけで、玄佐が覚之進の隣に用意させた陣床几に、優雅に腰を下ろす。

「キリシタン兵の配置はどうなっていますか？」

能吏らしく玄佐が覚之進の前に置かれた絵地図を使い、手ぎわよく説明してゆく。

要所はすべてキリシタン側に押さえられていた。四つ辻の三方を押さえておけば、一方から侵攻してくる相手を包囲殲滅《せんめつ》できる。戦場全体を俯瞰《ふかん》したうえで、理に適った適切な配置をしていた。これはただの民衆の暴挙ではあるまい。間違いなくキリシタン側にも戦のやり方をわきまえた者がいる。最初は騒擾であったにせよ、すでに戦のかまえができていた。

「みごとな兵の配置です」

「さよう。この戦は難しゅうござる」

いざ開戦すれば、当初はキリシタン優位に戦況が展開するはずだ。

「問答無用。耶蘇教の連中は小癪《こしゃく》にも、奉行所に敵対しておるのでございますぞ！」

一祐がぶち上げると、数人の家臣たちがうなずいた。

「本当にそうでしょうか。私には、キリシタンの将が、戦を避けようとしているようにも見えまする」

吉岡家臣はどよめいたが、覚之進はひとりうなずき、続きをうながすように妙を見た。

「キリシタンたちはみごとに統率されています」

道すがら、無数の人混みはあったが、両陣営の規律は守られていた。元軍人の司祭《パードレ》カブラルの指図によるものか。

キリシタン側の将は、群衆に持ち場と規律を明確に与え、指揮を可能とすることで、かろうじて暴発を防ごうとしているのではないか。要所の周到な掌握は、奉行所側に対する強い牽制だ。今まで覚之進がにらみ合いを続けていたのは、流血の惨事を避ける意味が第一だろうが、奉行所側に暴走がなかったのは、一祐ら主戦派も勝機を見いだせなかった事情も大きいはずだった。

「わが軍の配置をすべて変えます。まず、大友館を守る兵を前二段のみ残し、他はデウス堂の南の森へ移動させましょう。一人が松明《たいまつ》を二つ持ち、森のなかを煌々《こうこう》と照らしてください。援軍が来たと思わせるのです」

「されど妙さま。それでは大友館の守りが、かなり手薄となりまするが」

首をひねる玄佐に、妙がほほえみかけた。

「吉岡家は館を守るために命を張っておるのではありますまい。戦を避け、大友の民を守ることこそが吉岡に与えられし使命。大友館の皆さまには、騒擾が収まるまで、上原館へしばし避難いただきましょう」

九州六カ国を支配する守護の国都がキリシタンとの内戦で陥落したとなれば、九州全土に激震が走るに違いなかった。だが、もとより万に届かんとするキリシタンたちが大挙、大友館へ押し寄せたなら、千にも満たない吉岡兵で守れはしない。

「お方様、お待ち下され！」

妙の言葉に一祐は憤慨して、嚙みつかんばかりにつめ寄ってきた。

「戦は先手必勝。このまま座して手をこまねき、暴徒を相手に他家の支援をあおいだとなれば、吉岡家の名折れにございまする！」

「キリシタンたちのなかには相当、戦の心得と経験のある将がいます。暴徒相手に戦をして負けるほうが吉岡の名折れではありませぬか」

「お方様は、名門吉岡家を何とお心得か！」

「ええい、控えんか、若造が！」

ずっと黙していた道察が、太い腕で一祐の首筋をつかみ、妙にむかって頭を下げさせた。

「わしはお方様のお指図にしたがう。されば、お前も黙ってしたがえ」

覚之進が組んでいた腕を下ろした。

「妙の申すとおりじゃ。大友館が焼け落ちたなら、また建てなおせばよい。されど、失われし民、将兵の命は戻らぬ。ひとたび血を流していがみ合えば、和を取り戻すのは容易でない。民のため、大友宗家のためなら、吉岡の名なぞ、何度折れてもかまわぬ。表六玉が汚名をかぶろう。戦だけは起こしてはならぬ」

覚之進の懸念は杞憂《きゆう》ではない。大友親家、田原親虎の受洗以来、入信する大友家臣が後を絶たなかった。ひとたび政権とキリシタンが敵味方として戦火を交えれば、ついに大友は二つに割れ、全六カ国が戦の炎で燃え上がるだろう。

「私が戦を止めてみせます。キリシタンの将が戦を望まぬなら、きっと道はあるはず」

覚之進は大きくうなずいてから、家臣たちをゆっくり見わたした。

「されば、すべてわが妻、妙の指図どおりに兵を動かせ。責めは万事、この覚之進が負う」

妙が絵地図を見ながらつぎつぎと指図をすると、吉岡家臣団からうなり声が漏れた。

「さすがは、あの角隈石宗をうならせし才媛じゃ……」

玄佐がつぶやくと、妙は立ちあがり、覚之進と家臣団に言い放った。

「これから私は、戦を止めるためにいくつか手を講じて参ります。両陣営に戦を望み、ある者が出ましょうが、決して軽挙妄動はなりませぬ」

†

臼杵右京亮は人垣をかき分けて、キリシタンの仮本陣へ急いだ。

府内に集まってくるキリシタンの数は増える一方だった。信仰とは関わりなく戦を望む者たちも混ざっていようが、すでに万を超えているかも知れない。

暴発しかねない各部隊の狂騒を何とか収めるうち、奉行所の兵が配置を変えたと報告があった。デウス堂の南の森で新たに展開された兵団は、キリシタンの本陣ともいえるデウス堂の喉元に突きつけられた短刀に等しい。大友館の警固を半ば放棄して攻めに転じる奇策は、斬新な一手といえた。もしや角隈石宗が加わったのか。

奉行所側にも戦のやり方を知る者が現れたようだが、さいわい戦を避けるつもりらしい。相手がその気になれば、手薄なデウス堂の南からすでに突入しているはずだった。

右京亮はただちに、数少ない鉄砲を投入して、デウス堂南側の防御を固めた。

だが、事態はさらに深刻化している。ファビヤンはすでに殉教したとの風説が流れ、キリシタンたちの狂騒は最高潮に達しつつあった。

キリシタン側はデウス堂から大友館へむかう街道の途中、四つ辻の西に仮本陣を敷いていたが、黒山の人だかりでゆくてが見えなかった。人垣のむこうで上がった盛大な喊声に、右京亮の胸はざわついた。

（いったい何が起こっているのだ？）

エステバンが暴発したのか。人混みを押し分けて進む。

ようやく仮本陣にたどり着いた。ちょうど、勝利の凱旋でもするように、馬上のエステバンが得意満面で槍を片手に戻ってきたところだった。

「エステバン。俺のおらぬうちに、いったい何があった？」

ひらりと下馬したキリシタンの若者は、右京亮にむかってうやうやしく片膝《かたひざ》を突いた。

「戦のかわりに、ひとまず一騎打ちで決着をつける仕儀となり申した。三番勝負でござる」

耳を疑った。

挑発合戦に乗ったキリシタン侍の一人が、吉岡家を罵倒して果たし合いを申し入れると、敵の若い将が応じた。すぐにキリシタン侍が敗れて逃げ戻ったため、しかたなくエステバンが出馬したという。事を起こしたキリシタン侍はいずこかへ姿を消したらしいが、宗亀の意を受けた間者に違いあるまい。

「私が敵の三人をすべて打ち倒してみせましょう。デウスに護られている私が、異教徒《ゼンチョ》に負けるはずがありませぬ」

「愚かな。どちらが勝っても負けても、その三番勝負が終わった後、何とするのだ？」

世紀の見世物に群衆はしばし熱狂するだろう。だが、宴《うたげ》が果てた後はどうなる。勝てばその勢いに乗って、負ければ報復のために、群衆が暴徒と化しかねなかった。

エステバンが片笑みを浮かべながら、右京亮に応じた。

「万事、天主がお決めになりましょう。わが聖槍の前に倒せぬ敵はおりませぬ」

腹に槍傷を負った若者が引っ立てられてきた。奉行所側の一番手は吉田一祐なる若者で、激闘のすえ、エステバンに突き落とされたという。

「邪教徒どもが！　早うわが首を刎《は》ねよ！」

軽い負傷ではなかった。腕利きの薬師の手当てを受けねば助かるまい。

血を吐きながらわめく一祐にかまわず、右京亮は周りの者に指図した。

「急ぎ手当てをしてやれ。決して死なせるな」

「ジャン殿。敵に天主の名をおとしめられて、まさかキリシタンが引き下がるわけには参りますまい」

エステバンは槍を手にきびすを返し、自信たっぷりの足取りで馬へむかった。先年、この若者は信仰を貫き通して、主君にさえ勝った。キリシタンの勝利を信じきっている。

だが、吉岡家には万夫不当の武名で鳴る猪野道察がいた。エステバンが敵う相手ではない。

エステバンが敗れた後、キリシタン側の三番手が出なければ、両陣営は納得しないだろう。

右京亮は唇を嚙んだ。開戦に向けた流れが着実にできあがっていた。

「お方さまの温かいご配慮、心より感謝申しあげます」

妙は国主大友義統の正室、菊にむかってうやうやしく両手を突いた。

†

上原館からは、陽のかたむき始めた府内の町がよく見えた。喧噪はここまで届いてくるが、上原館はキリシタンに寛大な宗麟が府内にあるときに住まう邸であり、仮にキリシタンが暴徒と化しても、焼き討ちされるおそれは少ない。

妙は菊に頼み込み、不測の事態に備えて大友館の女子供を上原館に避難させた。妙は吉岡家への輿入れの際、養女にするという菊の申し出を断っていたが、菊なら機嫌を損ねたりせず、妙の願いを受け容れるだろうと確信していた。

菊はじっと妙の顔を見つめている。

「立派になりましたね、妙。そなたの父上の面影があります」

菊が浮かべるほほえみには、母親としての思いやりと慈しみがあふれていた。

「これまで、いろいろなことがございました。厳しい義母と、少し生意気な息子ができました。おかげで大人になった気がいたします」

子をなせぬ妙にとって、もっとも近しい血縁者は、後にも先にも菊だけということになる。

「……妙は今、幸せなのですか？」

「はい。私は最高の恋をし、最愛の夫と結ばれました。縁のあった義母とも、わが子とも、なかよくやって参ります」

「妙は強い子ですね。私はただ運命に流されるまま、そなたの父上との恋だけを大切な思い出に生きてきました。府内に来て、これまで一度も幸せだと思ったことはなかったけれど、妙のおかげで幸せな気持ちを取り戻せそうです。萩どのと言いましたね。生みの母は育ての母に、決して勝てぬものとわかってはいますが、うらやましく思います」

妙にとっては、乳母の萩が母親がわりだった。六カ国の太守の正室として何不自由なく暮らしてきた菊よりも、「娘」とともにある萩のほうが幸せだとするなら、人生とは皮肉なものだ。

「二人の母に孝行するためには、私が誰よりも幸せであらねばならぬと思うております。ですが今、府内の、豊後の、九州の平和が破れようとしています。数多くの幸せが、失われようとしています」

遠くで激しい喊声が上がっていた。鬨《とき》の声とは違う。何が起こっているのか。

菊は窓の外、この国の命運を決める府内の騒擾を見やった。

「そのようですね。政《まつりごと》はわかりませんが、妙にはきっと大事が成せるのでしょう。私には何もできないけれど……」

「いえ、お方さまならおできになります。さればこうして、まかり越しました」

菊は涙を浮かべながら、妙をまっすぐに見た。

「私にできることでしたら、引き受けましょう。でもひとつ、願いがあります」

菊ははずかしそうに視線を落としながら、つけ加えた。

「一度でいい。そなたから、母上と呼ばれてみたい」

妙はもう、母にはなれない女だ。結局、「母上」と呼んでくれなかった甚吉を思うと、菊の気持ちが痛いほどわかった。

菊にむかって妙は優雅に手を突いた。

「母上。娘から、たっての願いがございまする」

「……何なりと。わが子の願いなら、きっと聞き届けましょう」

妙が説明を終えると、母は肩を震わせながら、娘にむかって美しくほほえんだ。妙の頰にもひと筋の涙が流れている。

「妙、私はそなたを誇りに思います」

†

「殉教こそわが本望である。異教徒《ゼンチョ》ども、早うわが首を刎ねよ！」

荒縄で縛られて苦しげに息巻く若者は、キリシタンの白装束を着ていた。

妙が吉岡家の仮本陣へ戻ると、喊声と人垣を前にして、異様に殺気立った諸将と、その前で瞑目して太い腕を組む覚之進がいた。

「ちと、うまくない話になった」

覚之進の言葉を、玄佐が引き継いだ。

「妙様。何の因果か、今、一騎打ちの三番勝負をやってござる」

何やら吉田一祐が、吉岡家をばかにするキリシタン侍の挑発に乗ってしまい、一騎打ちが始まってしまったという。

受けて立った一祐は件《くだん》の侍を倒したが、キリシタン側の二番手であるエステバンという若者に敗れた。が、二番手で出た道察に誰も敵うはずがなく、若者はひと突きで敗退した。道察は槍の石突で吹き飛ばしただけだが、肋骨《ろっこつ》を何本か折ったらしい。その若者が今、吉岡の陣で殉教を叫んでいるわけだ。あずかり知らぬところで始まった勝手な果たし合いであるため、覚之進は知らぬ顔を決め込んでおり、人垣が一騎打ちの場を隠していた。

「それで、道察どのが三人目のキリシタンに勝った後は？」

「いや、勝負はまだ続いてござる。小休止を挟んで、すでに百合あまりも打ち合っておりましょうが、決着がつきませせぬ」

一騎当千の猪野道察と互角に戦える将が、キリシタン陣営にいるというのか。並みの武芸者では歯が立たないはずだ。まさか……。

玄佐は弱り顔で小さくうなずいた。

「さよう。出てきたのはあの御仁でござる……。お方様のために、道を空けよ」

人混みが二つに分かれてゆく先、道察の巨体と黒馬の躍動する後ろ姿が見えた。
道察に対し一歩も引かず、激しい打ち合いを演じる白装束の相手は、白馬に乗る偉丈夫だった。

激しい剣戟《けんげき》の音を響かせた後、二人はいったん離れた。

「道察には、相手を殺《あや》めるなとは言うておきましたが、伎倆《ぎりよう》が互角なら、手を抜けば命を落としますからな」

胸もとの銀のクルスが、かたむき始めた陽光できらめいている。かつての想い人は、右手に小太刀《こだち》を持ち、左手には見慣れない南蛮の盾を持っていた。

怠けて動くのを忘れていた妙の胸が、早鐘《はやがね》のように打ち始めた。右京亮は群衆のなかにいる妙に気づいてはいない。

道察が槍を天にむかって突き出しながら、野獣のごとき雄叫《おたけ》びをあげた。

何合打ち合ってもらちの明かない不届きな展開に、憤懣《ふんまん》やるかたない様子である。

「道察がわれを忘れておりまする。戦場で吼《ほ》える道察は誰も止められぬ。このまま、戦になるやも知れませぬな」

戦には勢いがある。当主はともかく、吉岡兵は今、道察と心をひとつにして、手に汗にぎりながら声援を送っている。好勝負だからこそ、思い入れも強い。

右京亮はキリシタン側の三番手だ。道察が右京亮を討ち果たした後、吉岡勢はそのまま余勢を駆って攻め込むおそれもあった。逆に、自軍の将を討たれたキリシタンは復讐に出るかも知れない。

妙はにらみ合う二人の将を見た。みじめなほど心を乱して右京亮の命を案ずるのは、かつての想い人だからか、それともまだ愛しているからか。

「いずれが勝っても、どうやって戦を避ければよいのか……」

隣の玄佐が天を仰いだとき、馬上の道察が動いた。ただちに右京亮が応じる。

二将の馬がすれ違った後、臼杵右京亮が小太刀を鞘に納めると、その背後で道察の巨体がゆっくりと馬から落ちた。

あっという間の勝負だった。

奇策の勝利だ。右京亮は盾を投げつけた。これに反応した道察の一瞬の隙を、右京亮は衝いた。だが、峰打ちだったらしく、骨にひびくらいは入ったろうが、道察の命に別状はなさそうだった。決して相手を殺害してはならないことを、右京亮は正しくわきまえている。

道察にはすまないが、妙はホッと胸をなで下ろした。

右京亮が妙の数間先で白馬を止めると、群衆から巨大な喊声が上がった。

――吉岡の三番手は誰じゃ？

すっかり見世物興行となっている。これで三番勝負は二勝二敗で五分となった。吉岡勢は最後に誰を出すのか。

右京亮は馬首を返しながら、ゆうゆうと自陣へ戻ってゆく。

間違いない。キリシタン陣営で戦を止めようとしていたのは右京亮だ。

（でも、この三番勝負で、どうやって開戦を止めれば……？）

右京亮は白緞子《どんす》のマントをひるがえし、白馬を闊歩させている。

「妙、ここまで事が大きゅうなれば、もはやただの私闘とは片づけられぬ。臼杵右京亮は一騎当千なれど、あの剣豪でも、傷ひとつ付けられぬ者がこの世にひとりだけいる」

いつの間にか、かたわらには覚之進の巨体があった。

「わかりました。吉岡の名誉をかけて、私が出ましょう」

「お待ちくだされ！　お方様が一騎打ちに出られるなど、前代未聞の話。不躾《ぶしつけ》ながら、女子を出したとあっては、吉岡家の男児はかっこうがつきませぬ」

あわてる玄佐に、妙はさらりと応じた。

「なるほど。されば、よい若者がいます。萩につれて来させましょう」

†

しばらくして妙が吉岡家の本陣に戻ると、いっせいに家臣団からどよめきが上がった。

当然だろう。妙はキリシタンの白装束をまとった男装であった。萩に指図して老門番のトマスを通じて入手した衣装で、胸には青銅のクルスをかけている。馬上の一騎打ちまでするつもりはなかったが、この対立を収めるために役に立つ装束だと考えて頼んだものだ。

「そのかっこうは……何じゃな？」

皆を代表して問う覚之進に対し、妙は頭を下げた。

「お方さまよりのお言いつけで参りましたバルトロメオと申します。必ずや一騎打ちに勝利してみせましょう」

「さようか」

覚之進は短くうなずくと、居並ぶ家臣団にむかって言い放った。

「皆の衆、知っておろうが、妙はわしには過ぎたる妻よ。されば、知勇兼備のわが妻が推挙せしこの者に、吉岡と府内と大友の命運、託してはくれぬか」

道察が胸を押さえながらゆらりと現れると、議論を封じるような大音声《だいおんじょう》が響いた。

「無様な仕儀となり、面目ござらぬ。わしは異存ござらん。後を頼みまする」

†

右京亮はキリシタンたちの熱狂的な称賛を浴びながら自陣へ戻ると、陣床几に腰を下ろして、むこう側の吉岡の陣を見やっていた。

顔つきまでは見えないが、遠くにどっしりとかまえる吉岡覚之進の巨体があった。

（さて、これから何とするか……）

右京亮と道察が繰り広げた死闘は、観衆の期待に応えてあまりある興行だった。

両陣営はそれぞれ二度勝った。負傷者は出たが、さいわい死人はいない。このまま引き分けを宣言して幕引きとしたいところだが、高まるばかりの大衆の熱狂がそれを許す気配はなかった。右京亮は、カブラルの開戦命令を「暴挙は慎め」と誤訳して伝えている。だが、いつまで暴発を止められるだろうか。

始まってしまった三番勝負の終え方次第では、そのまま戦となりかねない。

道察は手強《てごわ》い相手だったが、殺めずに勝利したことは、吉岡勢の戦意を削《そ》ぐには有効だったはずだ。主戦派の吉田一祐なる若者も俘虜《ふりょ》となっており、覚之進の不戦の意思を考えても、奉行所側から戦をしかけるとは思えなかった。

だが逆に、キリシタン側の熱狂は最高潮に高まっている。道察というわかりやすい難敵を激闘のすえに倒した右京亮は英雄視され、キリシタンたちは異教徒を撃滅する将として「ジャン」を見ていた。すべては天主の加護である。戦えば必ず勝利すると誤信しているはずだ。

（聖戦を望む狂信者たちを抑える手立てはないか）

エステバンは囚われている。さらにここで右京亮を欠けば、戦を指揮する者はいない。吉岡兵の新たな配置はキリシタンたちを牽制するに十分だ。

だが、もともと文を重んじる吉岡家は、猪野道察を武の筆頭としており、三番手がいない。覚之進に名将の器はあっても、武技は半人前だ。右京亮が素人《しろうと》剣技に敗れる茶番を演じたところで、観衆は鼻白《はなじろ》むだけだろう。

道察には勝つしか道がなかったが、どう考えても役者が一人、足りなかった。手づまりだ。

だが急がねば、他家の援軍が府内に到着する。覚之進と違い、流血を望む将もいよう。そうなれば、内戦はもう避けられまい。

右京亮は天を仰いだ。

東風《こち》のせいか、春の暮れ空は天涯まで澄んでいる。

この空の下で、右京亮は恋を紡いだのだ。

だが、一手でも誤れば、想い人とともに歩き、過ごしたこの府内は炎上する。

忘れられぬ女性を想った。

(妙殿。いかにすれば、戦を避けられるのだ?)

「みごとであったぞ、ジャン」

視線を地に戻してふり返ると、イエズス会士の黒服を着た男が立っていた。

右京亮がカブラルにむかって片膝を突き、胸で十字を切ったとき、むかい合う吉岡の陣から大きなどよめきが起こった。

カブラルがあっけに取られた様子で、口をあんぐり開けている。

肩ごしに見やると、白装束の小柄な武士がひとり、猪野道察の赤鞍の黒馬にまたがって戦場に姿を現していた。右手に持つ薙刀が春の夕光にきらめいている。

吉岡の陣に、右京亮とまともに戦える三番手の将などいるはずがなかった。

黒馬の将が駒をゆっくりと進めるたび、観衆のどよめきは大きくなった。当然だろう。奉行所側からキリシタン装束の侍が登場するなど、あまりに意表を衝いている。

見まちがえるはずもなかった。

無粋な薙刀を手に、命のやり取りをする果たし合いの場に現れたのは、かつて右京亮が心から愛した女性だった。

「林左京亮が一子、バルトロメオ。これより、吉岡覚之進さまに助太刀いたす！」

物怖《ものお》じせぬ女声は、声変わり前の少年の声にも似ている。

なるほど妙を知らないなら、男装した妙を、ファビヤンのごとき少年のキリシタンと勘違いしてもおかしくはない。まさか吉岡家当主の正室が一騎打ちに出るなどと、何人も考えるはずがなかった。

「ジャンよ、バルトロメオとやらを知っておるか？」

「近ごろ丹生島城にて、宗麟公に仕え始めた近習《きんじゅ》にて、修道士《イルマン》アルメイダを慕うておる侍にございまする」

アルメイダの名を出すと、カブラルが渋い顔をした。

ポルトガル人ルイス・デ・アルメイダは、身分こそ司祭より位の低い修道士にすぎないが、優れた医術により、多くの病人を救った。負傷した右京亮も救われた。日本の言葉を何不自由なく話し、カブラルよりもはるかにキリシタンたちの信を得ていた。カブラルといえども、格下ながらアルメイダにだけは一目を置かざるを得ない。

「キリシタンが、なぜ奉行所に味方する?」

「同じ豊後の民なれば、敵も味方もありませぬゆえ」

「そなたが負けるはずはあるまいな、ジャン」

「殉教するつもりはありませなんだが、バルトロメオは薙刀の名手。私が討たれしときは、戦をしても勝ち目はございませぬぞ」

話を打ち切るように右京亮が立ちあがると、白緞子《しろどんす》のマントが荒い春風になびいて音を立てた。

(忘れていた。さいわい吉岡家には、たぐいまれな知勇兼備の賢女が一人、いた)

さすがに角隈石宗ゆずりの軍略の持ち主だ。思いも寄らない奇策を用いる。右京亮には妙の策がわかった。その策を許す覚之進という男の器量もまた大きい。

白馬にまたがった右京亮は、ゆっくりと馬を歩ませる。

ふたりは一間(約一・八メートル)に満たない距離で再会した。

妙が視線を重ねてきた。

右京亮は鞘《さや》から小太刀を抜き放つ。

いつしか静まり返った戦場に、甲高《かんだか》い金属音が響いた。

残響の消えぬうちに、妙の薙刀がうなりを立てて、振り下ろされる——。

†

五十合ほども打ち合ったろうか。

息を整えるために、妙はいったん馬を離した。

さすがに臼杵右京亮は剣豪だ。道察との激闘の後で疲れは見えるが、隙はまったくなかった。信頼できる伎倆ゆえに、妙も安心して打ち込めた。稽古のような楽しささえ感じた。

右京亮は妙の奇策を解している。

聴衆が息をひそめているのは、手に汗にぎる剣技のせいだけではない。

キリシタンの白装束どうしが繰り広げるこの果たし合いに、勝者はいないからだ。

ジャンこと右京亮が勝っても、キリシタンの同志を討っただけの話だ。

バルトロメオこと妙が勝ったところで、吉岡勢は興醒めだ。奉行所側はキリシタンの力を借りて勝ったにすぎない。

妙の白装束と演武は、これから起こりかねない戦が、無用の同士討ちだと双方に知らせるためだった。にらみ合う両軍は敵でないと、示すためだ。

阿吽《あうん》の呼吸で打ち合っているうちに、わかった。

ふたりの心はたしかに通じ合っている。

戦を、止めるのだ。

奉行所側の他の軍勢が到着するまでに、すべて終わらせねばならない。

この一騎打ちの結末はひとつしかなかった。

妙がゆっくり黒馬を進めると、右京亮も白馬を寄せてきた。

たがいの眼だけを見つめ合っている。

一触即発の騒擾の場にいるはずなのに、何も聞こえなかった。時が気まぐれに歩みを止めたように、世界には今、ふたりしか存在しなかった。

振り下ろした妙の薙刀を、右京亮の小太刀が軽くいなした。

ふたりは馬で円を描きながら、無粋な武器ごしに近づいた。

「このような形でふたたびお会いするとは、思いもよりませなんだ」

右京亮のやさしげな声はふたりにしか聞こえない。言葉は本当に口から出たのだろうか。閉じられた口もとには、いつものほほえみさえ浮かんでいた。

変わらない胸のときめきは、戦いゆえではなかった。

運命に引き裂かれても、なお想っているからだ。

「私も、もうお会いはできまいと。されど運命とは、わからぬものです」

嫌忌して別れた恋人ではなかった。たがいに好きでたまらぬのに、相手のためなら死んでもいいと思っているのに、別れた想い人だ。

胸の高まりを抑えられぬ妙の心は、責められるべきだろうか。

「次、参りますぞ」

妙の言葉に右京亮がうなずくと、ふたりは柄《つか》を押し合って離れ、間を取った。

数間を挟んで、かつての恋人同士が対峙《たいじ》している。

妙が先に動いた。力のかぎり振り下ろした薙刀を、右京亮は小太刀でかわした。

数合打ち合わせた後、妙の突き出した薙刀が、右京亮の小太刀を弾《はじ》き飛ばした。

動きを止めない刃《やいば》が、そのまま右京亮の腹部を切り裂いた。

白装束がみるみる赤く染まってゆく。

妙が薙刀を引くと、右京亮は天を仰ぎながら、落馬した。

†

春が残照に染まるなか、吉岡勢の帷幄は異様な緊張をともなったまま、平静であった。

「殿のお方様へのご執心は、府内じゅうの者たちが知るところ。吉岡家の正室なら、嫡男の身がわりとして不足はないと……」

妙の意を受けて、カブラルとの交渉に出向いていた中島玄佐がデウス堂から戻り、キリシタン側の回答を伝えた。

「それは、重畳《ちょうじょう》」

すでに妙は似合わない白装束を脱いで、萌黄色の小袖姿である。

「じまんの将が仲間に敗れてしまい、キリシタンたちもすっかり意気消沈しておりましたな。されど、お方様。わが殿は府内を守るお立場。万一の場合、身内を犠牲にしても、大友を守らねばなりませぬ。紹忍様のお指図や、これより府内に入る他家の出方次第では、キリシタンとて――」

「承知しています」

妙は右京亮との一騎打ちで、ひとまず戦を止めた。

覚之進のもと、妙の配置した奉行所の兵は着実に守りを固めていた。吉田一祐も俘虜となり、主戦派も出鼻を挫《くじ》かれている。他方、ジャンとエステバンを失ったキリシタン陣営は指揮官を欠き、戦ができなかった。

だが、ファビヤンが殉教した場合、キリシタンは後先を考えずに暴発し、府内が戦場と化すだろう。そうなれば、キリシタンの手中にある妙が命を落とす展開は、じゅうぶんに予測できた。

妙は立ちあがると、道察にほほえみかけた。

「デウス堂まで警固を頼みます、道察どの」

道察は苦い顔でうなずき、まだ痛むらしい胸をさすりながら立ちあがると、小柄な妙にむかって体を折りたたんだ。

「わかりませぬな。お方様は吉岡に来られてまだ日も浅く、甚吉様とは血の繋がりもござらん。吉岡のためにここまで命を張られるとは……」

「私は吉岡家の正室にして、甚吉の母です。母が子を守らずして、誰が守るのですか？」

「わが殿は、実にご立派な女性を室となされた」

「私は覚之進さまに救われて、今ここにあるのです。愛と信頼にお応えせねばなりませぬ」

甚吉が死ねば、道察は迷わず腹を切る。覚之進は後嗣《こうし》を奪われるだけでない、忠臣と家中の和をも失うだろう。

「私の身を案ずるには及びませぬ。後は頼み入ります、玄佐どの」

「わが殿とあの御仁が必ずや何とかしてくださるはず。しばしのご辛抱でござる」

甲高い馬のいななきが聞こえ始めた。

府内の騒擾を聞きつけた紹忍派の家臣たちが、軍勢を率いて府内入りし始めたのだろう。

もう吉岡家だけで開戦を止めることはできない。

†

道察にともなわれてデウス堂に着くと、妙は老門番のトマスに案内された。

甚吉は修院の片隅に縮こまって座っていた。見張られてはいるが、捕縛されてはいない。

妙の姿を認めると、すぐに駆け寄ってきた。妙にむかい、すがりつくように両手を伸ばす。

が、妙は右手を振り上げ、甚吉の左頰を張り抜いた。ただちに返す手の甲で右頰を打った。

驚いたキリシタンたちの耳目を集めるほど、高い音だった。

甚吉は打たれた頰を押さえながら、むしろ笑みを浮かべた。

「必ずお叱りを受けると、覚悟しておりました」

「理由をわきまえておればよい」

「吉岡家の後嗣として、うかつなふるまいにございました。二度とかような真似はいたしませぬ」

「そなたはすでに立派な男子《おのこ》です。物見遊山《ゆさん》で危ない真似をしたとは思えませぬ。申し開きがあるなら聞きましょう。それとも、母にも話せぬことがありますか？」

甚吉が騒擾のなかデウス堂へおもむいた理由を、権左衛門は話さなかった。甚吉に口止めされてはいないが、「男子のこけんに関わる話」だとして、どうしても明かさなかった。

「いえ、母上には聞いていただきとう存じまする」

甚吉は顔を真っ赤にして、それでも妙の眼を見ながらはにかんだ。

「キリシタンの娘に恋をいたしました」

医術を施す修道士ルイス・デ・アルメイダの助手を務めるキリシタンの少女で、ルイザという名らしい。見初《みそ》めただけで、言葉らしい言葉を交わしたこともなく、片思いだという。甚吉は父覚之進のそばで政を学んでいたが、いよいよ衝突が不可避になると、このままではデウス堂が焼かれると考え、ルイザを救い出そうとデウス堂へおもむいた。が、会えないでいるうち、騒擾が起こった。ルイザはちょうどアルメイダとともに丹生島へ出向いていて、不在だったらしい。

「この話、ひとまず父上には内密に願えませぬか」

「母にだけ打ち明ければよい話もあります。私たちだけの秘密にいたしましょう」

「ありがとう存じまする！」

深々と頭を下げる甚吉を、妙は力強く抱きしめた。

甚吉が妙にすがりついてくる。声なき声で泣く甚吉の体の震えが伝わってきた。

「どうかおゆるしくださりませ、母上。勝手に、涙が出て参るのでございます」

甚吉は何度も謝った。妙は武士たる者、涙を見せてはならぬと教えてきた。

「今はうれしゅうて、泣いておるだけにございますれば――」

甚吉は当たり前のように、妙を「母上」と呼んでいる。妙も涙をこらえた。

「母が参ったからには、もう大丈夫じゃ。何の心配も要りませぬぞ」

妙は甚吉の小さな体の温《ぬく》もりをしっかりと感じてから、身を離して立ちあがった。

「戦はまだ終わってはおりませぬ。そなたはこれより吉岡の陣に戻りなされ。道察どのがべ、そをかいておるゆえ、早う行ってやるがよい」

妙は甚吉をトマスに差し出すと、甚吉の背を強く押した。

「私のじまんの息子です。よろしゅうお願いいたします」

甚吉が必死の形相で妙をふり返る。

「お待ちくだされ！　母上は何となさいまする？」

「父上をお信じなさい。府内の警固を至誠の将が預かっていたのは僥倖《ぎょうこう》。必ずや戦を避けてくださるはず。されど、乱世では何が起こるか知れぬ。たとえ母が命を落としても、決して父上を恨んではなりませぬぞ」

「せっかく母上にお会いできたのに——」

なお言いつのろうとする甚吉を、妙はにらみつけた。

武士たる者、無様なふるまいをすべきでないとも教えてある。

甚吉は悟ったように黙すると、妙にむかって深々と頭を下げた。

トマスに連れられて修院を出る甚吉の後ろ姿は、どこか毅然《きぜん》としていた。たとえこの地で果てようとも、妙は吉岡家での役目を果たしたに違いない。

妙は春の夜空を見あげた。府内は不気味に静まり返っている。

心配無用だ。右京亮と覚之進なら、必ず戦を止められるはずだ。

†

右京亮は覚之進に同道して、田原紹忍の屋敷へむかっている。

妙の薙刀の刃は右京亮の横腹をかすめた。多少は血が出て、おおげさに落馬したから、暮れなずむ空の下では演技とは見抜けなかったろう。群衆の前で吉岡兵に捕縛されたが、右京亮は身動きひとつしなかったから、死亡説さえ流れていた。

キリシタンどうしの一騎打ちで指揮官を失い、とほうに暮れる群衆が暴発はすまい。カブラルは信者の殉教を平気で利用する男だが、右京亮なしで戦をするほどの胆力はなかった。

だが、一触即発の事態を避けられただけの話で、ファビヤンの身柄を解放しないかぎり、問題の解決はない。

俘虜となって吉岡の陣に入り込んだ右京亮の提案を、覚之進はふたつ返事で承知した。後は紹忍の器量次第だ。

世は桜色に染まっていた。吉弘屋敷の古桜も咲き誇っているに違いなかった。

復活祭《パスコァ》の時節は桜が咲く。復活祭があるために、右京亮は桜の咲く時期によく府内を訪れてきた。桜花に導かれて、妙との邂逅《かいこう》と別離を味わったともいえる。

「紹忍殿は難しいお人じゃ。親虎殿も関わる話ゆえ、事は容易でない。決裂した場合は何とするかの？」

「大友とキリシタンを救う策を献ずる所存。紹忍様がひとかどの人物なら、諒《りょう》とされるはず。どうしてもお聞き届けなしとなれば、お手上げでござる。刺し違えますかな」

田原屋敷は大友館から見て北東の角にあった。大友宗家の鬼門をみずから封じるために、紹忍がそまつな寓居《ぐうきょ》をかまえた話は有名だ。質素な茶室からは、小さな庭にぬるでの新芽が見えた。

紹忍は府内の騒擾を聞きつけて、隠密で府内入りしたばかりだった。状況を把握するために覚之進を呼んだのである。

紹忍が姿を見せると、右京亮は平伏した。覚之進は隣に座っているだけだが、圧倒的な存在感があるのは巨体のせいだけではない。

「素性も知れぬ京の白拍子の小倅《こせがれ》が、ここまで身を立つるとは思わなんだぞ」

　爽やかな声にはみじんも棘《とげ》がなかった。むしろ共感と感嘆さえ込められている気がした。覚之進の同道とはいえ、身分の低いキリシタン侍と面会することじたい、なかなかの器量といっていい。

「お誉めにあずかり、光栄に存じまする」

うながされて面《おもて》を上げると、眉目秀麗な男が居住まいを正して着座していた。

「ふん、其許《そこもと》も義兄上《あにうえ》(宗麟)好みの面《つら》をしておるわ」

紹忍は品定めするように、右京亮を眺めている。

「身どもは大友宗家に対し、絶対の忠誠を尽くす。大友に仇《あだ》なす者は何人も、たとえわが子とて、ゆるさぬ」

あたりを払う威風は、宗麟のそれなど優に超えている。位人臣《くらいじんしん》を極めた権力者のゆえではない。己の力で頂点まで上り詰めた男が自然に醸し出す覚悟と気迫だった。

以前なら臆したか、身がまえたであろう。が、右京亮は涼やかに対した。

「私も何度か、紹忍様の手の者に、命を狙われた覚えがございまする」

「清濁併せ飲まねば、為政者は務まらぬものでな」

宗麟の絶大な信を得た紹忍は、大友家臣で最大の所領を手に入れた。内政に秀でた紹忍は与えられた封土をおおいに富ませた。が、自身は小さな古屋敷で清廉な生活を送り、富は民と家臣に分け与え、あるいは惜しげもなく大友宗家に献上した。宗亀とは異なる無私が、紹忍の強みであったろう。鎮信や覚之進が紹忍の腹心として立ち回る理由がわかる気もした。

「身どもは長年、義兄上と苦楽をともにして参った。こたびの耶蘇教の一件があっても、義兄上との絆は小揺るぎもせぬ。義兄上も安心して、大友のゆくすえを身どもに委ねておられるはずじゃ」

顔かたちはまるで違うが、死んだ恩人の臼杵鑑速が思い浮かんだ。宗麟が鑑速の裏切りをまったく考えなかったように、宗麟と紹忍の間には絶対の信頼があるらしかった。

「さて、こたびの騒擾じゃが、其許が身どもなら、いかにして鎮める？」

「親虎様の棄教は田原家の事柄ゆえ、よしなになさいませ。後はご決断二つで足りましょう。ファビヤンの追放取消しと、日向攻めでござる」

幽閉中の親虎の身は田原家の問題だった。信仰を貫くか地位を捨てるかは、親虎自身が決めればよい。親虎を取るか、大友を選ぶかも、紹忍が決める話だ。

「大友を二つに割ると申すか」

「御意。他に、われらが歩むべき道はもう、ございませぬ」

かくなるうえは、行き着くところまで行って、共存する道を開くほかない。

右京亮の持論を、紹忍は眉宇《びう》ひとつ動かさず黙って聞くと、自嘲気味に笑った。

「みずから他の道を閉ざしておきながら、道がないなどと、ようも抜かすわ。今日の混迷の責めは其許らにあろうが」

「若気のいたりにございますれば、平にご容赦を」

頭を下げる右京亮に、紹忍は小さく笑った。

「用向きはわかった。が、初対面の其許を信じてよい理由は、どこにある？」

右京亮は隣の大男に目をやってから、紹忍を正面から見た。

「それがしは、吉岡覚之進の友にございまする。不足がございましょうか？」

覚之進は身じろぎひとつせず、どっしりとかまえている。府内の騒乱を、体を張って止め続けてきた男だ。公正無私を貫く府内奉行の態度は、立場を問わず支持されていた。温もりさえ感じさせる体格と安心を与える風格は、絶対の信頼感を醸成している。

「ふん、釣りが来るわ。もっと早う、其許に会《お》うておくべきであったやも知れぬ。されど、戦をする以上は勝たねばならぬぞ」

異存はなかった。大友を不可避な戦へと導いた責任の一端は右京亮にあった。

「むろんにございまする。北上する島津とも、近く雌雄を決せねばなりますまい」

紹忍は能吏だが、戦じょうずではない。慎重なこの男に覚悟を決めさせるには、間違いなく日向を奪い取れる軍事作戦を提示する必要があった。

説明を終えて、ひと呼吸置いた右京亮に対し、紹忍はあっさりと応じた。

「よかろう。其許の策で参ろう」

紹忍による意外なほど簡単な同意に、右京亮は半ば拍子ぬけして、表情で問い返した。

「こたびは何としても戦を避けよと、めずらしくあの御館様から強いお達しじゃ。おまけにファビヤンとやらの恩赦状まで届いた。が、其許ら、どうやって手を回した？」

身に憶《おぼ》えのない右京亮は、かたわらの覚之進と顔を見合わせたが、やがて同時にうなずいた。

妙が正室の菊に頼み込んだのだ。菊はめったに政に口を挟まないだけに、気の弱い夫の国主義統がまじめに骨を折ってやったのだろう。

紹忍は二人の様子で策の出所に気づいたらしく、高い声で笑った。

「なるほど、其許じまんの嫁御か。よき後添えをもろうたのう、覚之進」

「豊後一の知勇兼備の妻にござる」

「身どもはこれより大友館に入って差配する。されば、問題はデウス堂じゃ。ファビヤンさえ解放すれば戦は避けられるのか？　いかにしてあの狂信者たちを説く？」

「すでに手は打ってございまする。その御仁は、そろそろけが人の手当てを終えておられるはず」

†

「私は加判衆筆頭、田原紹忍公の意を受けた使者である。デウス堂までの道を空けられよ」

府内には紹忍派の軍勢がつぎつぎと到着し、キリシタンの群衆とにらみ合いを始めていた。

右京亮はルイス・デ・アルメイダとともに、殺気と人が埋め尽くす一触即発の府内を、デウス堂へむかっている。

キリシタンたちと対峙し、紹忍の命令で府内を守る吉岡勢のなかには、猪野道察の物憂げな表情があった。一祐との俘虜交換で解放されたエステバンとは、眼だけ合わせて目礼した。右京亮は調停の試みが失敗に終わり、一度、斬り合いが始まれば、乱戦のなかで抵抗もせずに死ぬ気だった。

会堂や修院に入りきれないキリシタンたちが、デウス堂の周りまであふれ出ていた。右京亮はトマスに用意してもらった新しい白装束を身にまとっている。剣は帯びていない。キリシタンたちがもっとも慕うアルメイダが丹生島から駆けつけ、一騎打ちで死んだはずのジャンが並んで歩いているのだ。

二人は歓呼の声をもって迎えられた。

――修道士《イルマン》よ。天主の子らのため、お力をお貸しくだされ。

右京亮の願いに、アルメイダは力強くうなずいた。

軍人出身のカブラルと違い、アルメイダは元医師であった。医術を必要とする貧民らのために府内で診療所《オスピタル》を開き、祝別された聖水で病を癒しもした。奮い立たせるには熱狂的なカブラルが打ってつけだが、猛り立つキリシタンを抑えるには、皆から篤《あつ》い思慕を受けるアルメイダが適任だった。

右京亮がアルメイダとともにゆっくり歩むと、自然、デウス堂へいたる道ができた。二人が歩みを進めるにしたがい、背後の道が白装束で塞《ふさ》がってゆく。

カブラルはデウス堂の大玄関前に立っていたが、右京亮らの姿を認めると、安堵《あんど》したように迎え入れた。右京亮たちは石段を登り終えると、カブラルの隣で、きびすを返した。

キリシタンの大群集を前にアルメイダが口を開くや、喧噪がやんだ。言葉のわからないカブラルのために南蛮言葉である。右京亮が通詞を始めた。

「修道士《イルマン》はかくおおせである。復活祭は間近ぞ。キリシタンはねんごろに告解を乞い、鞭打ちの苦行をこそ続けねばならぬ。隣人《ポロシモ》を大切に思うがキリシタンである。異教徒《ゼンチヨ》といえど、兄弟を殺めるなぞ、もっての外である」

信仰とともに命の大切さを説くアルメイダの演説が終わるころ、右京亮は勝手に自分の言葉をつけ加えた。

「こたびの一件は、キリシタンに理がある。されど、府内ではすでに兵馬が整えられた。キリシタンは天主のご加護を信じ、戦《たたこ》うてもよい。われも殉教はいとわぬ。されど、皆には生きて、新しき世を見届けてもらいたい。何となれば、近く日本にキリシタンの王国が建設されるがゆえである」

右京亮の始めた演説に、キリシタンたちはどよめいたが、アルメイダは勝手な通詞にもほほえみを浮かべているだけだ。

「時は来た。されば、大友宗麟公の大計を明かそう。近くわれらキリシタンは、日向国に愛の王国、ムシカを創る。異教徒《ゼンチヨ》は一人としておらぬ。キリシタンのみが憩うパライソ（楽園）ぞ。われらはムシカの民である。かの地に移り、天主に仕えよ」

右京亮がぶち上げた理想王国の建設案に、キリシタンたちは熱狂した。

「異教徒のなかにも、心ある者あり。わが友、吉岡覚之進のために道を空けられよ」

ふり返って覚之進の巨体を見た群衆は、一様にどよめいた。覚之進がかたわらに小柄な少年をともなっていたからである。ファビヤンだった。

「名君のご英断によって、ファビヤンは解放された。されば、かような地で命をそまつにいたすな。われは天主の御名の下、大友宗麟公をお守りする親衛隊の長、ジャンである。見よ、今やわれは身に寸鉄も帯びておらぬ。ムシカを創るために必要な物は、剣ではない、聖歌である」

階段の脇を見やった。トマスに頼んでデウス堂の外に出してあったクラヴォの前に、ファビヤンが座った。

右京亮は懐から赤い篠笛を取り出し、ラウダーテを奏し始めた。すぐにクラヴォが合わせてくる。たえなる合奏に群衆は聞き耳を立てて、静まり返った。

アルメイダが朗々と吟じ始めると、キリシタンたちが唱和する。

浜辺に潮の満ちわたるように、異教の厳かな調べが府内へ広がってゆく――。

騒擾が歓喜のうちに去っても、あたりはいつまでもラウダーテに包まれていた。

妙はトマスに導かれる先に、かつての想い人の姿を見た。ほほえみは変わらないのに、右京亮がはるか彼方《かなた》へ去ってしまったように思えた。

「御礼を申しあげまする、右京亮さま」

「その名の侍は、沖ノ浜にて死に申した。私はジャンと申しまする」

右京亮は妙の不在を受け容れ、新たな生に身を置いた。妙も同じだった。二人とも、たがいのいない人生をしっかりと歩み始めていた。

「トマスの爺さまに教えられて、さきほどのお話を伺っておりました。ムシカは、好き合う男女が結ばれる国となりましょうか？」

われ知らず、声が勝手に湿りを帯びていた。

「必ずや、さような国にいたしましょう」

「私も、ムシカの建設を願っております」

ふたりの恋には間に合わなかった。だが、これからムシカで新たに生まれてゆく男女の恋は、いくつも、いくつも花開いて、そこかしこに咲き誇るに違いない。

「いつか私も、あのようにすばらしいラウダーテを吹ける日が来るでしょうか？」

右京亮はかぎりなくやさしい笑みを浮かべながら、こくりとうなずいた。

「何事にも一生懸命な妙殿なら、必ずできるはず」

「よかった。稽古いたしまする。……私は今、幸せです。ジャンさまは？」

「キリシタンにとって、人間が救いを得るための真の掟《おきて》とは、信と希望と愛の三つの善に極まる。妙殿は私に、かりたあて（愛）を教えてくれました」

右京亮は幾歩か進み、妙の斜め前で立ち止まった。

「今、私は天主への真の信仰を得んとし、ゑすぺらんさ（希望）を抱いておりまする。妙殿のおかげでござる。妙殿のゆくすえに幸、多からんことを」

異国の聖歌が二人を包んでいた。しばしの沈黙を共有する。眼だけで別れを告げた。

右京亮が歩を進め、行き違っても、妙はふりむかなかった。

デウス堂を出たあたりに、覚之進の巨体が見えた。隣には甚吉がばつの悪そうな顔をして立っていた。

愛する家族のもとへむかう。

妙の眼の前を、春嵐に乗ってきた桜花が、幾弁も舞い降りた。

第八章　はるかなるムシカ

十八　名貫原《なぬきばる》

臼杵右京亮が足音を殺して会堂に入ったとき、ミサはまだ終わっていなかった。

聖歌あふれるムシカの会堂の外では、セミナリオを建設するのどかな槌音《つちおと》が響いている。

ついに受洗した大友宗麟は、天正六年（一五七八年）秋、聖フランシスコの祭日に、キリシタンの親衛隊を率いて、丹生島から海路日向入りし、戦場となる高城《たかじょう》から十里（約四十キロメートル）も離れた日向北部のムシカに本営を置いていた。

異教の聖歌が途絶えた静寂《しじま》を衝《つ》いて、遠く馬の鋭いいななきが聞こえた。

カブラルはゆうゆうとしたしぐさで、螺鈿《らでん》細工の漆塗りの箱を手に取った。黒い聖餅箱《せいへいばこ》には、聖体を象徴するオスチヤ（聖餐式《せいさんしき》に用いられるパン）が納められている。

「ミサの最中なれば、控えよ」

会堂に入ろうとした使者を、エステバンが手で鋭く制した。

聖体拝領を終えた宗麟が、長らく控えていた使者にようやく問うた。

「もしや戦《いくさ》が起こったか。勝ったであろうな?」

「それが……高城にてお味方、薩州勢にご敗軍成りまして、ございまする」

角隈石宗からの早馬だった。宗麟は驚いた風もなく、しずかにたずねる。

「南郡衆は戦に間に合ったのか?」

田原紹忍率いる吉弘、斎藤、吉岡、臼杵、田北、佐伯《さえき》らは府内から陸路南下し、七隊に分かれて日向に侵攻していた。伊東旧臣らの軍勢を糾合した五万に届く大軍勢である。搦《から》め手として、南郡衆と呼ばれる志賀、朽網、一万田らの軍勢三万余が西の肥後《ひご》回りで島津の背後を衝く算段だった。

「いえ、いまだ日向に入らぬまま、戦が起こりましたる由」

「されば騒ぐな。勝敗は兵家の常ぞ。われら神の軍勢は、このムシカに温存したままじゃ。南下して南郡衆とともに打ち破れば足る」

宗麟は右手で羽虫でも追い払うように使者を退室させると、祈禱《きとう》に戻った。が、右京亮は使者を追いかけ、エステバンとともに会堂から出た。

「なにゆえ軍勢も整わぬうちに戦が始まった? 仔細《しさい》を申せ」

大友軍は方針も定まらないまま、主戦派の田北鎮周《しげかね》が独断で攻め込むと、功を焦る佐伯宗《そう》天《てん》が続き、一気に戦端が開かれた。すぐに大敗を悟った石宗は、ムシカと南郡衆へ使者を遣わしたという。使者から手渡された石宗の文には、島津を南北と海から包囲殲滅《せんめつ》する策が記されていた。

「大殿は戦嫌いだ。うまく立ち回らねば、撤兵するなぞと言い出されかねぬ。されば、ミサが終わり次第、私が大殿に軍師の策を献ずる。エステバンよ、そなたは先に南下し、大殿の名をもって、敗残兵をまとめよ。私もすぐに参る」

右京亮は深呼吸してから会堂に入った。

宗麟が主の祈り《パーテル・ノステル》を唱えている。ミサが終わるまで四半刻《しはんとき》（約三十分）はかかるだろう。

†

会堂の脇、完成間もない修院が軍《いくさ》評定の場となった。

森を屋内に持ってきたような、すがすがしい木の香りに包まれている。

「ジャンよ。こたびの負け戦は、神の与えたもうた試練じゃな」

戦場からは無惨な敗戦の知らせが、つぎつぎとムシカに届いていた。

「御意。天主を信ぜぬ者に神のご加護はありませぬ。かくなる上は、ドン・フランシスコ王御みずからご出馬あり、日向に神の王国をお創りくださりませ」

使命感のゆえであろう、宗麟は力強くうなずいた。表情に精悍《せいかん》さがみなぎっている。

「むろんじゃ。カブラルもロケも、さように申しておった」

伝道師らも、新都建設より先に勝利を渇望している。利害は一致していた。

「軍師殿より献策がございました。大友は、三手に分けた大軍のうち、一手が敗れたにすぎませぬ。島津は勝ちに乗じ、北へ深追いして参る模様。されば、残り二手で南北より挟撃すれば、敵に退路はなく、完膚なきまでに島津を葬り去ることが叶《かな》いましょう」

戦は始まったばかりだ。ムシカには宗麟の本隊が温存されている。敗残兵をまとめて合流させれば、優に四万にはなろう。南郡衆三万余も無傷のまま健在だ。政敵の紹忍が大敗した今なら、宗亀も喜んで兵を動かすはずだった。

「薩州勢は、釣り野伏せと申す作戦を用いるとか。さればこたびは、われらがムシカまで追撃してきた島津を、同じ作戦で破りまする」

右京亮はムシカの絵地図を広げた。万一の事態を懸念し、手ずから作りあげておいた地図である。

「軍勢を二手に分け、一手は大殿に、もう一手は御館様に指揮願いまする」

宗麟の本隊一万は岡富山《おかとみやま》の山陰に布陣、義統率いる八千は五ヶ瀬川《ごかせがわ》河口の葦《あし》の繁みに伏せる。右京亮は敗兵をまとめ、ムシカまで退却してから突如反転する。吉弘鎮信、斎藤鎮実《しげざね》、吉岡鎮興など、右京亮が指揮せずとも反転攻勢をしかけられる将は何人もいよう。

五ヶ瀬川を渡河してきた島津軍を三方から攻撃して殲滅する。敗戦を利用して敵をおびき寄せ、三方から攻撃する作戦だ。新都建設に際し、ムシカ周辺の地形把握に努めてきた右京亮ならではの献策だった。

「敵を撃破した後は、軍師の策にしたがい、われらは海部《あまべ》水軍とともに海路を進みまする。撤退してきた諸将に陸の戦をまかせ、南から北上する南郡衆と挟撃。そこへ、われらが海上から側面へ攻撃をしかけまする」

旌旗《せいき》が無数にひるがえる大友船団には、異教徒を打ち払う三門の大砲も積まれている。

宗麟は思い出したように口をとがらせた。

「志賀らはいったい肥後で何をしておった？　いかに仕置したものか」

田原宗亀は謹慎中の身でありながら南郡衆らとともにあったはずだが、決戦場から遠く離れた地に国主が本軍を留め置いて、祈禱にふける事態など誰も想定していなかった。宗亀が様子見をしているうちに、戦が起こったのだろう。政敵である田原紹忍の敗北をひとまずは喜んでいるはずだ。

「おそれながら、今、南郡衆を責めれば、われらの苦境に乗じ、島津に寝返る恐れもないとはいえませぬ。すでに軍師が手を打たれておりましょうが、大殿からも、早々に日向へ入り、もぬけの殻の高城を衝くよう、南郡衆に重ねて使者を遣わされませ。北上する島津の背後は手薄のはず。高城を落とし、われらと南北から挟撃すれば、島津は袋の鼠《ねずみ》。必ずや勝利できまする」

確実に手柄を得られるなら、南郡衆も動くはずだ。宗亀も復権できる。

「大殿。紹忍様はこたびの敗戦の責めを負わねばなりませぬ。されば、われらキリシタンにとって好都合とも言えまする。ムシカを日向以南に広げる方途もありえましょう」

実際には簡単でない。が、希望ある前途をはっきりと示しておかねば、宗麟は後先を考えず、すべてを投げ出しかねなかった。

「されば大隅《おおすみ》、薩摩まで軍を進めるか。神の王国は大きゅうなるぞ」

顔を輝かせる宗麟にむかい、右京亮は片膝《かたひざ》を突き、胸の前で十字を切った。

「これより私が南下し、豊後勢をまとめまする。耳川のほとりで兵らにめしをふるまい、傷の手当てなどして軍勢を立てなおす所存。大殿のご出馬を告げれば、皆そろって奮い立ちましょう」

宗麟は大きくうなずいた。信仰しか見えない宗麟が、神の王国を創る機会を逃しはすまい。

「ジャンよ。いつ、島津は攻めて参る？」

高城での大敗は昨日だ。一日もあれば、耳川の南岸まで到達しよう。

「決戦は早ければ、明日。おそれながら大殿、今もし兵を引かば、島津の大勝のみが残り、声高《こわだか》に喧伝《けんでん》されましょう。これまで大友に服してきた諸将が、各地で反旗をひるがえすは必定。大友のゆくすえも――」

「わが手で日向に神の王国を創るのじゃ。余がなにゆえ、兵を引かねばならぬ？」

「安堵《あんど》いたしました。されば、すべて手はずどおりにお進めくださりませ。最前線の様子は随時、使者を走らせ、ムシカにお伝えいたしまする」

立ちあがる右京亮にむかい、宗麟は胸を張り、力強くうなずいた。

†

右京亮は百名余の親衛隊を率いて、五ヶ瀬川をわたった。親衛隊は、キリシタンの侍のみから成り、皆、クルスとゼズ・キリシトの影像を胸にかけている。

さらに耳川を渡河してしばらく街道を進むと、落ち武者狩りに出くわした。すぐに蹴散らし、敗兵を救い出した。半分の兵を残して負傷兵らの手当てと飯炊きをさせ、耳川のほとりで休ませる。

そのまま手勢を南下させた。泣きそうな顔で豊後を目指して落ち延びてくる兵たちをはげまし、ムシカへと送る。が、大友方の将には一人も出会わない。すでに反転し、反撃している可能性もあるが、胸騒ぎがした。

南下するうち、エステバンが馬を駆って戻ってくる姿が見えた。

「いったい大友は、いかなる負け方をしたのだ？」

問うなり、エステバンは憮然《ぶぜん》とした顔で、恐るべき凶報をもたらした。

「天主の試練にございましょう。大友方の主だった将は、ことごとく討ち死にされた由」

角隈石宗、吉弘鎮信、斎藤鎮実、佐伯宗天すでに亡く、臼杵統景、鎮次も戦死したという。

大友は敗軍を指揮する将さえ失っていた。よもやかくも惨憺《さんたん》たる敗戦であったとは、予想だにしなかった。大友は、負けすぎた。

右京亮は手綱《たづな》を引きしめながら思案した。

大敗のまま戦が終われば、大友領内で反乱がつぎつぎと起こり、大友は衰亡への道を着実に歩み始めるであろう。他方、一刻も早く敗残兵をまとめ、宗麟の本軍と合流して反転すれば、反攻は成る。負け戦につける薬は、勝ち戦しかない。

多くの重臣が戦場に散った今、若き当主を失い、鎮次もいない臼杵家を継ぐ右京亮が重臣として用いられるなりゆきも見えてきた。今となっては別段望まない地位だが、必要とされれば、請けるほかあるまい。

「エステバンよ。耳川をわたったほとりに、兵を休ませてある。そなたは兵をまとめてムシカへ帰還し、大殿を補佐申しあげよ。よいか、ゆめゆめ諸将の戦死を大殿に伝えてはならぬ。秘し通せ。緒戦に勝った後、私から申しあげるゆえ」

敗れたりとはいえ、大友は大国であった。ただちに滅びはしない。だが、錚々《そうそう》たる諸将の戦死を知れば、島津に恐れをなした宗麟が戦を投げ出すおそれがあった。

命にしたがって去ろうとするエステバンに、重ねて問うた。

「ときに、紹忍様と吉岡覚之進殿の安否は、わからぬか？」

「あいにくと耳にしておりませぬ」

かつての政敵と友だが、大きくかたむいてゆく大友を支えるには不可欠の人材だった。

愛馬のたてがみを撫《な》でてやると、白馬がうれしそうに右京亮を見た。

†

将を失った兵らはただ、川に流される落ち葉のように、ばらばらと北上してきた。道すがら出会う敗走兵をはげまし、耳川へと北上させつつ、右京亮は南下してゆく。

「安堵いたせ。ムシカより、大殿の援軍三万が参るぞ。傷つきし者は耳川で手当てを受けよ。食い物はいくらでもあるぞ！」

右京亮の手勢は、落ち武者狩りを蹴散らしているだけで、まだ島津軍には遭遇していなかった。すでに紹忍や覚之進が敗兵をまとめて再戦を挑み、島津を撃退しているのか。覚之進の巨体を想い起こすと、自然に笑みがこぼれた。

前方で、大友方の数騎が敵に襲われている姿が見えた。

「ファビヤン、助け出すぞ」

落ち武者狩りを撃退した右京亮は、あらためて手勢をまとめた。五十名ほどの小勢である。さらに南下するうち、視界が大きく開けた。爽風のそよぐ秋の野に、兵らと馬を休ませた。土地の翁《おきな》にたずねると、このあたりは「名貫原《なぬきばる》」と呼ばれているらしい。

右京亮が兵たちに出立を告げたとき、日向街道の南から舞い上がる砂塵が見えた。「丸に十字」、薩州勢と知れた。

「戦支度はよいな。正面から迎え撃つぞ」

右京亮が馬にまたがると、往来をさえぎる形で、キリシタンの親衛隊が整然と並んだ。

島津の将が馬を止めた。笑みは勝者の驕《おご》りを含んでいる。

「ほう。大友にもわれらに抗《あらが》える者がおったのか。わしは島津家久家臣、海江田主税《かいえだちから》と申す。其許《そこもと》の名は?」

戦場で右京亮はかねて、臼杵統景の影武者を務めてきた。まったく無名の将である。

「ドン・フランシスコ王よりキリシタンの兵を預かりし、ジャンと申す」

右京亮が馬を乗り出して槍《やり》をしごくと、親衛隊が続いた。
二、三合で海江田を討ち果たしたとき、さらに追手が来た。親衛隊が迎撃する。
右京亮はさらに二階堂式部《にかいどうしきぶ》と名乗る将を討ち、手勢を蹴散らした。他方、ファビヤンら十数名が討たれた。この後ムシカを築けたなら、王都建設の礎となった殉教者と呼んでやりたかった。

足の速い騎馬衆の追撃の後は、やがて足軽の大軍が来るに違いない。大友方の将には誰にも会えないままだが、そろそろ兵を返すべきころ合いだろう。

右京亮が馬首を返そうとしたとき、北から馬を飛ばしてくるエステバンの姿が見えた。

(なぜ、単騎で戻ってくるのだ?)

エステバンは宗麟とともに、ムシカで迎撃態勢を整えているはずだ。強い胸騒ぎを覚えた。

「いかがした? もしや南郡衆が引きあげたのか?」

老獪《ろうかい》な宗亀が、島津と結ぶおそれはあった。その場合は豊後へ兵を引くしかない。

エステバンは蒼白《そうはく》の表情で、右京亮に凶報を告げた。

「ドン・フランシスコ王は……すでに、ムシカの陣を引き払っておられました」

右京亮は驚愕《きようがく》して天を仰いだ。右京亮はかつて宗麟の惰弱を知悉《ちしつ》し、利用してきたはずだった。が、最後に足をすくわれた。

絶望し、みずからを嘲《あざけ》った。

戦場から遠く離れた地に布陣しながら、宗麟はまだ見ぬ敵の影に怯《おび》えたのだ。篤《あつ》いはずの宗麟の信仰も、死の恐怖には打ち克《か》てなかったらしい。宗麟の心変わりもわかる気がした。大友は九州一の大国だ。たとえこの一戦に敗れても、滅びるわけではない。敬虔な宗麟は天主に守られているはずだ。ならば、みずから陣頭に立って醜い戦で手を汚さずとも、大友のゆくすえは、いずれ有能な家臣団がよしなに考え、守ってくれると信じたに違いない。

「して、ムシカの兵らは？」

声を絞り出した右京亮の問いに、エステバンは力なく首を横に振った。

エステバンがムシカに着いたころには、すでに宗麟は陣払いの下知を済ませ、人の姿がなかった。兵らは先を競って逃げ出し、二万の兵が雲散していた。ムシカにはキリスト像を外した会堂の周りに、大砲から兵糧にいたるまですべて放擲《ほうてき》されていたという。

主だった大友の諸将はことごとく戦死し、宗麟は戦わずして兵を引いた。南郡衆もあわてて兵を返すはずだ。大敗を大勝へと変える千載一遇の好機も、失われた。これで戦は、島津の完全な勝利に終わった。

大友に服属する小大名や豪族は、決して宗麟に心服してはいなかった。大友家譜代家臣の一部も似たようなものだ。この敗戦で、大友に不満を抱く者は、島津や龍造寺に続々となびくに違いない。むさぼり食われてきた平和が、ついに終わりを告げる。

秋空の色は浅葱《あさぎ》から茜《あかね》に変わりつつあった。黄金色《こがねいろ》の名貫原の外れの森で、鹿が鳴いた。

「これも、天主の試練だと申すか？」

エステバンは黙して答えなかった。

なお宗麟に仕え、滅びゆく大友家につき合うべきか――。

右京亮は、決戦場にさえ出られぬまま、自分に責めのない負け戦で死ぬ気はなかった。大勝した島津の追撃はやがて奔流のように、耳川まで到達するはずだ。が、単騎なら、右京亮は徒士《かち》の配下を見捨てて、逃れられよう。

モニカとわが子をともない、戦のない異国に渡って暮らす人生も、悪くあるまい。

右京亮は馬を寄せると、エステバンの耳もとにささやいた。

「天主の軍勢は敗れ、ムシカの夢も潰《つい》えた。さて、お主は何とする？」

「殉教いたしまする。ここで少しでも食い止めねば、異教徒《ゼンチヨ》どもは一気に豊後へ雪崩《なだ》れ込みましょう」

宗麟父子と伝道師《カテキスタ》たちを豊後へ生還させるには、島津兵の足止めが必要だった。

「これで私も、諸聖人《サントス》の一人になれまする」

かつて久我三休との軋轢《あつれき》で殉教を選ぼうとしたエステバンを、カブラルは諸聖人になぞらえた。天主のため、キリシタンたちのために死ねば、殉教とされる。

「お主が殉教するのは勝手だが、俺はまだ死なぬ」

手綱を引こうとした右京亮の背後で、馬蹄の音が聞こえてきた。

見やると、必死で馬を駆る二騎があった。

味方に気づいた馬上の将は、近くまで来ると、手綱を引いて馬を止めた。田原紹忍である。

右京亮とエステバンは馬を下りた。

遅れてきた小柄な将は、似合わぬ兜《かぶと》の下に、幼さの残る童顔を見せた。吉岡甚吉と名乗った。初対面だが、たしかに表六玉《ひょうろくだま》こと、覚之進の面影があった。

紹忍と甚吉は負傷していた。二人の馬は矢傷で息も絶え絶えで、下馬するなり相次いで倒れた。

聞けば、覚之進は紹忍を逃がすために踏み止まって戦死し、初陣《ういじん》の甚吉は紹忍とともに命からがら戦場を逃れてきたらしい。覚之進まで失った大友の損失は計り知れなかった。

「敵の騎馬隊が二百余、間近に迫っておる。右京亮よ、ムシカの本陣まであといかほどか」

「三里(約十二キロメートル)ばかりなれど、大殿はすでに全軍を引かれた由。味方はおりませぬ」

紹忍が渋い表情を作ると、右京亮は親衛隊をふり返った。

「皆の衆、俺とエステバンはこの地で殉教者《マルチル》となる。されば、殉教を望む者は残れ。まだ生きんとする者は立ち去るがよい。無事を祈る」

誰ひとり、動こうとする者はいなかった。

右京亮は紹忍に手綱を取らせた。孤狼の右京亮より紹忍が生き残ったほうが、まだしも豊後のためになるだろう。

「島津の追手を、われらがしばしの間、止めまする。耳川さえわたれば、ひとまずは安心でございましょう。紹忍様、大友のゆくすえ、しかとお頼み申しまする」

豊後は妙が暮らし、まだ見ぬわが子の生まれる国だった。右京亮の真の故郷だった。

「すまぬ、右京亮。礼を言うぞ」

紹忍が走り去ると、右京亮はエステバンから馬の手綱を受け取り、甚吉に持たせた。甚吉は妙が命にかえて守った、妙の大切な息子だ。大友を大混乱に陥れ、日向攻めを立案し、敗北した者として、甚吉を生きて還《かえ》す責めがあった。ゆえに右京亮は殉教を選んだ。

「初陣は敗れたが、甚吉殿はまだ若い。表六殿のぶんも生き延びよ。ひとつ、頼みがある」

右京亮は錦の笛袋に入れた篠笛を懐《ふところ》から取り出し、首から外した銀のクルスとともに、甚吉に手渡した。

「臼杵右京亮からと申して、お母上にお渡ししてはくれぬか」

「かしこまりました。厚く御礼を申し上げまする」

甚吉はうなずき、形見の品を懐に入れた。甚吉をうながして乗馬させると、右京亮は馬腹を蹴った。馬は街道を疾駆し始め、すぐに甚吉の後ろ姿は小さくなった。

「ジャン殿に、殉教は似合いますまい。なにゆえ、残られましたか？」

「笑《わろ》うてくれるな、エステバン。昔の、まじめな恋のためよ」

右京亮の大友に対する忠誠心は希薄だった。天主への信仰も日が浅かった。右京亮は恋のためなら殉じえたが、忠義や信心よりも大切なものが、豊後にあった。

「私は恋を知りませぬが、わかる気もいたしまする」

「信仰もよいが、恋もまた、人のなしうる奇跡なのやも知れぬ」

たったひとりの女性と逢い、恋することで、右京亮とその人生は大きく変わった。長くはない人生だったが、悔いはない。

「俺がこの地で死んでよい理由をいまひとつ、思い出したぞ」

表情で問うエステバンにむかって、続けた。

「敵将が、名もなきキリシタンを討ち取ったとて、歴史には残るまい。さればせめて最期《さいご》に、臼杵家の若き当主として、死んで見せよう」

高城の戦で戦死した者は統景の影武者にすぎない。最後まで立派に戦って死んだ者こそ、臼杵鑑速が嫡子、統景であると世に伝わろう。亡き恩人への最後のはなむけとなるはずだ。

右京亮は、夕照で黄金一色に染まる名貫原を眺めた。戦場には似合わないおだやかな秋風がそよぐたび、黄金の海原がいっせいに波立っていよいよ輝き、やわらかく揺れる。

無粋な命のやりとりをするより、さわやかな篠笛の音で気の利いた曲でも奏したいところだが、このような地で果てるのはぜいたくな気さえした。

このひとときの日輪と野草の共演を妙に見せたら、何と言うだろうか。

右京亮は天を仰いだ。一番星はまだ見えないが、あのむこうには無数の星がある。まもなく自分もそのひとつとなるだろう。

仮にもう少し早く妙と出会えていたら、ふたりは結ばれていたろうか。右京亮が野望など抱かず、篠笛ばかり吹いていたらどうだったか。キリシタンにならず、臼杵の一家臣の身に甘んじていればどうだったか……。

さまざま思いめぐらすうち、馬蹄の響きが伝わってきた。

やがて南方から、土煙を舞い上げる騎馬隊が現れた。

「丸に三つ十字」の軍旗をひるがえしている。伊集院だ。数百騎はいるか。

その後方、赤く燃え始めた大きな落日を背に、大軍の迫ってくる姿が見えた――。

終章　鶴崎を、赤く染めて

十九　尼将の戦《いくさ》

八年前の高城・耳川合戦の大敗から、大友家は坂を転げ落ちるように、長い衰亡の道をたどった。

戦後、田原紹忍が失脚、大友領内では諸将がつぎつぎと背いた。田原宗亀は謀反《むほん》を起こしたが、府内へ攻め入る前に急死した。北九州では戸次道雪、高橋紹運が相次ぐ反乱を鎮圧し、龍造寺を破って、膨張する島津への対抗を試みたが、劣勢は挽回できなかった。両将もすでに亡く、大友は滅びのときを迎えていた。

天正十四年（一五八六年）十二月――。

緒戦で伏兵により島津軍を撃退した夜、妙たちは鶴崎城へ凱旋した。戦に出られない女子供が作ったにぎりめしを皆でほおばりながら、軍《いくさ》評定を開いた。

戦死者は、島津方で百を超えたはずだが、吉岡方にも若干名が出た。

「徳丸権左衛門どのの亡骸《なきがら》が見つかったと……」

萩の報告に、妙は徳丸式部大輔が黙って細眼を閉じる様子を見た。息子に続き、島津との戦で若い孫にも先立たれた式部大輔の心中を慮《おもんぱか》った。メザシは相変わらず小心者の小役人だったが、恩義ある吉岡家を見限ることだけはしなかった。

「式部どの、言葉もありませぬ。すみやかに供養をとり行いましょう」

白髪の式部大輔が、口もとにおだやかな笑みを浮かべながら、平伏した。

「島津に一矢を報いし戦なれば、権左衛門とて、悔いはございますまい」

妙が降伏を選んでいたなら、若い権左衛門は死なずに済んだ。妙の心が重く濁る。

この抗戦には当面、展望がなかった。島津軍に肉親を殺された遺族による報復以外に、いかなる意味もありはしなかった。この戦でたまたま死んだ敵兵とて、罪はない。妙は敵味方わけ隔《へだ》てなく、死者を丁重に弔《とむら》うつもりだった。

完勝と徹夜のせいだろう、中島玄佐と猪野道察が興奮醒めやらぬ様子で報告を終えると、妙は家臣たちをねぎらった。

「次の戦に備えねばなりませぬ。交替で仮眠をとりましょう」

「敵はいつ攻めて参りまするかな」

舌なめずりして問う道察に、妙は即答した。

「島津はたまたま敗れただけ、われらに勝てると侮っています。ひさしぶりの敗戦に、士気が下がると懸念しておるはず。負け戦につけられる薬は、勝ち戦のみ。昨夜は暗がりゆえ罠にかかったと考え、明るいうちに一気に攻めてくるでしょう」

「さればこたびは、籠城戦にございまするな」

道察の念押しに、妙は首を横に振った。

「籠城は後でもできまする。敵から馬をもらいましたゆえ、騎馬を用います。こたびも玄佐どの、道察どのを始め、かたがたにおおいに働いてもらいまするぞ」

妙が絵地図を前に次の作戦の説明を終えると、腕組みをした玄佐がおおきくうなずいた。

「さすがは角隈石宗ゆずりの軍略じゃ。次も勝てそうな気がしてきたわい」

「敵と違《ちご》うて、一度でも負ければ、われらは終わり。勝ち続けましょう」

妙がしめくくると、家臣たちがいっせいに気勢をあげた。

†

城の一室で仮眠をとっていた妙は、物見の知らせで島津兵の動きを知るや、とび起きた。すぐに鎖はちまきをつけ、白の羽織を着ると、天守へ上がった。

冬の弱々しい陽が早くもかたむき始めていた。落日まであと一刻《いっとき》（約二時間）近くはあるだろうか。

襲来する島津兵は渡河を終えても、落とし穴を探りながらの遅々とした行軍である。昨夜の失敗に懲りて、騎馬は数えるほどしかいなかった。妙の思惑どおりだ。

敵の先鋒がようやく城下にさしかかると、民家の屋根に伏せていた玄佐の弓兵隊が、敵にむかって斉射を開始した。昨夜と異なり、妙は柵にも、堀にも兵を伏せていない。それでも、伏兵を警戒しながらの行軍は自然、遅い。騎馬もなく歩みの遅い島津兵は、弓矢の餌食《えじき》となった。

敵に焦りが見え始めた。力攻めを敢行しようと、城門にむかった一隊がある。が、つぎつぎと落とし穴に落ちた。萩の指揮の下、民家に隠れていた兵百が、動けない島津兵を屠《ほふ》ってゆく。昨夜の悪夢がよみがえったに違いない。

まもなく妙の出番だ。天守を駆け下りて、妙の乗る白馬へとむかう。

今ごろは城門が開き、道察率いる騎馬隊第一陣の十五騎が、混乱する島津兵に突撃を開始しているはずだった。妙は第二陣の二十騎を指揮する。

馬にまたがったまま、道察の戻りを待った。

小脇に抱えた薙刀《なぎなた》はまた、罪なき兵たちの血を吸うだろう。

城門が開き、凱旋してきた道察が、大笑しながら拳《こぶし》を突きあげた。

「妙林尼様、みごとな作戦じゃ。こたびも勝ちましたぞ！」

殺戮《さつりく》に猛っていたせいか、だみ声がうわずっている。

うなずき返した妙は、やぐらの物見の合図を待って、手綱《たづな》を引いた。道察の第一陣は嵐のごとく右回りに敵兵のなかを駆け抜けた。その後を、今度は妙が左回りに駆け抜ける。

「かたがた！　参りますぞ！」

馬の腹を蹴った。弓と伏兵と陥穽《かんせい》に混乱する敵勢に突入してゆく。

道察がさんざんに暴れたせいであろう、島津兵のなかには逃げ出す者たちもいた。

足軽の首筋を狙って薙刀を突き出す。

命を奪うたびに、心が痛んだ。

かつて右京亮も覚之進も、今の妙と同様、心を血で染め続けたに違いない。

——殺さねば、殺される。

妙は単純明快な真理だけを念じて、生きんとする本能に身を委《ゆだ》ねた。

返り血を浴びながら、薙刀を手に戦場を暴れ回った。一人でも多く敵の命を奪っておく。

明日の戦にも勝ち、生き延びるために。

陽が地へ落ち始めている。

妙と道察がそれぞれ三度目の騎馬突撃を終えたころ、島津軍は総退却を開始した。

すかさず妙と道察は、城外へ討って出る。

馬上の妙はまた一人、敵足軽の長槍《ながやり》を払い、その胸を容赦なく突き刺した。この日、三本目の薙刀が刃こぼれしたようだった。薙刀を抜くと、鮮血が噴き出した。

落ちてゆく陽に、血潮を照らす力はなかった。血は夜の海水のように黒々として見えた。

†

本丸三階の部屋からは、菡萏《かんたん》湾に昇ろうとする旭日がよく見えた。

妙が手を突いて朝の挨拶をすると、法歓院は老いた笑みを上品に浮かべた。

「妙林尼どの。こたびも島津をさんざんに打ち破って、島津に一矢も二矢も報いましたな」

松葉が主《あるじ》の言葉を引き継いだ。

「おかげで溜飲《りゆういん》が下がりました。もう悔いはありませぬ」

「私にはまだ、この世にたくさん未練がございます」

妙の返答に、法歓院と松葉が同時に驚きの声をあげた。

「大友も吉岡も滅びし後、その法体で、いったい何を望むと言われるのじゃ？」

「島津による九州統一の野望が砕け散るさまを、この眼でしかと見届けとうございまする」

薩州勢と戦って死んだところで、妙を、大友を守ろうとして散っていった男たちは、浮かばれまい。

妙は、勝ち続けねばならないのだ。

「しかる後、私は耳川や筑紫野へ参り、手を合わせたいと願《ねご》うております」

島津領となったかつての戦場に、敵国の尼僧が行けるはずもなかった。右京亮と覚之進、初恋の主君高橋紹運たちが散った地へおもむき、せめて菩提《ぼだい》を弔いたかった。

「妙林尼さまは相変わらずお強い方じゃ。まったく、かないませぬ」

松葉が感慨深げにもらすと、法歓院は小さくうなずいた。

無言のほほえみで返すと妙に、法歓院が背筋を伸ばした。

「されど敵は大軍。妙林尼どの。覚悟はもう、できておりますよ」

武家の女らしく自害する肚《はら》を決めたのであろう、落ち着いた声だった。

妙は法歓院にむかい、しずかに両手を突いた。

「次の戦も勝ちまする。されど、法歓院さま。そのためには鶴崎の町を焼かねばなりませぬ。今日は、そのお許しを頂戴いたしたいと」

しばしの沈黙があった。法歓院にとって鶴崎は、嫁して以来、数十年の思い出がすべて詰まった町だ。妙には渡すまいと法歓院が腐心してきた吉岡家の町だった。

「お好きになされ。今は、妙どのが吉岡の立派な女主《おんなあるじ》じゃ。妙どのが焼くと決めたのなら、この法歓院が、誰にも文句を言わせませぬ」

義母の震える声に、妙は顔を上げた。法歓院は涙を隠すためか立ちあがると、陽光に照らされ始めた城下を見やった。妙は寄り添うように隣に立ち、ともに鶴崎の町を眺める。

「妙どの。いつ、町は燃えるのですか？」

「早ければ明日。遅くとも、数日のうちには」

「それまで、とくと眼に焼きつけておくことといたしましょう」

法歓院の言葉に、妙はゆっくりとうなずいた。覚之進がこよなく愛した鶴崎は、あと何日、旭日を浴びられるだろうか。

妙が上座に着座すると、家臣たちはいっせいにかしずいた。

尼将ながら二度の圧勝に、もはや誰ひとり、妙の軍才を疑う者はいなかった。それでもいぜんとして多勢に無勢、吉岡家が圧倒的に不利な戦況に変わりはない。

「かたがた、次も勝ちましょう」

「昨日の戦功第一も、妙林尼様でござったな」

道察が豪快に笑うと、家臣たちは口々にたがいを誉《ほ》め合った。

この戦いは、滅びゆく国の小さな城の抵抗戦だった。どれだけ戦功を立てても、褒賞《ほうしょう》はない。今日また勝っても、明日は負けて死ぬ可能性のほうが高かった。だからだろう、死を前にして、澄みきった感情が座を支配していた。妙を信じ、生死をともにせんとする家臣たちに囲まれながら、妙は運命の不思議を思わざるを得ない。

十年前、恋に破れた妙は、吉岡家に嫁いだ。好んで鶴崎に来たわけではない。当主覚之進を除いて、誰からも歓迎されなかった。むしろ法歓院や松葉の陰湿な仕打ちに遭い、追い出されそうになった。かつて法歓院は妙が吉岡を滅ぼすと嘆き、公言した。だが今、妙は吉岡家の支柱となり、城を守っている。

「妙林尼様。次はいよいよ籠城戦でござるな」

道察の問いで、われに返った。

妙が施した城外のしかけはすでに力を失っている。普通に考えれば、籠城戦しかなかった。

「こたびは敵も本腰を入れて攻めて参るはず。されば、火をもって島津を焼きましょう」

玄佐が察したようにうなずいた。

「いずれ町を焼かれるなら、島津もろともでございまするな」

「さようです。さいわい、しばらく雨も降っておりませぬ。町はよう燃えるはず」

道察が首をかしげた。

「今や武名轟《とどろ》く妙林尼様の守る城じゃ。島津とて、万全の態勢で城攻めをしかけて参るはず。最初から町を燃やしにくるのではありませぬか」

「わかっております。されば、禁じ手を用いてでも、敵をうまく城下に誘い込まねばなりませぬ。玄佐どの、道察どの。こたびは難しき策なれど、頼み入りまするぞ」

妙が絵地図を広げると、家臣たちが妙の周りに群がった。

†

早暁、妙は三ノ丸のやぐらから、戸次川を見やっていた。

「尼とは便利な生業《なりわい》じゃな、萩。人を殺《あや》めても、すぐに弔ってやれる」

かたわらに立つ萩が小さく笑った。

「さて道察どのは、じょうずに誘い込んでくれましょうか」

道察率いる騎馬隊が、決死の夜襲をしかけるべく出陣してから、半刻（約一時間）ほどがすぎようとしていた。

そろそろ退却してくるころだが、復仇に燃える島津勢が、まさかの夜襲に「こしゃくなり」と追撃に出てはくれまいか。敵が追撃しなければ、吉岡の小さな勝利で終わるだけだ。他方、追撃してくれれば、城下に伏せた玄佐の弓兵が迎撃する。ただちに道察の騎馬隊も反転して攻めるが、少しずつ兵を引き、弓兵とともに城へ逃げ込む。何しろ年寄りと女子供が主体の弱小兵だ。島津は一気に攻め落とそうとするだろう。だが、鶴崎の民家には、乾いた柴やわら束を麻紐で縛って、無数に置いてある。

妙は、覚えず天を仰いだ。

「抵抗せず、城を明け渡しておれば、鶴崎の町は焼けずとも済んだ。覚之進さまは、何とおおせであろうか」

「きっと、苦労をかけてすまぬな、妙、とおっしゃいましょう」

萩が覚之進のゆったりとした声色《こわいろ》をまねると、妙はひさしぶりに腹の底から笑った。

「わが半生を過ごした、思い出深き町であったが、これで、見納めじゃな」

「妙さまはまだお若《わこ》うございます。またどこかで、新たな思い出を作りましょう」

千歳《せんざい》の方角へむかう真鴨の群れが羨《うらや》ましく思えた。人が地上でくり返す愚かな所業をよそに、落穂拾いにでも出かけたのか。

妙が空から戸次川に視線を移したとき、川へ馬を乗り入れる道察の騎馬小隊の姿が見えた。

†

冬の陽はすぐに落ちて、闇夜の帳《とばり》が降りようとしている。妙の火計に窮した島津勢が兵を引いた後も、鶴崎の町は赤々と燃え続けていた。

乱世に長寿を保つ町はまれである。が、大友の国都府内からほどよく離れた鶴崎の町は、宗歓が城を築いて以来、戦火に一度も見舞われなかった。

だがこの日、妙の指揮でつぎつぎと放たれた火矢が、鶴崎の町を紅蓮《ぐれん》の炎に包んだ。

昔、右京亮を探して鶴崎まで来たころを思い出した。だんごを食べ、道察と口論し、玄佐も入れて三人で酒を飲んだ。妙の放逐を企図する法歓院たちと戦ったのも、鶴崎だった。

覚之進の愛した故郷が、澄みわたる夜空を焦がさんばかりに、炎をあげて燃えている。

吉岡代々の当主たちが見守る天にむかって、妙は詫《わ》びた。

炎を見つめながら、必死で祈った。

戦で逝った、ふびんな敵味方の兵たちのために。

これから妙のする戦で命を落とすであろう、咎《とが》なき者たちのために。

眼を閉じても、町を焼く炎の残像が、いつまでも白くまぶたの裏に残っていた。

†

「妙さま。お芝居の準備、手はずどおり、整いましてございまする」

萩が耳もとでささやくと、妙は玄佐に命じた。

「されば、使者をお通しなされ」

鶴崎の町は半ば以上灰燼《かいじん》に帰し、鶴崎城は丸裸となった。

兵を伏せる民家も、妙の作らせた防御柵も、塹壕も、落とし穴も、もはやない。攻城軍はすぐにも、堀がわりの戸次川、乙津川をわたり、鶴崎城を包囲できた。

意外な抵抗の連続と無視しえない被害に、島津軍はあらためて降伏勧告を試みてきた。

しばらくして玄佐が、島津軍の使者、伊集院久宣をともなって、天守に戻った。

伊集院は年下の尼将にむかい、総大将島津家久の名代として長い口上を述べた。

妙を説くには、天下の大計を論ずべきと考えたらしい。鶴崎の戦ではなく、大友のゆくえを案じてみせた。豊後、さらには豊前を大友に安堵《あんど》し、ともに豊臣から九州を守る大義を説いた。

「吉岡勢は実によう戦われた。戦わずしてわれらに降《くだ》った大友家臣も多いなか、実におみごとな戦ぶり。天晴《あっぱ》れでござる。されど、矢尽き刀折れ、傷ついた将兵で、これ以上の籠城戦は無用じゃ。妙林尼殿、降られよ。この城におるは女子供と老人ばかり。さればわが軍は、城内の皆の命を安堵いたそう」

大友はあまりに多くの一族、被官を島津に殺された。大友にもかつての九州の覇者としての誇りがあった。誰かが大友の誇りを、世に示さねばならなかった。

「伊集院さまを始め、島津のかたがたの勇猛さは伝え聞いておりましたが、こたびの戦でようわかりました。城兵の命をお助けくださるとの慈悲深きご提案に、この妙林、心より感謝申しあげまする」

伊集院は大きくうなずき、安堵の笑みを浮かべた。

「されば妙林尼殿。さっそく、城明け渡しの段取りじゃが――」

妙は作ったほほえみを絶やさず、伊集院をさえぎった。

「お待ちくださりませ。私は伊集院さまのご厚意に御礼を申しあげたまで。吉岡に降るつもりはございませぬ。われらはまだ、野戦しかいたしておりませぬ。古来、城攻めは数倍の兵をもってせねばならぬとか。まことの戦は、これからにございまする」

「ま、まだ戦うと言われるか！」

伊集院は降伏の回答しか予期していなかったらしい。しばしあっけにとられ、言葉もなく、唖然《あぜん》として尼将の笑顔を見ていた。

が、やがてかぶりを振り、気を取りなおしたように説得を再開した。

「妙林尼殿。この天守に来るうち拝見したが、兵らは皆、けがを負い、飢餓に苦しんでおる様子。とてもまともに戦えまい。戦では引き際が肝要じゃ」

「なにぶん戦には不慣れでございますゆえ、伊集院さまのご指南、痛み入りまする。されど当家にも、吉岡宗歓公以来の誇りがありますれば」

「妙林尼殿はよう戦われた。すでに誇りはじゅうぶん守られたはず」

妙は、玄佐と道察を指差した。

「ここにおります老臣たちが、年甲斐もなく、最後まで戦うと言い張って聞きませぬ」

「さよう。われら、まだまだ薩州勢にお相手でき申す」

空腹のせいか、ふだんの道察とは違う、張りのないかすれ声だった。

「矢も大切に使《つこ》うてござる。簡単には城に近づけませぬぞ」

渇きのせいか、前歯が二本欠けているせいか、玄佐のしゃがれ声も聞き取りにくい。

伊集院はあきれ返った表情で、吉岡の老臣や女子《おなご》たちを見わたしながら、半ば悲鳴をあげるように説いた。

「そもそも籠城戦とは、援軍が来るまで行うもの。されどかたがた、この城に援軍が来る当てなどござるまい。なにゆえ、命をむだに捨てなさる？」

妙は伊集院にむかい、丁重に手を突いた。

「伊集院さまのご厚情、ただただ痛み入りまする。あの世でも決して忘れはいたしませぬ。されど一同、抗戦と決しておりますれば、どうぞお引き取りくださりませ」

†

乗馬した伊集院が城門を出、白滝山の自陣へ戻ってゆく後ろ姿が見えた。

「妙林尼様。芝居がどれだけ通用しましたかな」

玄佐の問いに、妙は小さくうなずいた。

「島津三将はもはや、われらに抗する力はないと見るはず」

数日前、島津の工作兵は戸次川を押しわたり、落とし穴や堀を埋め始めた。だが妙はあえていっさいの手出しをさせなかった。島津は、吉岡に抵抗の余力なしと判断したに違いない。迎撃するかわりに、妙は城内で変わった細工を始めた。山と積まれた武器弾薬を隠し、傷病兵や老兵を目立つように配置した。兵らの一部に飲食を禁じたため、城内は数日間の飢餓に苦しむ様子の兵たちの姿が見られた。

そんなとき、妙の予想どおり、伊集院久宣が降伏勧告に訪れたのである。城内を見た伊集院は、他の二将に、力攻めで簡単に城が落ちると報告するだろう。

「こよい攻めて参りますかな？」

「いいえ。必ず勝てる戦なれば、その要はないと考えるはず。武威を見せつけて降伏を迫る意味でも、日が高く昇ってから、堂々と城を囲むに相違ありませぬ。売られた喧嘩は、買って勝つべし」

「妙林尼様はげに恐ろしきお方じゃ。昔、鶴崎で初めてお会いしたおりから、ただのお人ではないと思うておりましたがの」

「その話はおやめなされ」

妙が苦笑しながら玄佐をさえぎったとき、天守がにぎやかになり、女たちが盆笊《ぼんざる》を手に現れた。

「お待たせいたしました！　にぎりめしをたんとお持ちしましたぞ。ささ、ぞんぶんに召し上がられませ！」

　はつらつとした萩の大声が響くと、場がいっせいにざわついた。

「島津の使者を震え上がらせるつもりが、腹が減りすぎて、蚊の鳴くような声しか出せんかったわい」

　道察の軽口に、妙は頰《ほお》をゆるませた。

「かたがた、しばし飲まず食わずで、苦労をかけました。島津は明日にも攻めて参りましょう。さればこよいは、よう腹ごしらえをしておかれませ」

　玄佐が妙の耳もとでささやいた。

「されど、道察の太鼓腹も痩《や》せて参りました。兵糧は保《も》って、あと半月にございましょう」

　名君の続いた吉岡家は財政に苦しまなかった。金銀はあったが、主君の籠城戦を優先して兵糧を供出し、また、避難を望む城下の民をすべて城内に入れたために、食い扶持《ぶち》が多くなった。

「わかっています。されどわれらはまだ、鉄砲をただの一発も撃っておりませぬ。鉄砲の弾《たま》なら撃ち尽くせぬほどあるはず。頼りにしておりますぞ」

　玄佐は得意げに笑った。

　おいしそうな匂いが鼻をくすぐる。妙もにぎりめしに手を伸ばした。

島津兵は完勝を確信している様子だった。裸同然の小城を攻め落とすために、六千近い大軍を二手に分け、眼前の川をゆうゆう渡河し始めた。半刻（約一時間）もしないうちに城の包囲は完了するだろう。

西門は玄佐が、南門は道察が受け持っていた。島津方からはまだ見えないはずだが、鉄砲隊である。

†

宗麟の要請で丹生島の籠城戦に参戦すべく、現当主の吉岡甚吉統増が武器弾薬を洗いざらい持って行ったため、もともと鶴崎城の武器庫はほとんど空《から》だった。

妙は城に出仕してきた玄佐と道察に命じ、島津襲来に怯《おび》えて放擲《ほうてき》された付近の城から、武器弾薬をかき集めさせた。いずれ降伏するなら、城を明け渡すならと、抗戦を選ばなかった城の者たちは吉岡家の要請に応じた。もっとも、道察は強奪まがいの真似《まね》もしたらしいが。

特に府内のすぐ北にある高崎城《たかさきじょう》は、国主義統がいったん籠城しようとしたが、すぐに放棄していたため、運び出せないほどの武器弾薬が放置されていた。

いずれにせよ今、鶴崎城の武器庫は満杯であり、そこかしこに武器弾薬が所狭しとうずたかく積みあげられている。

これまでの作戦で、妙は一度も鉄砲を用いなかった。鶴崎城にはたった一挺の種子島銃もないと島津は確信しているはずだ。白兵戦ができない女子供も、鉄砲なら撃てる。豊薩合戦が始まると、妙は射撃訓練を始めた。狙撃兵もずぶの素人《しろうと》ではない。

島津軍は鶴崎城の包囲をあらかた終えようとしていた。何百もの島津兵が、完全に鉄砲の射程圏内に入っている。

玄佐の右手が高く上がると、出自さまざまの鉄砲隊がいっせいにかまえた。

「撃て!」

とつぜん、大地を揺るがし、耳をつんざく轟音《ごうおん》が響いた。

間近にいた島津兵が何人も音を立てて倒れた。

あたりは敵兵だらけである。この至近で、弾を外すほうが難しかった。

「第二射用意! ……撃て!」

轟音のたび、おもしろいように敵が倒れてゆく。

島津軍はもともと鉄砲攻撃を得意としたが、この攻城戦では銃撃に対する備えをまったく欠いていた。たちまち、安全な城壁の内から狙う狙撃兵の餌食となった。年寄りと女子供が籠《こも》る城からの、予期せぬ一斉射撃に、島津兵はなす術《すべ》を持たなかった。

それでも島津兵はこけおどしと見たのか、すぐに弾が尽きると踏んだのか、猛射撃を受け続けながら、包囲を完了しようとした。

が、失敗した。城門には、取りつきさえできずに倒れた島津兵の骸《むくろ》が折り重なった。

城方に死傷者は一人もいない。無尽蔵の弾丸がただ、島津兵を死傷させてゆく。

あまりにも一方的な消耗戦に、島津軍はついに兵を引き始めた。

戸次川を争って渡河する兵らの様子が見えた。

攻めどきだ。妙が叫んだ。

「騎馬隊、出ますぞ！」

南門でも、道察が同様に騎馬隊を組織しているはずだ。

「開門！」

妙は薙刀《なぎなた》を小脇に抱えて疾駆し、戦場を乱舞した。

†

冬の早い陽がかたむき、冷たい暮れ風が吹き始めている。

馬上の妙は、逃げる足軽の背に切りつけた。刃こぼれしたのか、命は奪えなかった。若い足軽があわてて身を起こすが、すっかり観念した様子で、怯えきった青白い顔を妙に向けている。

「……いったい、何者、なんじゃ？」

鉄砲玉を喰らったのだろう、腹からも血を流していた。手当てを受ければ命は助かろうが、このけがでは、しばらく戦えまい。

仮にも御仏に仕える身なら、ひとりくらい生きて還《かえ》してやろうと決めた。

妙は打ち震える島津兵に、赤く染まった薙刀を突きつけた。

「打ち続く敗戦に、島津三将は白滝山の陣で怯えておろう。私は林左京亮が娘、妙林じゃ。汝《なんじ》の主《あるじ》に告げよ。鶴崎を通らば、丹生島までの道のりは遠いとな」

後ずさりして戦場を逃れようとする島津兵にむかい、妙は憐れむようにほほえんだ。

木枯らしには、心を赤く染める血の臭《にお》いが混じっている。

妙は戸次川を逃げわたる島津兵のゆくて、山の端を赤く染める陽光を眺めた。

二十　寺司浜

天正十四年が暮れようとしていた。

鶴崎の城将吉岡妙林尼は、島津三将による城攻めを、実に十六度に及んで撃退し続けた。

敵味方のいずれも、寡兵の籠る平城の攻略にかくも日数を要するとは思わなかったろう。

島津方は城攻めで甚大な被害を出したが、鶴崎城もついに三ノ丸を落とされ、二ノ丸と本丸を残すのみとなった。吉岡方の戦死者はわずか十余人だが、兵糧弾薬が尽きようとしていた。

島津方は白滝山の陣を引き払い、鶴崎に布陣している。大勢はすでに決していた。

吉岡方に、島津を撃退する手立ては残されていない。

「妙林尼様、われらはよう戦いましたぞ。大友は最後に鶴崎の地で、憎き島津に一矢も二矢も報いました。思い残すことはございませぬ」

玄佐の感慨に、道察が勢いよく続けた。

「さよう。いざ、ひと思いに討って出て、華と散りましょうぞ。城内の者たちの思いはひとつじゃ」

籠城戦の間じゅう、妙はやぐらや持ち場へおもむき、皆に声をかけ、酒食をともにしてきた。昼夜隙《すき》なく城中を周回し、士卒らをはげまし続けた。

「妙さま。女どもも、冥途《めいど》へ旅立つ覚悟はすっかりできておりまする」

萩がつけ加えると、妙は家臣たちをゆっくりと見わたした。

「もはや吉岡に勝ち目はないと、かたがたは言われるか？」

玄佐が皆を代表した。

「御意。事ここにいたっては、かの角隈石宗の鬼謀をもってしても、勝利は叶《かな》いますまい」

妙は深い息を吐いてから、小さくうなずいた。

「かくなる上は、ぜひもなし。干戈《かんか》の争いをやめ、島津に降りましょう」

あっけにとられた沈黙の後、座に大きなどよめきが起こった。

「何と！　ここまで戦い抜いて、降るとおっしゃいまするか？　降るなら、最初から降ればよろしかったではござらんか。かの高橋紹運公は、岩屋城《いわやじょう》で最後の一兵まで戦い抜かれ、みごとに玉砕なさいました。いさぎよく死を選ぶが、男子の――」

「私は女です。殿方のごとく、やすやすと死は選びませぬ」

吠え猛る道察を、妙はぴしゃりとさえぎった。

「もしや妙林尼様は、死を恐れておわすか？」

「当たり前です。死んだら何もかも終わりじゃ。生きて生きて、生き抜いて、いかんとも成し難いときは、死にもしましょう。されど、まだ生き延びる道があるのなら、恥を忍んで生きてみるも一手。苦戦続きの島津とて、われらと最後の一戦を交えたいとは思わぬはず」

三ノ丸の攻略戦では、本丸、二ノ丸からの鉄砲の一斉射撃が島津軍をおおいに苦しめた。無傷で城が明け渡されるなら、降伏を受け容《い》れる可能性はあった。

「では、われらは何のために、戦ってきたのでござりましょうや」

「降れば、せっかくのわれらの戦いが水泡に帰するではありませぬか」

口々に文句を垂れる家臣たちを見わたしながら、妙はほほえんだ。

「私に良き策があります。かたがたのお命、いま一度だけ、この私に預けてはくださいませぬか」

しばしの沈黙の後、道察が妙にむかって手を突いた。

「もとより妙林尼様の策なくば、とうに果てておった身。老い先短き命なれど、どうぞお好きにお使いくだされ」

妙の計略で鶴崎城は守られ、妙の指揮で吉岡勢は善戦したのだ。いずれ死ぬる身ならと、家臣たちは道察に倣《なら》い、妙に命を預けた。

「かたがた、よろしいか。降るうえは、島津がわれらの主ぞ。礼節をもって鶴崎にて奉迎せよ。これより何が起ころうとも動じてはなりませぬ。最後まで私を信じてくだされ」

妙の命で、玄佐が島津の陣へおもむき、城明渡しの段取りを決めて戻った。三将は喜んで和議に応じたらしい。士卒の武装解除が済み次第、島津勢が鶴崎城に入り、妙らは鶴崎の城外へ出て、焼け残った屋敷や社寺などに移る段取りであった。

鎧《よろい》の騒々しい音がすると、妙たちは勝者にむかって手を突いた。

「ささ、妙林尼殿、面《おもて》を上げられよ」

上座に腰を下ろした伊集院久宣は、下座で平伏する妙にむかって声をかけた。

おもむろに顔を上げると、妙は眼と口にほほえみを作った。

「敗軍の将兵に対し、格別のご厚情をたまわり、御礼の言葉もございませぬ」

「鶴崎にかほどの戦じょうずがおわすとはの。実にあっぱれな戦ぶりであった。大友は戦わずして降る臆病者ばかりであったが、鶴崎城のかたがたはみごとであったぞ」

伊集院の賞賛に対し、妙は伏し目がちの目笑で応えた。

†

鶴崎城の明渡しから、二か月余が過ぎようとしている。

「萩よ、姫貝《ひめがい》は手に入れたか。よう天日干しした青柳《あおやぎ》を炭で炙《あぶ》ると、それは絶品なのじゃ」

妙の問いに、萩が憮然《ぶぜん》とした表情で答えた。

「お指図のとおり、ちゃんとそろえてございます。海鼠子《このこ》もメザシどのが高値で求めてこられました」

「それは上々。伊集院さまも喜ばれよう。冬の豊前海《ぶぜんかい》は珍味をふんだんに与えてくれる」

満足げにうなずく妙にむかい、萩が大きな体を近くまで寄せてきた。

「妙さま。萩から重ねて申しあげまする。近ごろの妙さまのなさりよう、家中の者らは皆、苦々しゅう思うておりまするぞ」

棘《とげ》を幾本も含んださきやき声である。もっとも信頼する萩でさえ、妙に強い不満を示していた。

勝者の驕《おご》りであろう、伊集院は戦乱で家を焼かれて貧窮に苦しむ鶴崎の民を尻目に、美味を要求してくる。城の蔵にあった吉岡家の長年の蓄財は没収されたが、吉岡方は妙の指図で、密かに小袖の裏、髪や下衣の中、塀の隙間、井戸の底、芥場《あくたば》や便所などありとあらゆる場所に金目の物を隠していた。

「丹生島城ではなお籠城戦が続き、若さまも戦《たたこ》うておられまする。府内は戦で焼け出された者たちであふれ返っておるとか。しかるに妙さまは、山海《くにみつ》の珍膳佳肴《ちんぜんかこう》をととのえ、毎夜のごとく三将にふるまっておられまする。白濱重政どのには国光の太刀《たち》まで献じなさったとか。三将と薩州兵の横暴に皆が苦しんでおるときに、萩は情けのうて情けのうて――」

妙はすでに日課に近い萩の愚痴をさえぎった。

「われらは降《くだ》ったのじゃ。三将はわれらの恩人といえる。大殿がわれらに何をしてくれた？　吉岡がまだあるは島津様のおかげじゃ。ご恩に報いるは当然であろうが」

鶴崎攻めの島津勢には負傷兵が多かったため、丹生島城攻めに三将は参戦せず、兵を休め、妙の差配で連夜のように乱痴気騒ぎを続けていた。

萩は気持ち悪そうに吐き捨てた。

「女あさりが趣味の野村文綱どのにいたっては、あろうことか、妙さまにまで懸想《けそう》しておる様子。昨晩などは、妙さまに還俗のお心ありはせぬかと、まじめな顔で私にたずねおりましたぞ」

「どうやら野村どのは、この尼に惚れておるようじゃな」

妙の甲高《かんだか》い笑いを、萩が乱暴にさえぎった。

「笑いごとではありませぬぞ！　妙さまも、妙さまじゃ。野村どのと会われる前には、念入りに化粧《けわい》なぞほどこされて」

「三十路《みそじ》に近くなれば、若さに頼って美しさは表せぬ。化粧を怠るわけにもいくまい」

「何と……。色じかけで仇敵に取り入ろうとする妙さまの姿をご覧になれば、覚之進さまがどれだけ嘆かれることか」

「吉岡覚之進は海のように大きな器をお持ちであった。きっと私をおゆるしになるはず」

「もしや妙さま、邪《よこしま》なお考えなどお持ちではありますまいね？」

「ほほほ、島津方の有力な将に再嫁《さいか》するのも、悪くはなさそうじゃ」

萩が青筋を立てて、つめ寄ってきた。

「妙さまがさように情けないお方だとは思うておりませんでした。法歓院さまも、松葉どのも、陰では口々に妙さまの節操のなさを責めておりまする」

「言わせておけばよい」

「道察さままで、妙さまのお心変わりが信じられぬとこぼしておられましたぞ」

妙は降伏後の島津軍との融和を道察に委ねた。島津は道察にとって子と孫の仇《かたき》だが、十六度の撃退戦では道察が荒れ狂い、島津方には多数の死傷者が出た。身内、朋輩を殺された島津兵が吉岡に対して怨念を抱くのは無理もなかった。妙は、最大の火種となる道察をあえて前面に立たせ、融和の責めを負わせることで、不測の事態を避けようとしたのである。道察は己を殺して連日の宴《うたげ》を盛り上げ、役目をよく果たしていた。

「降るとは、敵対せず、相手に服従するという意味じゃ。知らなんだのか？」

「見損ないましたぞ、妙さま！」

「では、あのとき、皆で城を枕に討ち死にしていたほうがよかったと申すのか？」

「屈辱を味わわず、武家の誇りを守れたではありませぬか」

「誇りを守って、皆が生き延びられたのか」

「生きることがそんなに大事なのですか！」

「大事じゃな。女子供まで道連れにして、皆で死んで守る誇りに、いかほどの意味があろう？」

「妙さま！　島津三将は、覚之進さまの仇にございまするぞ！」

宴席でぐでんぐでんに酔った白濱重政が、武勇伝のなかで口を滑らせたときに判明した。島津三将は耳川合戦でも、総崩れになった大友軍の追撃で同一行動をとった。吉岡覚之進の首級をあげたのはまぎれもなく三将の軍勢だった。甚吉を逃がした右京亮を討ったのも同じだ。

萩がついに口にした一言に、妙は立ちあがると、萩をじろりとにらんだ。

「こよいも三将がお見えじゃ。宴の用意をせよ。決して粗相があってはならぬぞ」

†

妙までが踊り手に混じって軽快な鶴崎踊りを披露した後も、鶴崎の東巌寺では、いつ果てるとも知れぬ宴が続いていた。

「妙林尼殿。この、三味線のばちの形をした、うまい食い物は何じゃな？」

「豊前の海で獲れた海鼠《なまこ》の卵を陰干しした珍味でございます。伊集院さまのお口に合うとは、苦労して取りそろえた甲斐がございました。こちらの青柳《あおやぎ》もどうぞ召し上がられませ」

炭火でさっと炙った身を差し出すと、伊集院はふくらんだ腹をさすりながら相好《そうごう》を崩した。

「さてと、道察殿。具足の一件、肚をくくったか？」

道察は白濱の言葉に歯を食いしばった。

白濱は小柄だが、道察をひと回りほど若くしたような勇ましい男で、道察愛用の赤具足をしつこく所望していた。「恩義ある亡主よりたまわりし武具なれば、何卒《なにとぞ》ご容赦くだされ」と道察は何度も断ったが、白濱は納得しなかった。敗者なら勝者にしたがえと、あらためて献上を命じたのである。白濱には道察の具足は大きすぎて着られないが、勝ち戦の記念として部屋に飾りたいという。敗者をいたぶっているだけの話だった。

「具足が命より大事じゃと申すのなら、腹を切れ。その後でわしが頂戴する。子も孫もわれらに討たれ、家を継ぐ者もおらんのであろうが」

道察は屈辱に全身を震わせた。悔し涙さえ浮かべて、懸命に怒りを抑えている。

「何じゃ、その眼は？　不服か？」

妙はにこやかな笑みを作りながら、にらみ合う二人の間に割って入った。

「白濱さま。家臣のご無礼、なにとぞおゆるしを。道察の具足は必ず献上いたしますれば、どうぞご安心くださいませ。ただ、長年酷使して見栄えが悪く、おはずかしゅうございます。きれいに直してお届けいたしますゆえ、しばしのご猶予をたまわりたく」

「妙林尼殿に免じ、こよいはゆるしてつかわそう」

伊集院久宣は食を、白濱重政は武を、野村文綱は女を好んだ。

若い野村の両脇は、野村みずから選んだ侍女が固めている。視線を合わせようとする野村に気づくと、妙は笑顔で野村の前に腰をおろした。手酌で燗《かん》酒を注ぐ間、野村は妙の顔を食い入るように見つめていたが、とつぜん乱暴に妙の手を取った。酒がこぼれる。

「野村さま。薩摩には棒踊りなる勇ましい踊りがあるとか。ぜひ拝見しとうございまする」

妙に乞われると、野村は三尺棒を所望し、配下の者らと勇壮な踊りを披露した。踊りの最中も、野村は妙を見つめている。

島津三将が鶴崎に逗留《とうりゆう》する間にも、世は動いていた。豊臣秀吉の上方勢再侵攻がうわさされている。いかに島津とて、天下の軍勢を敵に回して勝ち目はあるまい。先の見えた三将は、めいめい欲望のおもむくまま、残された刹那《せつな》を楽しもうとしているらしかった。

「萩、酒を切らしてはならぬぞ。伊集院さまにお注《つ》ぎせぬか」

こよいも、にぎやかな宴が果てることなく続いた。酒を過ごした島津兵らが外気に当たりに出たらしく、下品な笑い声まで聞こえてくる。

†

——約ひと月の後。天正十五年（一五八七年）三月。

篠突く雨のなか、野村文綱が妙の滞在する東巌寺を訪れた。雨が日暮れを早めたらしく、あたりはすでに暗い。妙はただちに萩に命じて酒肴《しゆこう》を用意させ、他の二将に使いを走らせた。

野村が声を慄《ふる》わせる。

「十万を超える軍勢が渡海した由。すでに当家は臼杵からも兵を引き始めた。されば、われらも薩摩へ戻り、上方勢との来る決戦に備えねばならぬ。されば、こよいのうちに鶴崎を出ると決め申した」

妙は驚いた顔を作り、甘え声を出した。

「野村さま、お待ちくださりませ。それはあまりに急なお話。吉岡はすでに大友に背き、島津家に同心せし身。今さら大友に戻ると申しても、許されますまい。かくなる上は、どこまでも野村さまにお伴させていただきとう存じまする」

板の間に突いた妙の手を、にじり寄った野村がすくい取るようににぎりしめた。

「それがしも妙殿をお預かりしたいと思うておった」

「私だけではございませぬ。家中にも、薩摩への同道を望む者がおりまする。明朝までに支度をさせますゆえ、出立を延ばしてはいただけませぬか」

妙がすがりつくと、野村は小さく身震いしてから、妙をあらあらしく抱き寄せた。

「薩摩に戻れば、妙殿を側室とする。よいな?」

野村からは何度も求められたが、妙は家臣の眼や月の障りなどを理由に時を稼いできた。

「かしこまりました。こよいは最後の宴にございますれば、伊集院さま、白濱さまもお呼びして、豊後で最後の夜を過ごしとう存じまする」

野村は迷惑そうなそぶりを見せたが、廊下をわたってくる萩の足音がすると、しかたなさそうに妙から身を離した。

「島津の劣勢を奇貨として襲うてくる落ち武者狩りも出ましょう。どうか三将の兵でわれらをお守りくださりませ」

妙の提案に野村も同意した。島津勢は追撃を想定しながら警戒して兵を引く必要がある。単独で動けば、落ち武者狩りに襲われる懸念があった。

最初はしみじみと始まった宴も、酒が入るとにぎやかになった。妙は島津家臣たちに惜しみなく酒食をふるまった。

「急な出立ゆえ、薩摩に持ってはいけませぬ。こよいは飲めるだけ飲んでくださいまし」

伊集院はたらふく飲み食いをし、白濱は妙が贈った鞍《くら》を手に舌なめずりしている。野村は立ち回る妙を遠慮なく眼で追い、じっと見つめていた。

†

宴が果てると、妙は一室に萩、玄佐、道察を呼び集めた。

夜明けまで一刻（約二時間）ほどある。

「宴をするなら、なぜわしを呼んでくださらぬのじゃ。つらき役目なれど、わしがおらねば助兵衛《すけべえ》や又左衛門《またざえもん》らが暴れ出しかねませんぞ。もっとも、お役ごめんでも、わしはかまいませぬがな」

道察のこぼす愚痴をたしなめるように、玄佐が咳払《せき》いした。玄佐はといえば、島津の者たちとは同席せぬと決めたらしく、病を理由にずっと宴には出ていなかった。

「わからぬか、道察。それは妙林尼様が、お主に大事をおまかせあるためじゃ」

妙は小さくうなずくと、声を落とした。

「陽が昇れば、われらは鶴崎を出て、薩摩へとむかいまする」

道察はさびしげにかぶりを振った。

「わしは、ほかならぬ妙林尼様のお言いつけゆえ、心を殺して島津の者たちと打ち交わって来申した。されど、わしは最後まで大友の侍じゃ。今さらこの齢《とし》で薩摩へなぞ――」

「さよう。薩摩なんぞへは誰も行かぬ。城明渡しのとき、言うたではありませぬか。私に策があると。敵を欺くにはまず味方から。これまでは心を明かさず、すみませんでした」

妙は微笑《ほほえ》みながら三人を見た。

「時は、来た。われらは寺司浜《てらじはま》にて、敵を討つ」

「おそれながら敵とは、薩州勢にございまするか？」

けげんそうに問う萩を、妙はにらみつけた。

「ほかに誰がおる？　島津三将はいずれも名立たる将。討ち漏らすでないぞ。われらは寡兵でも、将さえ討てば、雑兵どもは逃げ帰ろう」

玄佐はうなずいたが、萩はあっけにとられた様子で、妙を見た。

「だまし討ち、とは……」

「痴《し》れ者が。島津に情でも移しおったか。薙刀が鈍るなら、お前は来ずともよいぞ。そなたたちと対立までしていた私を、三将は信じきっておる。薩州勢は足軽らとともに遅々と進む。私が進言して、三将をひと所に集めるゆえ、そこに奇襲をしかけよ」

妙は文机《ふづくえ》に置いておいた絵地図を取って、開いた。

「敵は乙津川《おとづがわ》へむかう切通しを、長蛇のごとく進まねばならぬ。雨はすっかり上がった。玄佐どのは弓鉄砲隊五十人ばかりで林にひそまれよ。私の駕籠《かご》を目印になされ。三将を浜に追うのです。道察どのは敵が寺司浜へ出たところを、五十騎をもって奇襲せよ。戦場はわれらが知り尽くした地形。必ず勝てる」

玄佐と道察が感服した様子で、妙に平伏した。

「これよりただちに支度せよ。薩摩への急な出立ゆえの支度と騙《かた》れば、怪しまれまい」

「中村《なかむら》助兵衛、徳丸又左衛門ら若い衆も加え、必ずや三将を討ち取ってご覧に入れまする」

顔を上げた道察に、妙はこくりとうなずいた。

「これが、最後の戦じゃ。道察どの、馬と薙刀を余分に持ってきてくだされ。私と萩も合力いたしますゆえ」

†

翌朝、島津勢は鶴崎を出た。

途中、大友方の残党による追撃や落ち武者狩りの恐れがある。退却路の選択を含め、一致して臨機応変に対処すべしとの妙の進言で、三将はまとまってしずしずと兵を引き始めた。

妙の駕籠のすぐ右脇では、野村文綱が馬を進めている。左脇には徒歩《かち》の萩がいた。

軍勢が乙津川へいたる切通しに差しかかるころ、後方から銃声がした。

島津勢はたちまち混乱に陥った。

手はずどおり、玄佐の兵が矢弾を降らせ始めている。

島津兵に抵抗する気はないようだった。あわただしい足音に、われ先にと逃げ出す様子が知れた。

妙は駕籠のなかでほくそ笑んだ。

混乱のなか、野村は妙の駕籠と萩を守りながら、寺司浜へむかった。

——伊集院久宣、中村助兵衛が討ち取ったり！

担ぎ手が妙を置き去りにして逃げると、駕籠から出た。

吉岡兵に囲まれた白濱重政が討たれる姿を見た。

奇襲は完全な成功だ。

野村は妙の駕籠の前から退《ひ》かず、妙を守るように道察らと槍を交えていた。

妙は萩から差し出された手綱をにぎると、馬にまたがった。

薙刀をかまえる。

「吉岡妙林、これにあり！　かたがた、敵を乙津川へ追い落とせ！」

大音声にふり返った野村は、あっけにとられた様子で妙を見た。が、色を失ってすぐに敗走を始めた。

将を失い、霧散する島津兵がつぎつぎと討たれてゆく。

川べりに再展開された玄佐隊の弓鉄砲が、乙津川を渡河する島津兵の背後を襲う。

野村が背に矢を受ける姿が見えた。

吉岡勢が鬨《とき》の声をあげて、川へ馬を乗り入れる。

妙が先頭に立つ。矢が刺さったままの鎧の背を追った。

背後まで迫った馬のいななきに、野村が馬首を返した。妙はすかさず槍を叩き落とす。

妙が薙刀の先を喉元《のどもと》に突きつけると、野村は蒼白《そうはく》の表情で身震いした。

「大友による報復がこれより始まる。薩州勢は上方勢の大軍に怯えておろう。偽りとは申せ、しばし交わした誼《よしみ》ゆえ、野村どのの命は今しばらく預けましょう。されば逃げ帰って、震える主にわが名を告げよ。鶴崎で島津を破りしは、林左京亮が娘、妙林である」

野村が命からがら戦場を逃げ出してゆく。吉岡勢は思うがままに敵を討った。

まもなく島津兵が降伏を申し出ると、妙はこれを許した。

寺司浜の戦いは、大友方の圧勝に終わった。

「武士として、最後に痛快な戦をさせてもらいましたぞ。妙林尼様がもっと早《はよ》う世に出ておられれば、わしはおもしろい戦ばかりしておったでしょうな」

妙のかたわらに馬を寄せてきた道察の言葉を、玄佐が継いだ。

「妙林尼様が男子《おのこ》であられたなら、九州の地図は抱き杏葉《ぎょうよう》（大友家の家紋）一色でございましたろうに」

「いや、女子ゆえに、敵も油断しておったもの。男子であったなら、鶴崎を守れなんだやも知れませぬ」

妙が手綱を引くと、白馬が高くいなないた。

「されど私は男子になど、なりとうありませぬ。また生まれ変わっても、女子に生まれると決めております」

「来世の妙さまも、手が焼けそうにございます」

萩がふざけると、皆が笑った。

「かたがたのおかげで、私も憂さ晴らしができました。ときにご両人はこれから、いかがなさいますか？」

「わしは今度こそ、禅の道に入ろうと思うておりまする」

道察の言葉を、玄佐はもう茶化さなかった。

「存外、お主なら大悟《たいご》できるやも知れぬな。わしも、書に勤《いそ》しむとするか」

血なまぐさかった川風も、いつしか蕩風に変わっている。

二十一　日向屋

「妙さま。花の色は結局、白でございましたな」

吉岡屋敷の庭に、覇王樹の花が初めて咲いた。あらあらしい棘を持つ寸胴から、象鼻のごとき長枝が出て、その先にみごとな白い花弁が開いている。

「かように見ると、白がいちばん似合うやも知れぬ」

鶴崎では、まだ梅の木にかかっている巣箱に今年もうぐいすが住みつき、じょうずに鳴いていた。が、もうどこぞへ去ったようである。

敗れた島津は秀吉に降伏し、九州における戦乱は幕を閉じた。大友も豊後一国の存続を許された。豊薩合戦で大友を裏切った家臣は多く、戦後の論功行賞に毀誉褒貶《きよほうへん》はあったが、忠義を尽くした吉岡家は鶴崎をそのまま領した。

「寺司浜での大勝利、大殿が改めて称賛しておわしました」

大友館から戻った吉岡甚吉統増は、わが事のように妙の戦功を誇った。

「別格の武功に報いるに、大殿より麟の一字を賜りましてございまする」

妙林改め、妙麟《みょうりん》となるわけか。

宗麟には申しわけないが、さして感慨は湧かなかった。

「どうしてもとおおせなら、頂戴せぬでもありませぬが」

「母上、それがしの顔も立ててくだされ。大殿はどうしてもとおおせにござれば」

「わかりました。覚之進さまも麒麟《きりん》をお好きでしたゆえ」

「関白殿下も鶴崎の戦に賛嘆なさっておりまする。色じかけで仇の三将をだまし討ちにするとは、実にあっぱれな尼将である、母上にぜひ会《お》うてみたいと、おおせにございました」

野村文綱は薩摩へ逃げ帰る途中、船のなかで戦傷のために死んだと聞いている。

妙は小さく笑いながら、片手を振った。

「そちらはごめんこうむります。関白は名うての女好きとか。側室に望まれでもしたら、かないませぬゆえ」

いまだ三十路前の妙の美貌からすれば、ありえない話でもなかった。

「お待ちくだされ。関白殿下は、母上に恩賞を沙汰《さた》したいとおおせにございましたが」

「俗世を離れし尼僧に、恩賞なぞ必要ありますまい」

甚吉は瞠目《どうもく》して妙を見た。

「母上、よもや……お会いにならぬ、と？」

「別段、用もありませぬ。関白の援軍が遅れたゆえ、無用の血が流れたのです。会えば、恨みごとのひとつも漏らしてしまいましょう。甚吉どのに迷惑がかかる」

「天下人のお召しを黙殺されるとは、いかにも母上らしい」

「関白は天下を取るほどの男。狭量ではありますまいが、念のため、そなたの母は四十がらみの大年増《おおどしま》で、戦のために腰を痛めたと言うておきなされ」

甚吉も十年ほどの妙とのつき合いで、妙の性格を知悉《ちしつ》している。説いても翻意はすまいと悟ったのであろう。苦笑いしてから、うなずいた。

「器の小さき者なら、関白の威光に怯え、無理にでも母を会わせようとしたでしょう。わが子も立派になりました。覚之進さまとのお約束も、これで果たせたと申すもの」

「万事、母上のおかげです。これからもご指南たまわりとう存じまする」

深く頭を下げる甚吉に、妙はほほえみかけた。

「いいえ、母がそばにおらずとも、じゅうぶんじゃ。甚吉どのは丹生島城でも立派に戦いました。堂々たる吉岡の当主です」

甚吉はさびしげな表情で顔を上げたが、わずかに顔を赤らめた。

「いつぞや母上に叱られましたデウス堂での一件、ご記憶ございましょうや。こたび縁があり、ルイザ殿と夫婦《めおと》になる運びとなりました」

「佳《よ》き話ですね。ふたりして幸せにおなりなさい。さればこよい、連れて来なされ。関白から逃げるために、明日、鶴崎を出ますから」

甚吉は微苦笑しながら問うた。

「母上はこれより、いかが遊ばされるおつもりにございましょうや」

妙はゆっくりと庭の覇王樹へ眼を移した。

「鶴崎や寺司浜で亡くなった方たちの菩提《ぼだい》も弔いました。これよりは萩とともに、旅へ出ます。訪《おとの》うてみたい地がいくつもありますゆえ」

生まれ故郷の都甲荘、太宰府のぶなの森、想像で描いてきた耳川、幻の都ムシカ……。たどり着けなかった異国も、おもしろいかも知れない。

覇王樹の花が初夏の清籟《せいらい》に揺れ、妙にむかって小さくうなずいたように見えた。

†

府内のあちこちで、のどかな槌音《つちおと》が聞こえている。

懐かしいデウス堂へむかう手前に、旅籠《はたご》の日向屋が再建され始めていた。丸太を運ぶ元気な少年の後ろ姿がある。袖をまくり上げた左腕に、古い火傷《やけど》の痕が見えた。

妙は足を止めると、同行の萩をかえりみた。

「すぐに戻るゆえ、しばしここで待て」

妙が敷地に足を踏み入れると、齢は十二、三であろうか、まだあどけなさを表情に残した少年がふり返った。妙はにっこり笑いかける。

「ご精が出ますね。日向屋はいつから商いを始めるのですか？」

「われらはキリシタンなれば、聖霊降臨祭《ペンテコステ》までにはと、母が申しております」

「私は昔、日向屋を常宿にされる方と懇意にしていました。お母上は息災ですか」

「姉の出産が近く、今は出ております。陽がかたむくまで戻りますまい」

その昔、右京亮とともに救った命が、新たな命を生み出している。

妙は麒麟の巾着袋《きんちゃくぶくろ》から銀のクルスを取り出すと、少年に差し出した。

「お気に召すなら、お使いくださいませぬか」

少年が眼を輝かせた。首にかけてやると、何度も礼を言った。

戻ってきた妙に、萩が問うた。

「妙さま、何か佳きお話でもございましたか。お顔が輝いて見えまする」

「わが恋に悔いなし、じゃ。参るぞ、萩」

妙は先に立って歩き出した。萩があわてて続く。

甦《よみがえ》り始めた府内の町角から、普請中の人夫の口ずさむラウダーテが聞こえてきた。


（了）

あとがき――戦う理由

愛する男を殺された女は、襲ってくる仇敵に対し、いかなる行動に出るか。

逃亡か、自決か、屈従か、それとも……。

主人公の妙はいずれでもなく、〈復讐〉を選びました。

吉岡妙林尼は戦国末期、滅亡寸前の九州大友家にあって、女子供と年寄りで平城に籠り、寡兵で十六回も島津軍を撃退したと伝わる九州のジャンヌ・ダルク。さすがに回数は盛りすぎかも知れませんが、九州戦国史を紐解いた人が必ず出会う、謎めいた女武将です。

時代は九州六カ国の守護となった大友家が、宗麟のキリスト教への傾倒、入信をめぐって、揺れに揺れる大混乱期。そんな時と場所でも、男女がいれば、恋はひとりでに芽生えるもの。

平穏な田舎で育ち、恋を夢見る純粋可憐、まっすぐな少女が、大都市の国都でキリシタンの若者と運命の邂逅《かいこう》を果たすのですが、どこの誰かもわからない。ようやく見つけ出して恋が始まるも、困ったことに相手は大悪党の臼杵右京亮。宗麟の通詞《つうじ》（通訳）の立場を悪用して宗教対立を煽《あお》り、大友家の分裂による立身を企む虎狼の侍なのでした。

ど真ん中のストレートしか投げられない恋愛初心者の少女が紡いでゆく不器用な恋は、右京亮の悪しき心さえ変え、立て続けに起こる政変にもめげず花開こうとするのですが、時代と運命はどうしてもそれを許さない。

激烈な悲恋を体験し、心優しい重臣の吉岡覚之進に強く望まれて輿入れしたものの、姑である法歓院の陰湿な嫁いびり、侍女たちとの確執、継子である甚吉の反抗……。

数々の修羅場を何とか切り抜けて夫との愛を育み、幸せを摑んだのも束の間、夫が戦死。回り回って妙は、嫁ぎ先である吉岡家の支柱となり、傾いてゆく家を支え、城と名誉を守る責めを一身に負って、鶴崎城攻防戦を迎えます。

嫁ぎ先である鶴崎での嫁姑、継子との軋轢《あつれき》エピソードにも頭をひねりましたが、執筆で一番苦労したのは、引き裂かれた恋人同士の再会シーンでした。戦国の恋なので、ド派手にしたい。思いついた場面は、かつての恋人同士が衆人環視で対決する一騎討ち。手に汗握る見せ場となりました。ちなみに、このエピソードに限らず、本作の九割ほどはフィクションです。

私が妙林尼で好きなのは、攻防戦そのものよりもむしろ、「恩賞を取らせたい」という秀吉の召し出しに彼女が応じなかったという痛快なエピソードです。今も昔も晩節を汚す人物はいますが、彼女は活躍後、歴史の舞台から去って、すっかり消息を断つのです。妙のキャラクター設定は、この場面から逆算したとも言えます。

現在、本作の舞台である鶴崎には、町の守護神として長刀を持った妙林尼の小さな像が建てられ、夏には鶴崎踊りも時を超えて、賑やかに催されています。往時のかすかな名残もありますので、本書を片手にぜひ訪れてみてください。
なお、〈女武将シリーズ〉第二弾として、立花誾千代の物語『誾—GIN—』を今夏から大分合同新聞で連載いたします。妙とは全く違うキャラ、現代的なテイストの最新作を、大分県立芸術緑丘高校の皆さんとのコラボで展開していきます。乞うご期待!

令和四年六月

赤神　諒

■主な参考文献

『大友宗麟のすべて』芥川龍男編　新人物往来社
『九州戦国の女たち』吉永正春　海鳥社
『臼杵市史（上）』臼杵市史編さん室編　臼杵市
『大分県史・中世篇Ⅲ』大分県総務部総務課編　大分県
『大分市史（上）』大分市史編さん委員会編
『宗教で読む戦国時代』神田千里　講談社
『豊後鶴崎町史』久多羅木儀一郎編　鶴崎町
『キリシタンの文化』五野井隆史　吉川弘文館
『大友宗麟』外山幹夫　吉川弘文館
『高城戦記』山内正徳　鉱脈社
『島津四兄弟の九州統一戦』新名一仁　星海社
『九州戦国合戦記　増補改訂版』吉永正春　海鳥社
『大友館と府内の研究』大友館研究会編　東京堂出版
『戦国大名大友氏の館と権力』鹿毛敏夫・坪根伸也編　吉川弘文館
『大友記の翻訳と検証』秋好政寿　九州歴史研究会
『大友興廃記の翻訳と検証』杉谷宗重原著・秋好政寿　九州歴史研究会
『大分歴史事典』大分放送大分歴史事典刊行本部編　大分放送
『日本戦史　九州役　附図及附表』参謀本部編　村田書店

二〇一九年七月　光文社刊
文庫化にあたり、加筆修正しています。

光文社文庫

妙《みよう》　麟《りん》

著者　赤《あか》神《がみ》　諒《りよう》

2022年6月20日　初版1刷発行

発行者　鈴木広和
印刷　堀内印刷
製本　ナショナル製本

発行所　株式会社　光文社
〒112-8011　東京都文京区音羽1-16-6
電話（03）5395-8149　編集部
8116　書籍販売部
8125　業務部

ISBN978-4-334-79377-7　Printed in Japan

組版　萩原印刷

光文社文庫最新刊

浮世小路の姉妹	佐伯泰英
SCIS 最先端科学犯罪捜査班SS I	中村 啓《ひらく》
〈銀の鰊亭《にしんてい》〉の御挨拶	小路幸也
虎を追う	櫛木理宇
競歩王	額賀 澪
結婚の味 よりみち酒場 灯火亭	石川渓月
はい、総務部クリニック課です。	藤山素心《もとみ》

光文社文庫最新刊

喧騒の夜想曲《ノクターン》 白眉編 Vol.2 日本最旬ミステリー「ザ・ベスト」 日本推理作家協会・編

初花 決定版 吉原裏同心(5) 佐伯泰英

遣手《やりて》 決定版 吉原裏同心(6) 佐伯泰英

夜来る鬼 決定版 牙小次郎無頼剣 和久田正明

妙麟《みょうりん》 赤神 諒

惜別 鬼役[五] 新装版 坂岡 真

影忍び 日暮左近事件帖 藤井邦夫